U0940505

动物的意志

Animal's Will

叶兆言 著

重庆出版集团 重庆出版社

图书在版编目(CIP)数据

动物的意志 / 叶兆言著. —重庆：重庆出版社，2013.9

ISBN 978-7-229-06583-6

Ⅰ.①动… Ⅱ.①叶… Ⅲ.①随笔—作品集—中国—当代 Ⅳ.①I267.1

中国版本图书馆 CIP 数据核字(2013)第 107634 号

动物的意志

DONGWU DE YIZHI

叶兆言 著

出 版 人：罗小卫

责任编辑：袁 宁

责任校对：郑小石

重庆出版集团
重庆出版社 **出版**

重庆长江二路 205 号 邮政编码：400016 http://www.cqph.com

北京雁林吉兆印刷有限公司印刷

重庆出版集团图书发行有限公司发行

E-MAIL：fxchu@cqph.com 邮购电话：023-68809452

全国新华书店经销

开本：710mm × 1000mm 1/16 印张：16 字数：270 千字

2013 年 9 月第 1 版 2013 年 9 月第 1 版第 1 次印刷

ISBN 978-7-229-06583-6

定价：29.80 元

如有印装质量问题，请向本集团图书发行有限公司调换：023-68706683

目录

Animal's Will

Animal's Will

动物的意志

这是从一本书上看到的，说笨拙的熊也有意志。冬天即将来临，准备冬眠的熊拼命吃，猛吃河里的鱼，不管三七二十一地迅速增加自己的体重。鱼身上蕴藏着丰富的蛋白质，这些蛋白质能保证熊熬饿挨过一个冬天。冬去春来，熊从漫长冬眠中醒过来，饥肠辘辘，饿得晕头转向，终于有了可以饱餐一顿的机会，然而为了保持苗条的体形，尽管在湖边和水溪里有大量富足的鱼，呆头呆脑的熊此时绝不多吃。道理很简单，熊有意不让身体太胖，即将到来的夏季天气很热，熊不希望自己因为肥胖感到难受。分子生物学认为，在熊的大脑里，显然有某些东西，即某种化学反应在起着提示作用。

如果我们能把这种化学的东西，用科技的手段提炼出来，拿到超市上去销售，销路一定会超过最好的减肥药。很显然，人类之所以会普遍地肥胖起来，说明我们的大脑里，已经缺乏了某些东西，这些东西最初应该是有的，就像人类的尾巴一样，它退化了。因为退化，所以失控。肥胖是贪婪的一种结果，是生物警钟的失控，我们不妨说肥胖是一种病，是某种行为的报应。人生来不应该是那么肥胖，许多肥肥胖胖的动物，并没有高血压，也没有心脏病，人类的肥胖是自己行为不检的恶果。

动物的意志对于我们来说，更多的时候，似乎只是想当然，是在编少儿童话故事。现代科学已经证明这些意志，确实存在，它们就像肉眼看不见的分子原子一样，潜藏在动物的大脑里，对动物的行为指手画脚。世界的发展，不会以人的意志为转移，当然更不会随着动物的意志转移，然而这丝毫不能证实意志的无关紧要，恰恰相反，世界能够发展到今天这一步，怎么说也是因为意志在起着积极作用。最新研究已经证实，世界上真正勤劳的动物，并不是童话故事中的蚂蚁和蜜蜂，也不是传说中整天干活辛勤筑堤坝的海狸，海狸每天干活的时间，很少超过五个小时。真正勤劳的动物是人类，虽然现在是双休制，每周只工作四十个小时，人类的劳动时间，仍然是动物中最长的。

人的意志显然也是动物意志的一部分，因为人无论如何高级，无论如何有文化，有学历，精通几门外文，还是摆脱不了其动物的属性。人的行为是由意志决定，和动物不一样，人除了满足眼前的利益之外，还会想到更远的将来。人信奉的是一要温饱，二要发展。在这个意义上，人很容易比其他动物更贪得无厌。再也没有什么比人的追求更无止境，更野心勃勃，更不可理喻，更容易向斜路上走，一路走到黑。往小处说，身后有余忘缩手，工资永远少一级，房间永远少一间，往大处说，恨不得天下财富都进本人口袋，世间丽人皆入自家后宫。熊吃胖了只是为了过冬，而人在温饱之后，还要唱卡拉OK，要手机和与级别相适应的小车，要签字报销的权力，要比别人大的住房。

意志决定了人应该是一种热爱劳动的动物，虽然有人喜欢不劳而获，但是这种获得，仍然是别人的劳动，换句话说，没有劳动也无所谓收获。劳动对世界的发展推动巨大，人比别的动物辛苦，所以得到的回报也多。回报并不意味着全是好事。辛勤劳动创造了世界，发展了世界，把世界像小孩抽陀螺一样，一鞭子紧接着一鞭子赶得多远，然而如果走火入魔，失去了基本的控制，同样也可以毁灭世界。人不仅会劳动，而且还会占有别人的劳动。人毕竟比熊聪明得多，但是聪明也会被聪明误，我们得明白，我们的脑子里已经缺乏某种应有的化学反应，如果正面临的是炎热的夏季，人类太胖了，这绝不是什么好事，我们将热得喘不过气来。

动物和男人

我在农村待过三年，不是当知青，是小学高年级的那几年，在一个简陋的乡间小学读书。在这之前，我只是城市里的孩子，由大人带着，不止一次去过动物园。到了乡村以后，我可以很得意地告诉那些乡下孩子，自己见过老虎和狮子，知道大象的鼻子有多长。可惜这种优越感很快所剩无几，因为农村孩子对公园里的动物，并没有太多热情。他们对动物的态度，大多和成年人一样，只是采取一种鄙视的心情。动物算个球，动物只是畜生，大家要骂人的时候，最常用的词语，就是骂某人是畜生。

我对动物的真正了解，还就是通过农村的那些畜生。冬天即将过去，母猫叫起春来，公猫们的节日到了，它们十分欢乐地打成一团，然后一溜烟儿地从打麦场上跑过去。这是在性方面最初的启蒙，从动物身上，我开始知道什么叫下流，并且知道人有时候也不高尚。我似是而非地开始知道，大人们暧昧的笑谈中，原来还潜藏着隐义。外祖母家养了一头母猫，动不动就怀胎，一生便是三四只，结果差不多半个村子的猫，都是这头母猫的后代。它一叫春，后代中的雄性，一个个便成了无耻的追求者。村上的女人谈到这事，就骂，就说要不怎么是畜生，连自己的妈都敢追。

农村养猫，都是为了捉老鼠，大家对公猫，也只是骂骂而已，并不会因为乱伦，就立地正法，把它阉了。可是对另一些豢养的动物，就不那么宽容，譬如猪，乡下人买小猪喂养，一定是要买那种阉过的。我忘不了第一次看到阉猪的情景，活蹦乱跳的小猪在出售前，被拎到兽医面前，兽医不当回事地用小刀这么一划，轻轻一捏，便将小猪的睾丸挤了出来，然后迅速割了，涂些碘酒就算完事。阉猪的细节，几乎每个农村小孩都见过，我记忆最深的，是一大群小猪净了身以后，兽医捧着一大堆睾丸，扔给母猪吃，据说这玩意儿和女人的胎盘一样有营养，而老母猪果然有滋有味地吃了，谁让它们是畜生。猪如此，羊也差不多，农村母羊从来不骟，因为生小羊有经济效益，遭殃的是公羊。公羊极不老实，是天生的花花公子，刚刚一点大，就知道往母羊的身上跳，因此对付的办法，就是让它做太监。

对人，因为要讲究人道，所以一般不能随随便便把男人阉了，做太监。皇帝的时代已经彻底结束了，而且就算是做了太监，也未必就真的老实。文学作品中见到的太监，大都是一些心理极不正常的坏人。通常的解释，是太监们的性，受到了压抑，一压抑，荷尔蒙乱了套，于是就变态，就想出种种恶毒的办法，来整人和害人。有一点道理，我一直想不太明白，这就是太监是否真像文学作品中描写的那么坏。根据我在农村了解到的动物知识，好像不是这样，被阉了的雄性动物，可是真的老实，就知道多吃多长膘，只等着过年时，被人宰了吃肉。

传说明太祖朱元璋曾给兽医写过一副对联：双手劈开生死路，一刀斩断是非根。真不愧是大明的开国皇帝，说出话来气度非凡，斩钉截铁。畜生被阉了便会老实，太监为什么还会不老实呢，按照我的傻想法，还是荷尔蒙在作怪。服用过多的睾丸激素，女人也会像男人一样长出胡子，我的意思，并不是说太监偷吃了睾丸激素，滋了阴壮了阳，竟然恢复了男人的雄风，打娘娘和宫女的主意。太监不老实，显然是有一种物质，悄悄地在太监体内发生了化学反应，使本来就严重不平衡的荷尔蒙变得更加紊乱。太监的确服用了一种激素，这种激素就是权力。权力让太监狐假虎威，权力让太监有恃无恐。已经斩断了是非根的太监，之所以还能不断地生出种种是非，很重要的原因，是太监离权力太近。事实上，宫廷大多数的太监都很老实，不老实的只是个别有机会弄权的贴身太监。不能太相信文学作品，文学作品中的妓女常常都是好人，这只是小说家们的想当然，在现实生活中可绝不是这样，太监中也存在着好与坏的比例，有时候，一粒老鼠屎可以坏了一锅粥。

过去英明的老皇帝，给继位者最重要的提醒，就是不许阉党过问政治。阉党弄权，往往可以造成政治腐败，造成黑暗统治，然而阉党不过问政治，江山照样易主，因此完全有理由怀疑，太监有时候只是亡国的替罪羊。权力是一个很可怕的东西，在一定时候，它就是睾丸激素，能使一个已不是男人的男人，做出比男人还男人的事情。江山美人的得失，显然都和荷尔蒙有关，让我们把话题再回到动物身上，对于很多雄性的动物来说，强权十分重要，雄性动物为了争夺异性，拼命厮杀，其结果便是胜利者获得了爱情。人类也是如此，逐鹿中原的最终胜利者，获得了江山和美人。不妨想一想，过分的权力能让已经失去男根的太监，都变得令人恐惧，那么在一个正常的男人胜利者身上，堆积了大量失控的权力，将会造成多么严重的后果。

现实生活中，类似于睾丸激素的，不仅仅是权力，还有金钱。俗话说"男人有钱便学坏"。所谓坏，也就是荷尔蒙严重失调。失调不是好事，得重新调整，调整不是阉了，然而总得有些积极措施才行。人类永远不能离开制约，中医认为，阳气太旺就会上火，上火了便要去火，因为这是邪火，应该吃泄药。不要以为今天不会把人阉了就无所顾忌，人是高级动物，要明白身上睾丸激素太多了，非出事不可。

动物和女人

不久前，刚看过一本谈动物的书。看了觉得有趣，书虽然丢下了，满脑子依然动物世界。把动物和女人放在一起谈，似乎不太合适，我们都知道女人确实也是动物，根据生物学的观点，女人只是雌的高级动物，有许多地方可以和动物对话，譬如说荷尔蒙。

我们都知道，动物之所以会这样会那样，很大程度上取决于荷尔蒙。雄性动物为了获得爱的机会，会捉对厮杀，玩命地争凶斗狠，譬如那些有角的食草动物，譬如那些残暴的食肉动物。此外，也有相对比较斯文的竞争，譬如青蛙和某些善于鸣叫的昆虫，它们不像美国佬那样爱显示自己的军事实力，动不动就嚷着要对伊拉克实施武力打击，这类雄性动物是天生的艺术家，取胜的法宝是靠自己的歌喉。还有些鸟类，雄性靠自己美丽的羽毛来打动异性，细心的读者一定早就注意到，动物世界的雄性，往往比雌性漂亮得多。

有理由相信，上面提到的一些现象，都是雌激素和睾丸激素这两种荷尔蒙造成的。很显然，雄的动物厮杀，卖弄歌喉或展示美丽的羽毛，所有这些幼稚的行为，都是雌的动物所乐意见到。比赛的规则，显然是雌的动物们开会制定的。我这么说，不是重弹女人祸水的老调，把战争罪一股脑推给妇女，或是艺术起源于异性，都有些简单化和不负责任。我的意思最多只是想说明，男人的确有可能为女人决一死战，有可能因为女人，萌发出惊人的创造性。让我们先不急着说爱情如何崇高，这类高调不妨在别的文章里讨论，现在要谈的议题，是男人的凶狠以及热爱艺术，既和睾丸激素有关，也和女性的雌激素分不开，尽管内外有别，对于男人来说，自身的内因往往要通过外因，才能起作用，就像电灯泡非要接上了电才能亮，鸡蛋要适当的温度才能变成小鸡。如果世界上的女人都热爱和平，如果女人不喜欢强悍，不选择所谓成功的男人，不以男人在军事上或者经济上的胜利为择偶标准，不傍大款不做小蜜，不嫌贫爱富，不恃强欺弱，战争未必就一定能避免，但是起码可以省去许多，国与国之间，民族之间，战争避免不了，起码可以避免一些男人与男人之间的战争。在农村，说一个人穷，就说他穷得没钱讨老婆，如果一切能够反过来，没钱反而能找到老婆，世界也许就是另一副模样。

动物世界的许多现象，到了人类这里，多多少少也有了些走样，譬如雌的动物爱美，通常指它爱雄性之美，是他恋，而不是自恋。是否符合美，是雌性动物的择偶标准。而人类已经颠倒过来，女人现在成了展现自己美丽的动物，成了大众时装的消费者，成了各种高档化妆品的最大买主。女人爱美的目的是为了让异性喜欢自己，是"示爱"和渴望被爱。在这一点上，女人和公孔雀相仿，在动物园见到展翅的孔雀，全是公的。女人的爱，已从选择，发展到了被选择。我们知道男人好斗，现实生活中，又发现女人其实也好斗，这是雌性动物雄性化的标志。动物的好斗，通常不是为了争夺食物，而只是为了获得异性。古人说，食色性也。雌的动物懒得为雄性争斗，它只视雄性为自己发情季节中可利用的对象，看着雄性可笑的表演，看着它们为了献殷勤搔首弄姿，拼得死去活来。女人却发展了自己，谁让她们是高级动物，女人不仅促使男人竞争，而且厕身其间，亲临现场参加了比赛。

我们不妨再考察一番动物的母爱。母爱是动物属性中很重要的一部分，所谓虎毒不食子。动物世界中，让人们感动的一个乐章，便是动物的母爱。科学研究证明，母爱和性爱一样，同样是荷尔蒙在起作用。通常情况下，小羊羔在刚出生的六小时内，如果和母羊分开，那么这只母羊就会不认羊羔，并且拒绝为它喂奶。科学的解释是母羊大脑里出现了问题，控制脑垂体荷尔蒙接受能力的雌激素，由于小羊羔的分开急剧减少，于是母羊不由自主地放弃了做母亲的职能。而有经验的牧民，据说有一手绝活，可以恢复母羊的爱心，具体方法说起来不太文雅，那就是按摩母羊的某个部位，只要花上五分钟的时间，母羊便会开始舔小羊，发出轻轻的咩咩声，十分顺从地让小羊吃奶。事实上，这种做法有其科学的依据，按摩能使荷尔蒙迅速释放到血液中去，荷尔蒙达到一定数量，母羊就又成为一个合格的母亲。荷尔蒙的失调，可以让母爱丧失，同样，保持正常的荷尔蒙，也可以让母爱维持，这就是为什么把小狗拿走了，母狗竟会为小老虎哺乳的原因。

女人的母爱不可能完全等同动物的母爱。新潮女性拒绝为婴儿哺乳，说是为了保持优美的体形，因为体形的改变，尤其是乳房的下垂，会在男人的眼里失去魅力。在公共汽车上，常常可以看见年轻力壮的女人，和小孩子抢座位，当然这是和别人家的小孩争夺，争不到便恼羞成怒，臭骂小孩子不知谦让。还有一些母亲，为了学习成绩，像揍贼似的暴打自己小孩，严重的，索性将自己的小孩打死了。说这些女士的荷尔蒙有问题，肯定会花容失色红颜大怒，是吃饱了撑着难受，好端端地没事找骂，弄不好还会挨耳光。但是如果荷尔蒙没有问题，为什么又偏要做出这些有违母爱的举动。这篇文章，从研究动物的观点来谈女人，肯定有些不伦不类，有些拿滑稽当有趣，不过，我们已经习惯于用人的观点去看动物，也不妨就用观察动物的观点，来琢磨人，尤其琢磨琢磨女人，因为女人再高级，和男人一样，毕竟还是动物。

动物和儿童

美国科普专栏女作家安吉尔在一本谈动物的书里，向我们介绍了土狼的性格。安女士指出，土狼生性残忍，刚从母体里出来，就成为所有哺乳动物中最为好战的新生儿。它们急于作战，立即开始进攻，直到将对手咬死为止。我们总以为世界上最残暴的动物，是动物之王的狮子或者老虎，然而它们真要和土狼比起来，却要逊色得多。土狼不仅可以从与自己身体差不多大小的猎豹嘴里抢下食物，就算遇到比它体形大得多的狮子，也一样敢虎口夺食。在塞林格蒂平原，土狼所猎杀的动物比任何食肉野兽还要多，它还是效率最高的消费者，无论是肉，还是骨头，甚至皮毛和牙齿，它都无一例外地嚼碎了咽下肚去。再也找不到什么比土狼更贪婪的动物，用不了半个小时，二十多只疯狂的土狼，可以把一只五百磅的成年斑马，啃得只剩下地上的几滴血。它们像啃甘蔗一样地嚼着骨头，临了，又把所有的渣子全都吃干净，结果土狼拉的屎，看上去像一种叫做白垩的石灰岩。

在孟夫子的眼里，土狼肯定属于性本恶。有了土狼作为参照系数，虽然世界上仍然有不少坏人恶人，说人性本善便毫无疑问。由于有了电视，我们已经习惯在屏幕上观看动物世界。看着动物的表演，很多人都觉得有趣。我们常常会心一笑，原来动物是这样，或者竟然是那样。看完了，有时我们也会忍不住想，所谓本性，究竟是天生的，还是在漫长的历史进化中，像地上的小草似的逐步长出来。为什么有的动物食肉，而有的动物却是被食肉。我们知道弱肉强食，可是为什么会弱，为什么会强？

我想总不至于谁下了一道命令，硬性规定动物吃荤或者吃素。或者扔出去一个硬币，狼和羊各猜一面，谁猜准了就有吃对方的资格。不同的动物显然通过公平竞争，才决定了各自的命运，胜利者吃肉，失败者吃草。这种吃与被吃的关系一旦形成，就逐渐固定下来。动物的本能，一代代发展演化，食肉动物变得越来越厉害，它充分发展了自己的狩猎本领，因为只有吃到更多的肉，自己才能生存和发展，同样，被食肉动物为了活下去，也越来越机灵，它充分发展了逃生的技能。我们于是明白食肉动物的牙齿为何如此有力，爪子为何这般锋利，舌头像锉刀一样，一舔便能将毛褪去，以及被食肉动物为何奔走如飞，身上的羽毛和表皮为了隐蔽，能像变色龙一样不停变化颜色。

说完了动物，回过头来观察人类，得出一些简单的答案也就不困难。人之所以变成今天这副模样，将来还可能又怎样，和先天有关，和后天分不开。比较土狼幼崽和人类婴儿之间的差异，我们会明白人不应该像土狼那么厉害，那么贪婪。人类是有文化的动物，比其他生灵更有意识，更知道应该如何把握自己将来的命运。人类的孩子在出生之际，既用不着无师自通，像那些小鹿小羚羊一样，刚落地就会奔跑，也用不着像那些凶残的食肉动物，从一开始就表现出嗜杀的掠夺本性。如今大多数的儿童，都像天使一般地来到人间，父母已经为他们的到来，作好了一切必要的准备。

随着人类社会的越来越文明，有充分的理由相信，未来将是美好的。今天的中国儿童差不多都是温室的花朵，既不能伤害，也不会被伤害。专家不无忧虑地指出，过分溺爱对儿童，不仅没有什么好处，而且有潜在的危机。有许多人对中外少年儿童现状进行比较，通过对照得出结论，虽然中国的儿童被称之为小皇帝，但是这些小皇上，并没有外国的小平民百姓过得幸福称心。今天正在苦读的中小学生，处在重点学校的竞争中，其激烈程度和土狼的幼崽相比，逊色不到哪里去。

我总是有一个很天真的念头，这就是狠狠心，真牺牲了一代儿童的幸福，结果会怎么样。儿童是祖国的未来，希望寄托在今天的这些孩子身上。激烈的竞争不一定全是坏事，中国这么多人口，不竞争结局无疑更糟。在儿童时代过早地接受优胜劣汰，这很残酷，可是如果这种残酷，若真能带来好的局面，那么这种牺牲就值得。为有牺牲多壮志，我们常说，资本的原始积累有其血淋淋的一面，既然大家还处在初级阶段，就咬紧牙关硬挺一下。

只是这种牺牲不应该仅仅只停留在儿童的身上，它应该成为我们生存本能的一部分。本能是无意识的，土狼幼崽互相残杀，并不说明真明白所作所为，是为了未来的食物短缺。土狼显然不明白为什么要这样，它们只是情不自禁。在没有找到更好的办法前，教育制度也只能是围着高考的指挥棒转。中国儿童的竞争太简单，说白了，也就是为了将来能进入大学。让孩子上大学，是许多父母心中解不开的死结，仿佛一上了大学，什么都到了尽头。于是，竞争永远是一种外在的东西，是本能之外的附加题。于是，中国儿童不是我要读书，而是家长和社会要我读书。“我要”和“要我”有着本质区别。明白了这一点，也就知道为什么我们的儿童没有后劲。从表面看，从小就遭遇了优胜劣汰，然而从心理上来说，孩子始终处于劣汰的境地，一开始，大多数的孩子被别人淘汰，因为总会有孩子成绩比他更好，到后来，又被自己淘汰，因为就算是一路过关斩将，金榜题名，临了，也仍然摆脱不了心灰意懒。有目的的竞争行为永远是一种短视。既然目的只为上大学，考上考不上，结果也就差不多，反正都是放弃，而这样的放弃则意味着，儿童时代的幸福白白地牺牲了。

好人和坏人

世界上没有绝对的好人与坏人。好人和坏人是比较出来的,有了好人,我们就说某人不好。同样,有了坏人,我们又说某人好。好人的头衔是别人送给他们的,更多的时候是由坏人来赠送。大家常常用好人不吃亏,来安慰那些明显是吃了亏的人。别人已经吃了亏,送一句现成的好话给他,事情也就两清。有个小男孩问自己母亲,什么样的人才是好人,母亲说,没有长肚脐眼的,就是好人。从此,小男孩一直留心没有肚脐眼的人。母亲带他去女浴室洗澡,他眼睛直直地盯着别人的肚子看,别人就说这孩子长大一定好色,弄不好还有窥阴癖。长大以后,他在男浴室里洗澡,明知道母亲小时候是骗他的,可是忍不住还是要看别人有没有肚脐眼。有一次,他看见一个人的肚子上,赫然竟有两个肚脐眼。他惊奇的目光让被盯着的人感到很不高兴,那人就说,怎么啦,有什么好看的。他结结巴巴地说,人家说好人没有肚脐眼,你怎么一个人就有了两个。那位仁兄是从劳改农场里放出来的,肚子上曾被人用三角刮刀捅过一下,被他这么一问,气不打一处出,朝他面门湿乎乎带着肥皂水就是一拳,将他打翻在地。

好人不吃亏是一句没道理的话。首先好人并不在乎自己有没有吃亏,说好人不吃亏,通常是那种占了便宜的人讲的漂亮话。好人按照自己的处事原则处事,他觉得自己谦让一些,吃亏一些,这样对,这样自己觉得心安理得。不吃亏就是占便宜,然而好人并不想占便宜。说好人不吃亏,其实就是一种以小人之心,度君子之腹,以做小买卖的心情,谈论为人民服务。其次,有人习惯于得了便宜卖乖,得了便宜,并不见好就收,还要说别人不吃亏,这样的人就算不是坏人,也肯定不能算好人。自己已经占了便宜，占就占了，嘴还不肯老实，惠而不费地替别人算账，这一算，结果仿佛是别人占了便宜。

事实上，好人总是吃亏的。只能说好人不在乎吃亏，说好人天生气量大，说好人生来就缺心眼，这种观点是不对的。好人不至于傻到连自己明显是吃了亏都不知道。好人在数学方面起码不会有什么问题。在火车上，把自己的座位让给老人或孕妇坐，好人未必就觉得站着舒服，而且假定一口气真站上十个八个小时，反而更有利于身体健康。同样，看见有人丢了钱包，好人用自己的钱替人买票，又明知道这种钱是不会还的，未必就觉得一点也不心疼，更不会想我今天不吃亏，是大大赚了一大笔。好人首先是正常的人，他只是有自己的行为准则，觉得自己应该怎么样，不应该怎么样。千万别把好人想象得和呆子一个模样，说好人没有肚脐眼，这句话的潜台词，也就是这意思。好人做好事，只是一种生活态度，有的人愿意做，正如有的人不愿意做。好人好事不一定非要表扬，可是千万不要瞎夸奖。

与好人总是吃亏相对，坏人总是占便宜。孔融让梨，不是他不知道哪个梨子好，也不是说孔融让了梨，就能躲得了什么噩运和灾难。让不让梨，孔融先生最后一样被杀。不能说好人吃亏是占便宜，也不能说坏人占便宜也是吃亏，不能运用阿Q似的推理判断，话得说清楚，一是一，二是二，吃亏就是吃亏，占便宜就是占便宜，混淆两者的界限是不对的。这时候讲辩证法，是有意颠倒是非，仿佛为伪劣产品推销作媒子，是继续欺负好人，继续保护坏人。就好像好人愿意吃些亏一样，坏人喜欢占便宜，也只能让他占。在好人和坏人面前，放两个梨子，一大一小，坏人很自然会拣大的拿，拿到了大的，心安理得，他可以觉得这就是竞争，是优胜劣汰。好人也会想到拿大的，也知道大的甜，可就是出手慢一些，而且真拿到了，会觉得不好意思，因为这有违于好人的处事原则，得了便宜，他没办法心安理得。

坏人不得好死，只是吓唬人的鬼话，在战场上，好人与坏人一起置身于枪林弹雨，先送命的往往是好人。好人不好意思缩头缩脑，好人的反应常常要比坏人差。好人见义勇为，很可能丢了自己的性命。在单位里，无论是分房子还是评职称，总是能打能闹的坏人占上风。做领导的，常常让好人吃亏，让坏人占便宜，因为如果不这样，颠倒过来，单位里就不会太平。我们总说一碗水要端平，不应该欺负老实的好人，其实之所以这么呼吁，很重要的一个原因，就是一碗水从来就没有端平过。人难免欺软怕硬，马善好骑，人善好欺，所谓软，也就是好人,容易说话的老好人易于对付,所谓硬,当然是坏家伙,这种人,惹不起只好躲。

我扯了半天,目的不是让大家不做好人,都去做坏人,也不是想证明好人如何做不得。就像一开始就说的那样,好人坏人并不绝对,好人有时候也会有坏人的念头,坏人有时候也会羡慕好人。好人与坏人可以转换,关键是看他们的行动,实践是检验真理的标准。我的意思是,有些道理不妨先说说清楚。做好人做坏人,悉听尊便,古话说,不以成败论英雄,这里借用一下,就是不以吃亏占便宜的结局,评论人的好坏。让人为了不吃亏去做好人,这从情理上说不通,而且最重要的一点,人来到世界,并不是为了占便宜。

拉车的和坐车的

门口的一条小巷，人多时常常堵车。有一次，一个年轻出租车司机，嫌一位骑车老人拦了他的路，摇下车窗破口大骂。众目睽睽，老人被骂晕了，幸好人已经下车，要不然非摔一个朝天跌不可，他怔了半天，忽然回过神来，对还在喋喋不休的司机嚷道："神气什么，在解放前，你不就是一个破拉车的！"司机没想到老人会冒出这么恶毒的一句话，光天化日之下，不至于跳下车给老人两拳头，转怒为喜，一踩油门，走人。

我在一篇文章中，谈到了这一幕情景。有个读者写了很长的一封信给我，为出租车司机打抱不平，写信人自己就开过出租车，认定我把这事写出来，就是歧视出租车司机。他觉得把司机，说成是拉车的，是人格上的污辱。此外，他还花了很长的篇幅，替出租车司机申诉委屈，谈到了税收问题，谈到了警察如何动不动就罚款。在他看来，现在的中国人很没有素质，行人和骑自行车的故意不让道，老百姓看到出租车司机赚了些钱，比教授副教授拿的钱还多，心里就不平衡。

我不是动不动就坐出租车的人，难得捞到一次机会，总是乐意和司机聊会儿天。我知道像南京这种中型城市，出租车太多，老百姓口袋里钱太少，靠出租车发财，远不像想象中那么轻而易举。但是开出租，比工薪阶层强得多，这是一个不争的事实。在这篇小文章中，我既不想谈出租车司机的经济状况，能多赚钱当然是好事，靠劳动致富光荣，也不想谈他们的委屈，谁还没有一肚子不痛快，警察罚款是狠了些，可谁让他们违反交通规则。开出租车起早摸黑不容易，警察站在马路中间疏导交通，大口大口地吃污染难道就活该？我觉得老是诉苦，很没意思。大家都去找心理医生，每人准能说上几小时的痛苦。学生抱怨家长和老师布置的功课太多，家长和老师又抱怨教育制度，下岗工人抱怨企业不景气，家庭主妇抱怨菜太贵了，小贩抱怨生意越来越不好做。就算那些大家看来混得好混得阔的人，也忍不住会牢骚满腹，当官的嫌会议多，当大款的恨自己老婆不肯离婚。世上不称心事，向来十有八九，人活着，首先得想开。

我想谈的第一个问题，是开出租的司机，算不算拉车的。答案显然是肯定的。虽然有歧视的嫌疑，但是我们总不能昧着良心，硬说不是。用锄头种地是农民，开着拖拉机耕地，就不算是农民，这说不过去。不管怎么说，歧视拉车的是不对的，问题在于，是谁在歧视。歧视是一种不平等，无论是谁，按理都不应该歧视别人。坐车的拉车的不平等，这不奇怪，譬如老板和打工仔就不可能平等。在人格上，大家都平等，然而人家花了钱坐车，就是为了享受一下平等之外的不平等。如果完全平等了，就应该坐车的和拉车的在中途各自交换角色，你拉我一段，我便应该送你一程。拉车的因为收了坐车的钱，也就无所谓平等不平等。同样，给领导开车，也是一种拉车，单位给了你开车的工资，你就不能和领导讲，我拉你是不平等。

这篇文章开头提到的那位老人，说出租车司机是“破拉车的”，无疑包含了歧视。然而这种歧视，恐怕也是事出有因，因为出租车司机先骂了老人，骂人就不会有好话，不用解释，肯定也是一种歧视。老人对出租车司机的歧视，是一种以其人之道，还治其人之身，就好像人们对骂，都要提到对方的母亲一样。双方的歧视你来我往，其实是打了一个平手。开车的嫌骑车人挡道，对中国人多的现状恨得咬牙切齿，可惜他忘记了自己也是人多中的一员。人多不能光怨人家骑车的，怨人家走路的，大路朝天，各走半边，况且是在小巷里，不能因为你开着车子，别人就非得给你让路。大家都有心情不好的时候，我想老人开口就骂人家是“破拉车的”不对，而那位年轻的司机为这点小事，一笑了之，也还算有足够的肚量。

我倒是觉得那位写信给我的前出租车司机，颇有些歧视拉车的。因为他眼里，开车的怎么能和拉车的混为一谈，其实，就算是了，又怎么样。人是平等的，拉车的不低人一等，正如开出租车的也不高人一等。接下来便是我想谈的第二个问题，这就是拉车的究竟算不算劳动人民。这又是一个荒诞的问题，因为根本就没人说不是。我今年已经四十一岁，很多和我年龄相仿的人，都明白一个不太愿意说出口的道理，那就是劳动人民是大概念，把一个人淹没在大概念中,一些很容易明白的事情,反而闹不明白,我们总不能说坐车的,就不是劳动人民。

我们不妨分析一些拉车的作为劳动人民成员中特殊的一面。先说他和服务对象的关系,当然有阶级斗争的一面,但是我想说,拉车的拉着空车在街上溜达,他喜欢的恐怕不会是穷人。尽管是为人民服务,拉车也是为有钱的人民服务。如果他半天碰不上一个客人,真有穷人不知趣地挡道,肯定会火冒三丈。拉车的最恨人没钱坐车,这一点几乎不用怀疑,就好像在今天,开出租车的司机,自然而然不把工薪阶层放在眼里。对那些只坐了一个起步价,一定要开发票回去报销的乘客,出租车司机提到了就觉得丢人现眼。从赚钱的角度来说,出租车司机第一恨人没钱,没钱就没生意,第二恨要发票报销的,因为这样没办法逃税。过去的年代里,我们曾经强调过阶级斗争,注意的是拉车的和坐车的对立,而忽视的,却是他们和那些既不拉车也不坐车的人之间的矛盾。

事实上,拉车的和坐车的,向来只是少数人。在今天,谁都是劳动人民,坐车和拉车,也只是一种分工的不同,都有伟大和不伟大的人厕身其中。出租车司机中,有宰客的,捡人皮包不还的,也有见义勇为学雷锋做好事的。坐车的也是这样,既有贪官和奸商,也有经济条件确实很好,不在乎那点小钱的中国特色的中产阶层。我要强调的一点,是大多数人,既不属于拉车的阶层,也不属于坐车的阶层。偶尔伸手拦辆出租车的人,怕是还不能列入坐车阶层。拉车和坐车这种服务与被服务关系，永远只是劳动人民中的一小部分。有人也许会抬杠,举出火车和飞机的例子,因为同样是服务与被服务。我想这篇文章所说的拉车和坐车,都带有一定的特指,是指一些特定的人,如果我们出门坐了火车和飞机,坐了长途大巴,就感觉良好,觉得自己已经上升到了坐车阶层,那只能说明这篇文章没写好,表述上有漏洞,要说明白的话没说明白,可是我仍然不认为自己的观点错了。

贫穷的和富有的

有的人永远贫穷。我认识一家人，买什么东西都不肯落后，就是这不肯落后，害得一直闹经济危机。你可以永远听他抱怨钱不够用，因为缺钱，永远牢骚满腹。按说如今家庭中该有的东西，冰箱彩电，电话摩托车，最新的DVD机，应有尽有，可还是觉得自己穷，觉得穷，便认定是这社会不好。嫌冰箱太小，彩电已经有了两台，嫌尺寸还没到位。咬咬牙把所有的钱都拿出来，甚至还向别人借一些，刚花完，就发现自己已经又落伍，落伍了，就更仇恨。我们谈到西方发达国家，常说那里的老百姓喜欢消费在前，凡事都预支，动不动就贷款，我认识的这家人，新潮的消费观念，似乎也像发达国家的老百姓，有理无理，也是先享受起来再说，然而最大的区别在于，外国人的提前消费是有谱的，人家有能耐挣钱，人家把自己的负债当做是一种奋斗的动力，不像我们，负了债就觉得老天不公平，觉得天下人都负了他。

我还认识一个人，他的消费观念，恰恰相反。钱放在银行里，始终不肯拿出来用。银行的钱不用，平时的收入，一定要省下一部分再存起来。人们常说有什么钱过什么日子，可我认识的这个人，始终过一种低于自己实际生活水平的日子，有一百块钱，只舍得花八十块钱。这种人永远吝啬，所有的精明和智慧，都体现在如何占别人的小便宜上。十几年前，他银行中的存款比我的十倍还多，和我在一起，却总是我用钱。不在别人身上用钱，也就算了，关键的问题，是还舍不得在自己身上用钱。二十年前，万元户是个不得了的事，那时候有一万块钱，根据当时的生活水平，似乎一辈子的吃喝都不用发愁。一万块钱在今天能怎么样，这账已经用不着我来算，于是我认识的这个人，当年有钱的时候很贫穷，现在一样贫穷，等于从来就没有富有过。他对这个社会的不满，也是显而易见，因为他总想不明白自己为什么总是贫穷，而且越来越穷。

王小波在一篇散文中，曾引用某位哲人的观点，说贫穷是一种生活方式。我现在也重复引用一下，因为贫穷有时候的确是一种不好的生活方式。值得一提的是，我这里提到的贫穷，大都是身边的人和事，和那些边远山区穷困县无关。我所说的，只是一种相对的贫穷，因为在我们身边，有钱和没钱，从来就不是绝对的。贫穷和富有，只有通过比较，才能感觉出来。有比较才有鉴别，有了鉴别，才能把问题想明白说清楚。有三十四寸大彩电的人，他可以觉得自己比那些拥有二十一寸彩电，包括比那些已买了二十九寸彩电的人更富有。骑摩托车的人，他可以觉得自己比拥有私家小汽车的人穷得多。因此，贫穷还不仅仅是生活方式，说穿了还是一个心态的问题。

再说我的一个朋友，十年前，他的妻子没有工作，刚生了孩子，房子也不理想。那时候我和他还是同事，单位里常常发一些鲜鱼鲜肉，他就发愁，说发这么多鲜肉干什么，他又没有冰箱，根本来不及吃。他很大度地要把这些鲜肉送一部分给别人。我至今还十分欣赏他的生活态度，因为我觉得他始终有一种健康的心态，从来没有因为一时的贫困潦倒，显现出任何怨天尤人的样子。他并没有因为自己买不起冰箱急得跳脚。这是一位从复旦大学毕业的高材生，我没听他说过，那些没文化的人，怎么就比自己过得好这类混账话，也没听他说自己是白读了书，空有了一张名牌大学文凭。他总是显得很平静，觉得现在的这一切，都很平常，也很正常。有钱就过有钱的日子，没钱就过没钱的日子，他觉得这是天经地义。

我的这位朋友，现在也没有发大财，但是经济状况已经完全改变。他脚上如今穿的是一千多块钱一双的皮鞋，出门常常坐出租。他花自己的钱很舍得，去澡堂洗澡，请师傅擦背，付小费的派头仿佛大款。他花自己花得喜气洋洋，自得其乐，充分享受。他没有因为过去曾经窘迫过，赶快像吝啬鬼一样拼命存钱，只是觉得自己现在这么消费，很正常，就像过去没钱时不买冰箱一样合情合理。困难的时候，既没想到跟别人借钱，更谈不上借钱不还，有钱的时候，也从来不在别人面前摆阔，笑谁谁谁小气。不妒人有，也不笑人无，他的心态永远富有。

中国有句古话，叫穷则生变。其实任何变，都有两层意思，过去，我们总是强调有积极意义的一面，对贫穷的消极面有所忽视。贫穷可以产生出动力，但是这种动力，有时候很可怕。报纸上，现在常常提到贫富不均，这是一个显而易见的事实，因此不止一次听见有人咬牙切齿，说要把钱重新进行分配，因为只有这样才公平。有些人，比进不比出，比得到而不比付出，自己在挣钱方面毫无能耐，吃不了苦受不了委屈，看别人比自己钱多，就耿耿于怀。这是一种典型的流氓无产者态度，这种态度曾经给我们的国家，带来非常大的伤害。

如果贫穷只是一种现状，这没有什么关系，人来到世界上，就是为了改变现状。一个积极想改变现状的人，其精神永远是富有的，精神的富有是我们这个世界越来越好的重要保证。如果贫穷偏偏只是一种心态，这种心态不加以克服，社会不但得不到发展，还会跌入我既然不好，大家也别想好的怪圈。精神的贫穷是很多灾难的根源之一。

巴兰的驴子

这是《圣经》上的故事，一位国王派人携带厚礼去找巴兰，求他诅咒以色列人。巴兰是个有能耐的巫师，为人厚道，但是难免见钱眼开，欣然从命，骑驴上路。上帝担心他会做出对以色列人不利的事情，派天使拿一把已出鞘的宝剑，站半道上阻拦去路。巴兰兴冲冲赶路，没看到天使，看到天使的是驴子，那畜生有些害怕，扬起前蹄，掉头就跑。巴兰不知其中原委，大为恼火，抡起鞭子便打。那驴也倔，怎么打，死活不肯回头。巴兰的腿被弄疼了，好像是膝盖撞在什么东西上面，疼得哇哇乱叫，一边叫，一边继续猛打驴子。驴被打急了，突然说起人话，它说："干吗这样打我？"巴兰说："我打你，因为你昏了头，竟然敢戏弄我。"驴子说："你是我的主人，我一向是听话的，怎么敢违背你的意愿！"这时候，巴兰也看到了天使，连忙从驴背上跳下来，鞠躬行礼。天使很生气，说："凭什么打你的驴，你笨得连驴都不如，要不是它改了道，你的性命早就没了。"

这个故事的寓义在于，人有时候比驴还笨，驴老实驯服，逼急了，也会开口抗议。现实生活中，类似直奔险境的例子很多，趾高气昂坐在驴子上，自以为前途光明，不知道天使正带着宝剑，守候在路口等着取我们的性命。记得十年前，我第一次有幸乘豪华旅游船，游览三峡。一天晚上，打牌打饿了，和刘震云一起吃方便面，那时候还没有碗仔面，同船两位台湾姑娘带了很多，也正在吃，我们看得眼红，便厚着脸皮捧一大叠袋装的康师傅，想跟她们交换，没想到对方一口拒绝，还白了我们一眼。

本来不过是件小事，谁都可能嘴馋，大庭广众地被拒绝，大不了是丢大陆同胞的脸。好在不久，我们终于吃到了国产的碗仔面，顿时有出一口鸟气的感觉。不过这口鸟气是出了，新问题又接踵而来，这些年的发展迅速，日新月异，要什么有什么，但是坐火车往外看，铁路沿线到处是丢弃的快餐盒，白色污染立刻变得非常严峻。生产厂家在快餐食品上发了一笔横财，遗留的污染却可能一百年都解决不了。中国人一直眼红洋人的汽车，老百姓心里痒，就盼着私家车成为现实。这些年来，成天闹着要入关，一会儿是美国佬作梗，一会儿又是什么什么，现在眼见着入关要成为现实，小汽车不至于便宜得像碗仔面，在价格上能承受得起将是不争的事实。如今，即使是一个傻瓜，也在盘算自己什么时候可能会有一辆私车。中国这么多人，不说人人有车，三五个人有辆车，庞大的市场不知可以养活多少企业，于是类似市场萎缩，下岗，再就业等等，一旦汽车多了，都不是问题，前途差不多立刻就光明了。

我们从小就习惯于这么一个思路，那就是中国人也是人，别人能做到，我们一定也能做到。赶超世界先进水平，是童年时就被灌输的梦想，时至今日，在铁一般的事实面前，我们的自尊心已大打折扣，赶超这观念不再流行，最新通行的词语是发展。我们说自己是发展中的国家，超过不了欧美，赶不上日韩，跟在发达国家们肥胖的屁股后面，发展发展总可以。偏偏有一位诺贝尔物理学奖华裔科学家宣布，中国大陆的汽车前景，不要说发展到美国水平，就是小小的台湾地区水平，也不可能，理由很简单，如果这样，全世界的汽油还不够中国一个国家的汽车燃烧。

这种预测真是太煞风景。发展的前景总是美好的，我们骑在驴子上，为生活水平的改善扬扬得意，我们不是巫师或什么大气功师，既没有巴兰的能耐，屁股底下坐的也不是一头会说话的驴。天使的宝剑已经高高举起，继续傻乎乎地往前走，不明白点事，天知道会怎么样。

捡到象牙筷子弄穷人家

象牙筷子在过去很珍贵，只有富人家才用得起。有个小康之家的主人，白捡到了一双象牙筷，顿时觉得自己成了人物，家里的一切，逐步开始升级，都要和象牙筷配套使用。碗首先得换，换那种细瓷带金边的，要不然吃饭时，不上档次的大青边碗，活生生糟蹋了象牙筷。碗换了，锅，瓢，盆，餐桌餐椅，都得换，否则看着刺眼，心里不舒坦。吃饭的家伙换了一遍，其他的东西也得换，就像玩多米诺骨牌，好端端的一个小康之家，换这换那，折腾来折腾去，于是也不小康了，破了产，成了地道的穷人。

这是小时候听说的一个民间故事。已深深陷在记忆里，自己做了蠢事，想到这个典故，便忍不住会心一笑。为什么我们今天活得那么累，说白了，就是因为捡到了几双象牙筷，一下子找不到北，顾盼自雄，妄自尊大，最后害自己落入窘境。人不能太执著，活在今天这个世界上，或许过于太平无事，常常不知不觉就进入小康。捡到一些意外之物，顿时忘乎所以，感觉良好，不明白自己是什么人。小康之家摆出大富大贵的样子，非累死不可。

“文化大革命”中，突然掀起了轰轰烈烈的下放，记得那时候，我们全家都盼着下放，父母当时还在牛棚，如果能轮到下放，就意味着被解放，从敌我矛盾转为人民内部矛盾。不同境遇会产生不同的想法，那时候，父亲满脑子无产阶级思想，只想把家中的一切卖了，然后赤条条无牵挂地去当农民，偏偏天公不作美，藏书被没收，工资被扣发，想下放也无门。当时绝对想不到因祸得福，到

“文革”快结束时，父母都解放了，也不用下放，抄去的书退还，虽然损失五分之一，但是不没收，早就让父亲送到旧货站。最妙的是补发工资，真是一大笔，那年头还没有一百元的大票子，记得父亲用一个黄书包去取钱，八千多块钱，差不多一书包。“文革”前，父亲有钱从不存银行，买书、抽烟、喝酒、支援亲戚朋友，用光拉倒，“文革”中只拿一个生活费，等于强制存钱，几年下来，结果一下子成了一个富翁，当时有这么多钱很了不得。

事物的发展会走向反面，坏事有时候也能变成好事，捡到了象牙筷这种幸运，却能够变成坏事。我认识一个朋友说过一个故事，他单位里的某个领导，本来是有小车坐的，神气活现，很有些派头，后来犯了一点小错，职务没免，换部门继续做官，小车却不能坐了。因为坐惯小车，再骑自行车，或者挤公共汽车，太掉身价，而且绝对有一种失落感。他已经不习惯和那些没小车坐的人民群众画上等号，于是宁可垂头丧气地步行，每天单程四十五分钟，来回要一个半小时。他本来身体不太好，天天步行，老胃病也不犯了。脸色红润，刚开始说锻炼还是无奈，是一种“美其名曰”的遮羞，到后来，他竟然很认真地说，再有小车让他坐，也不坐了。

朋友说的另外一个故事，是单位里离休的老干部，老人家赋闲在家，感到最大的不自在，是没会可开。在任上的时候，他一方面抱怨会议太多，一方面只要是个会，一定不肯放弃，而且逢会必发言，不发言脸上就难看。单位里元旦联欢，新领导商量了一番，一致决定不请他，因为大家总算摆脱他的唠叨，再也不想听他的陈词滥调。老干部给省领导写信，告状，他的文化不高，信里有好几个错字，还有三处病句，这信绕一大圈，又回到了单位，大家都传阅，都当笑话讲。告状也没什么用，依然不给他开会的机会，除了追悼会。单位里老同志多，每年要走好几位，轮不到他致悼词，他就主动要求说话，但是死者家属也不乐意，在这种悲伤时刻，他一发言，丧事就成了喜剧。

一棵树一样的大白菜

现在某些保健产品针对的对象，都是像我母亲一样的老太太，年龄已经过了七十，身体依然硬朗，经济条件不错，容易轻信，心软，想多活些日子，被骗点钱也无所谓。我常劝母亲不要相信推销员的话，什么东西一旦吹得神乎其神，一定有问题。尤其吃的东西，千万不要乱买，不要相信广告，否则花了钱舍不得不吃，吃下去，没什么用还好，真有什么副作用，麻烦就大了。母亲总是相信说明书上的话，戴着老花眼镜，找来找去，寻章摘句，终于找到一行小字，“本产品绝对没有副作用”，于是把这句话反复念给我听。她既想证明我的担心多余，同时也坚定自己大胆服用的信心。

这些保健品的价格，大都是几百块，这是一个离退休老人心理上能够接受的价位。太高了，心疼，太低了，怕没效。便宜无好货早已深入人心，太廉价反而蒙不了群众，几百块正好买一个心理安慰，花钱买平安，有时候，非要花些钱，心里才会踏实。花了钱，觉得它是个好东西，自然而然就有了效果。说是治头疼，服了之后，脑袋立刻不疼，治血压高，也是立竿见影。什么气功神掌，什么补钙，这个丸那个灵，类似的花样没完没了，旧的东西不灵了，新玩意儿立刻登场。

有人向母亲推销一个一万五千元的床垫，说是有什么磁，还有红外线，反正睡了之后，百病都治，有病治病，没病养身。因为是熟人，母亲婉言谢绝，介绍人却不肯善罢甘休，一定要坐出租去看货，说是可以免费睡一睡。于是就躺上去，睡了没几分钟，熟人反复问有没有效，母亲出于客气，说了一声有，熟人就一定缠着她，让她赶快掏钱买。母亲说，一万五一个床垫，太贵了，她买不起。熟人说，笑话，你真买不起，也不会找你了。母亲很狼狈，心里承受不了这个价位，回家后又觉得对不起人家，毕竟人家花了出租车钱，你不买这个床垫，岂不是让人白花钱了。

国外有个典故，叫做“一棵树一样的大白菜”，说的是一桩本来不存在的事情，有人随口扯了一个弥天大谎，结果很多人上当，淘金一样去寻找这棵大白菜，最后当然是找不到。这个典故颇有些像我们所说的吹牛吹过了头，它牵涉到了说谎的技巧问题。很多骗子都相信谎言千遍便成真理，但是对于我母亲这样的老太太来说，把谎言说成真理没什么太大意义。一个离退休的老人，对真理已不怎么执著，人越老，在心理年龄上就越小。譬如我母亲，和她说有一棵树一样的大白菜，通常是不会相信的，就好比不会相信一张一万五千元的床垫可以包治百病。如果换一种说法，是这种白菜是用什么肥料浇灌，含有什么元素，能治心脏病，能改善心血管系统的功能，说不定就把人给蒙住了。不离谱不是吹牛，太离谱了却是浪费口舌，别人绝不会上当。

母亲对包治百病的床垫，渐渐还真悟出了一些道理。人在不肯上当的时候，会显得特别清醒，一万五千元数额巨大，突破了心理防线，母亲反而成了哲学家，几百块钱的时候常犯糊涂，到一万多，陡然变聪明了。终于想明白熟人愿意付出租车的车费，不可能一点私心也没有，舍不得孩子套不着狼，联系到社会上拿回扣的种种传言，母亲一下子明白了有人暴富的秘密。母亲给我打了很长时间的电话，在电话里，她的思想变得活跃起来，觉得厂家推销一万五千元的床垫，实在愚不可及。我不愿意扫母亲的兴，其实一个人花一万多块钱，仿佛她花几百元钱，要上当也是非常可能，厂家这一次不过是找错了对象。

流言蜚语

女儿想到国外去，参加外语口试，主考老师问她，到了国外，如果想家怎么办，她理直气壮地回答，说很简单，如今地球不过是个村子，可以打电话，发电子邮件。老师说，打电话要钱的，你的钱从哪来？女儿说打工挣，骑自行车替人家送报纸。老师于是笑了，女儿毕竟是中学生，这种回答显然受电影或电视剧的影响。好在接下来的一段话让老师颇为赞赏，女儿说，除了借助现代的通讯手段，还可以写日记。女儿说她喜欢日记，如果真在异国他乡，她将把自己的思乡情绪，都倾泄在日记之中。主考的外籍老师对女儿的回答非常满意。

我也觉得女儿的回答很棒。她无意中说到了心灵交流的另一种可能，那就是让文字成为猎手，捕捉那些稍纵即逝的思想火花。仅仅通过电话交流是不够的，老实说，我一直不太习惯用话筒来表达感情。电话太直截了当，有什么说什么，说完就完。流言蜚语作为一个常用词组，代表着谣言四起，我太不喜欢它的本义，更愿意它有一层新的意思。流言蜚语常常是一大堆没有意义的声音信息，人们打电话，在生活中没完没了地聊天，说了也就说了，语言的蝴蝶在空气中振动着翅膀，随风起舞，语言的流水像小河一样流淌，一去不返。

有人写了一封长信给我，说从多位候选人，挑中了我，认定我可以和他合作写一部传世的长篇小说。他不远万里，冒冒失失找来了，既道貌岸然，装腔作势，又神秘兮兮，前言不搭后语。他认为他的故事很精彩，一旦写出来便了不得。我问他为什么不亲自写，他的理由是自己不会写，因此决定把这份荣誉分一杯羹给我尝尝。这显然是一番不能接受的好意，他没料到别人会拒绝，觉得我应该慎重地再考虑考虑，否则会为失去这次千载难逢的好机会，后悔一辈子。我第一次遇上这么自信的人，他沉浸在美好的前景中，你对他解释什么都没用，他根本就不打算听别人的话。想打发走这么一位陌生朋友，不是件容易的事情，也许这人以后真会成为一名作家，只要是个作家，性格中就难免神经质的一面，不管怎么说，仅从这一点上看，他已经很有作家素质。

很多人坚信他们没有成为作家的原因是没写。我不止一次听人说，要是把自己的经历写下来，早就成为作家。事实或许真是如此，有人之所以成为作家，说穿了还是因为发生了写作这种行为。有人能够说许许多多的精彩故事，这些故事写下来，不用任何加工，就是天生的小说。我一向敬佩能说会道的人，他们嘴边流过的那么许多精彩的词语，他们不当作家，真是太可惜。王朔曾说过作家就是写字的，有的人立刻很生气，觉得亵渎了作家的光荣称号。其实这种生气本身很可疑，和工人农民教师学生相比，作家凭什么就应该获得光荣称号的专利。再也没有比作家更便当的职业，作家是真正的皮包公司，而且拎着一个式样陈旧的人革皮包。只要发表几篇文章，就可以是作协会员，出两本小册子，就可以上名人辞典。

思想离开不了流言蜚语，语言学的常识告诉我们，人类一旦离开语言，就没有办法进行思考。没有了语言，思想将寸步难行，即使在做梦的时候，我们也被流言蜚语所左右。无论浅薄还是高雅，我们的脑海总是塞满了流言蜚语。作家不过是一些不得不和流言蜚语打交道的文字工作者，作家的灵感体现在，我们是如何巧妙地捕捉那些来无影去无踪的语言讯息。作家用文字的形式，将活生生的流言蜚语固定下来，将生动的变化莫测的语言讯息，加工成看得见可以印成书的语言符号。作家是流言蜚语的最大受益者，是一帮高明或不高明的语言贩子，将流言蜚语制成风干了的标本供人欣赏，供人把玩。

财富二题

财，人所宝也

这个小标题是从《说文》里找来的。我写文章，有时候也会搬点来头大的文字蒙人。蒙人常常是一种无可奈何，写文章也和做生意一样，你要想说道理，如果不蒙人，这活儿就没办法往下做。看动物世界，领悟自然界的物竞生存，常常会想，狮子老虎，猴子斑马，大到大象，小到蚂蚁，所谓芸芸众生，怎么会有那么多奇异。动物世界足以让我们眼花缭乱，当然，奇异是针对人类的眼光而言，其实动物很简单，有很多共同的本能，譬如都要进食，都要生儿育女，都要生老病死。

人自称高级动物，高级在什么地方呢？这问题不难回答。首先，人会思想，这个大家都知道。人不一定是思想家，然而是个人就会思想。有了思想，人就不一样了，就可以自以为是。人的性观念和一般动物不一样，动物的性只和延续生命有关，人不是。只有人才把这档子事叫做做爱，记不清楚哪个名人说过这话，那意思就是，人是一年四季都做那事的动物。因为这事，你可以说人比畜生强，也可以说人还不如畜生。老鼠屯食，是为了过冬，为了度过饥荒。生命的意义在于必须填饱肚子，肚子填饱，万事拉倒，偏偏人还喜欢追求财富。以动物的眼光看，人真是有些怪怪的，除了不分季节，还喜欢敛财，喜欢没完没了地收集根本没有用的东西。

财富注定是为人服务的。没有了人，财富也就失去了意义。是人创造的财富，还是财富创造了人，这是个有些绕人的问题。人要聚集财富，要住大房子，要有别墅,要有香车宝马,要有珠宝钻石。这些欲望,既是人先天的弱点,也是人后来的优势。财富是人之所以为人的一个重要动力，人在创造财富的努力中,也创造了人自己。人是自然界最苦命的动物,过去教科书上,把蚂蚁和蜜蜂评为最勤劳,这是一种偏差,已经有专家写文章指出,最勤劳的桂冠,无疑应该颁给人类,据说只有人类才存在着“过劳死”。财富是挂在驴鼻子前的胡萝卜,有了这根胡萝卜,人再也别想离开磨盘。

说世界变成今天这个模样，是因为人类追求财富的结果，是一种极端解释,多少有些偏颇,但是也没有什么大错。财,人所宝也,说穿了就是这回事。在文艺作品里,在领导同志的讲话中,在报纸上,在电视摄像机前,人们情不自禁就会矜持,变得清高,会流露出对财富的一种不屑。不屑并不表明都是真心不喜欢,金钱虽然被说成是万恶之源,可是不管怎么说,仍然是个可爱的东西。每当我想发财时,就发现自己真是个不折不扣的俗人。说老实话,不要说那些实实在在的财富,让人眼红让人心动,就是那些虚幻,那些想得到还没有得到,或者说完全不可能得到的财富,也会让我黯然神往。

财,货也

我认识一个喜欢搜集古董的长辈,有一阵,总是纠缠我父亲,希望能帮着讨要一些名人字画。凡有收藏癖的人,都是胡搅蛮缠的高手。父亲屡屡为这类纠缠感到难堪,人各有志,各有所好,他平生最怕开口求人,哪怕求的是祖父,硬着头皮一回又一回为别人这么做了,心头很长一段时间不痛快。

父亲到了晚年,一次次搬家,也想在新居里附庸风雅,挂些什么装点门面,突然发现,自己手头竟然连一张像样的字画都没有。他因此有些后悔,把这归结为祖父教育的后果。首先是祖父不赞成写毛笔字,因为这个缘故,父亲终身注定和书法无缘。其次,祖父对身外之物,从来是可有可无,身边有什么好东西,譬如说得了一本好书,谁看中了,谁可以拿走,谁手快谁占便宜,谁得到是谁的。如果说父亲这辈子还有些收藏的话,那也就是书了,但是,在玩收藏的人看来,父亲的藏书都不能叫收藏,根本没有什么孤本善本。

父亲的后悔,差不多也是我的后悔。我也有父亲的毛病,不能玩书法,平生最怕开口求人,什么都不收藏。祖父的房间里,挂的都是他自己的字,我们做小辈的,因此有了一个似是而非的观点,这就是如果不能写不能画,干脆什么都不要挂。我们父子在这方面都有些迂腐，有一种莫名其妙的清高。字画自然属于不折不扣的身外之物，可是你又不得不承认，它们确实也是一种财富。因为我们父子的关系，很多人如获至宝地得到了祖父的字，甚至得到了祖父朋友的字。这些人压根就不相信，恰恰是我们父子手上，反而没有这些东西。有人来找过我，要买祖父的字，说是在什么文物市场上，见过一封祖父的手迹，还值些银子。我想都没想就拒绝了，这可不是一个可以谈价钱的事情，他显然找错了人。

说老实话，我和父亲失去了太多获得名人字画的机会，失去就失去了，后悔已来不及。不过这种后悔却让人感到恐惧，它足以说明我并不是真的不迷恋身外之物。人的清高有时候戳穿不得，与父亲一样，我虽然从小接受教育，不要在乎身外之物，可是要想不在乎，也得有足够的真才实学才行，这就好比不爱财富，首先要先拥有财富一样，否则就是大而无当的虚无主义。我不得不有所反省，自己是真的不喜欢字画，还是内心喜欢，因为自己不能，才产生了一种说不出的抵触心理。不在乎身外之物，弄不好会变成一个借口，事实上，我远没有到达清心寡欲的境界。对于财富的观点，一代人和一代人不一样，有的人和没有的人不一样。有时候，不在乎并不是什么好事，不在乎只是在掩盖自己的无能，是自己折腾自己，自己和自己过不去。

关于桥

之一

江南的桥数不胜数，小桥流水人家，人从桥上走，水自桥下流，一切都很平常。春城三百七十桥，夹岸朱楼隔柳条。童年记忆中，桥和平地差不多，桥连着路，路接着桥，人俯在桥栏上，孩子气地往河里吐口水。记忆中的桥面上都很干净，那水也不像今天这等肮脏，小孩子站在桥上，除了吐口水，想不出还能干别的什么事。

第一次对桥有深刻印象，“文化大革命”刚开始，一个大些的小男孩，十分神秘地问我们，能不能找到一条路，不经过桥，就能抵达夫子庙。这问题引起了我们的好奇心，充满了挑战意味，我们因此逃学，走了差不多整整一天，遇到桥就绕路，没有路便回头，脚底下磨出了水泡，小腿肚开始抽筋。通往夫子庙有很多条路，大路小路，柏油路，水泥路，还有那鹅卵石铺的路，所有的路都踩遍了，终于得到答案，不过桥，只能隔岸观望。

我们用同样的问题问别的孩子，问那些什么事都已明白的大人。得到的答案大同小异，所有刚听到这问题的成年人，都不相信不过桥，就到不了夫子庙。没有人相信我们能把所有的路都走完，一个上年纪的老人说我们是胡说八道，一起探路的小男孩则被母亲用鞋底狠狠地打屁股，理由是外面这么乱，冒冒失失乱闯，天知道会闯下什么祸。我们成了一群说谎的孩子，大家都觉得这些孩子太天真了，夫子庙又不是孤岛，它就在市中心，有那么多条路，又是大家经常要去的地方，有的人甚至天天走过。

经常去，天天走过，临了，对自己是不是过桥这么简单的小问题，却不得不产生疑意。可笑的是，大人常常不愿意在小孩子面前，承认自己的无知。大人总是对的，即使错了也是对。那时候不知道去找地图看，也许拿张地图出来，大家立刻无话可说。很长时间里，我们的小脑袋瓜里总被这问题纠缠，我是个信心不足的孩子，更多的时候宁愿相信自己错了。虽然那条路根本不存在，然而我还是怀疑，也许有条秘密的通道被我们漏了过去，这条路直通夫子庙，用不着经过任何一座桥。

之二

“文化大革命”越来越激烈的时候，我去了农村外婆家，在那上小学。小学校建在河坡上，有座窄窄的木桥，小孩子眼里就算很高，很悬，人在上面走，能听见“叽叽咔咔”的摇晃声。

夏天到了，一下课，差不多所有的男孩，都脱了短裤，光着屁股争先恐后地往河里跳。我是个城市里的小孩，刚开始众目睽睽之下，真有些不好意思。当时的情况下，大家已经光屁股了，如果你穿条游泳裤，反而显得有些怪。不仅是农村的小男孩，就是大人，下河也光屁股。唯一的例外是我们的语文老师，他是个复员军人，当过兵的，讲究文明，记得当时有人讥笑他，说：“你又没两个鸡巴，怕谁看呀！”

乡下孩子游泳，清一色的狗爬式，就听见“扑通扑通”的水声，扑腾了半天，人却前进不了多少。我比所有的乡下小孩都游得快，三十多米的河面，我已经游到头了，那些乡下孩子，至多才游到一半。

桥上有几个女孩子在看我们戏水，因为有女孩子看着，我越游越快。乡下的小孩比不了速度，就和我比胆大，比谁敢从高高的桥上往下跳。那桥确实有些高，刚开始，谁也不敢跳，大家胆战心惊地翻过桥栏杆，做出要跳的模样，比画了半天，不敢撒手，一撒手，人就会掉下去。

女孩子们在一旁唧唧喳喳地看着，终于有个叫和尚的调皮蛋，一不小心，像下饺子似的，平躺着掉了下去，“嘭”的一声，溅起很高的水花。女孩子一片声地惊叫，站在桥栏外面的小男孩，不约而同赶紧翻过栏杆，回到安全的桥面上，扶着栏杆往桥下看。和尚已经冒出了水面，这一摔，胆子摔大了，湿漉漉地重新回到桥上，越过栏杆，二话不说又往下跳。

和尚是第一个敢从桥上往河里跳的小男孩。刚开始，就他一个人敢这么做。渐渐地，敢从桥上往下跳的孩子多起来。我几次下狠心，闭上眼睛想往下跳，就是不肯最后撒手。同伴们跑过来推我，扳我的手指，用最难听的话刺我，最后还是没有敢跳。

敢不敢从高高的桥上跳下去，说穿了，是心理障碍，很后悔自己当初的胆小。直到现在，胆怯仍然伴随着我，其实当时咬咬牙心，真跳下去，后来的情况会完全不一样。有些事，小时候不敢做，长大了，更不敢。如今，我可以在水里不间断地游上一个小时，但是让我从游泳池边上往下跳，仍然有一种由衷的害怕。

之三

与外婆家隔河相望的村子，叫河东村。至今不知道这村叫什么名字，因为只有外婆村上的人才会这么叫。人家是河东，自己这边自然是河西了。河东河西共一个老祖宗，都姓姚，姚家祠堂在河西村，当时是“文化大革命”，也没什么祭老祖宗一说，祠堂改成了小学，印象中，两个村子的感情一直不太好。

一条小河将两个村子隔开了，一座桥又将两个村子连起来。这座桥大家都叫它“乌龟桥”，不知道为什么取这么一个名字，怀疑有讹错，也许是“五归桥”，或“吾归桥”。

两个村上的孩子常常隔河对扔土块，一边扔，一边拣最下流的话骂。有时候已是成人的小伙子，也会加入这种无聊的干仗。河东村有个屠户，养了一条狗，那狗因为经常有肉骨头填肚子，毛色光亮，见生人就叫，就想咬。河西村的人往东去走亲戚，必定经过河东村，那狗也坏，成群结队的人走过，只是吠，遇上单身的胆小的，咬牙切齿地便要扑过来。

河西村的人恨透了这条狗，算计着想把它打死了吃肉。那狗有灵性，知道有人想吃它，任你怎么哄都不过桥。河东村的人往西走，也会遇上同样麻烦，河西村上养了条狗，虽然瘦，见了河东村的人就凶神恶煞。河东村的一个小伙子，和河西村的一个姑娘偷偷好上了，两人在桥下的桑树林里上演了一场罗密欧和朱丽叶，姑娘肚子说大就大了，于是也顾不上同姓不能结婚的祖训，匆匆办了喜事。可惜好景不长，婚后并不幸福，尽管只隔一条河，姑娘再也不愿意回娘家，而且和丈夫也一点不恩爱。

连接两个村子的桥年久失修，常常会有人掉下去。好在河也不深，出了几回事，都是有惊无险，都没死人。一个小脚老太掉到了河里，一个挺着大肚子的孕妇也掉到了河里，恰巧都有人在一旁看到，刚栽下去，便被救了起来。我在农村待了两年多，耳边屡屡响起大人的关照：

“过桥小心，别掉到河里去！”

桥是东西交通的必由之路，至今我仍然不明白，为什么不齐心合力，把那桥修好。记忆中，有很多闲散的日子，憨厚的年轻人在墙角里晒太阳，没完没了地打扑克，花很大的气力搭“忠”字牌楼，就是不肯去修桥。当年总以为修桥是一件很了不得的事情，后来我才知道，那桥真要修，一点也不困难。

关于流水

之一

上中学时，有一次看见一位居民，从门前的秦淮河里捞起条金鱼。很大的一条，可能是别人放养，也可能是天生，反正那鱼的颜色，和一般的缸养金鱼不一样，是青色，大尾巴。捞起这条金鱼的人，把鱼放在一个大木脚盆里养着，不少人围着看，纷纷猜测这鱼的来头。连续很多天，我们放学路上的一个重要内容，就是去看那条鱼还在不在。那人想把这条大金鱼卖了，可是一直没有买主。

那年头，若有人举着一根鱼竿，在秦淮河边钓鱼，不能算是发疯。秦淮河里确实有鱼，不仅有鱼，还有小虾，孩子们河边玩耍，眼疾手快，用捞鱼虫的小网兜迅速出击，便能有所收获。关于流水的概念，我其实到了很久以后，才逐渐明确起来。童年的记忆中，河水永远在流，这和现在见到的情况完全不同。小时候见到的都是活水，不像现在，动不动就是臭水潭。

小桥流水人家，是典型的江南特色。记得20世纪80年代初期，秦淮河排水清淤泥，几个喜欢收藏的朋友闻讯，赶过去淘换宝贝，高高地卷起裤腿，光着脚跳下河，从几尺厚的淤泥中，搜寻前人留下来的文物。忙了几天，把能搜集到的破青瓷碗，有裂纹的花瓶，断的笔架，还算完整的小鼻烟壶，喜气洋洋地都席卷回家。说起来都是有上百年的历史，喜欢古董的朋友就好这个，他们博古架上的供品，有很多好玩意儿其实就是埋在河底的垃圾。过去年代里走红的妓女，失意的文人，无所事事的贩夫走卒，得志的和不得意的官僚，未必比今天的人更有环保意识，有什么不要的东西往河里一扔，便完事。

不妨想象一下，河水不流，又会怎么样。壤非壤不高，水非水不流。流水不腐，秦淮河要是不流动，早就不复存在。正是因为有了秦淮河，我们才可能在它的淤泥里，重温历史，抚摸过去。这些年来，人们都在抱怨秦淮河水太臭，污染是原因，水流得不畅更是原因。流水是江南繁华的根本，流水落花春去也，看似无情，却是有情。是流水成全了锦绣春色，江南众多的河道，犹如人躯体上的毛细血管，有了流水，江南也就有了生命，就有了无穷无尽的活力。

之二

“昨夜月明江上梦，逆随潮水到秦淮。”这是王安石诗中的佳句。如果说水乡纵横交错的河道，是毛细血管，长江就是大动脉。大江东去，奔腾到海不复还，古人把百川与大海汇合，比喻为诸侯朝见天子。长江厉害，更厉害的却是大海。

江南水乡的人，对潮起潮落有特殊的感受。水往低处流，长江下游，受到潮汐的抵挡，水位迅速变化。以我外婆家后门口的石码头为例，潮来潮去，一天之内的落差，可以有一两米高。清晨起来，河水已泛滥到了后门口，站在门外稍稍弯腰，就可以舀到水。到了下午，滔滔的河水仿佛脸盆被凿了个洞，水差不多全漏光了，要洗碗洗菜，得一口气走下去许多级台阶才行。

现在的江南，已很难看到潮起潮落。到处修了闸，水位完全由人工控制。人的日常生活，和潮汐几乎无关。要说这种变化，也不过是近二三十年的事情。我在农村上小学的时候，吃完饭，大人把锅碗瓢盆放在河边的码头上，慢慢地涨潮了，河水漫上来了，到退潮以后，容器里常会有小鱼留下来，慌慌忙忙地游着。那鱼是一种永远也长不大的品种，一寸左右，大头，看上去有些像蝌蚪。

水乡的男孩子没有不会捉螃蟹的。秋风响，蟹脚痒。三十年前，江南水乡，到处可以见到螃蟹，河沟里，田埂旁，捉几只螃蟹来下酒，谈不上一点奢侈。流水是螃蟹的生命线，水流到哪里，哪里就有螃蟹的足迹。如今是在梦中，才能重温当年捉螃蟹的情景。要先找螃蟹洞，发现了可疑洞穴，便往里泼水。如果有一道细细的黑线涌出来，说明洞里一定有螃蟹，于是就用一种铁丝做的钩子，伸进去，将那螃蟹活生生的揪出来。

这是一种野蛮操作，螃蟹会受伤，受了伤很快会死，死螃蟹绝对不能食用，所以不是吃饭前，一般不用这种下策。聪明的办法是用草和稀泥和成一团，将洞堵死，然后在旁边做上记号，隔三四个小时再来智取。取时手穿过堵塞物，沿着洞壁慢慢伸进去，抓住螃蟹的脚，另一只手拿开堵塞物，螃蟹也就手到擒来。螃蟹意识到氧气不足的时候，会不得不往洞口爬。如此捉蟹的方法，关键要掌握好时间，太短了，手刚伸进去，螃蟹还未进入昏迷状态，仍然要往后逃，太长，便会憋死。

之三

苏州人嘴里，河与湖发同样的音。这种巧合，反映了江南人对水的看法，在长江下游的人眼里，河与湖没什么太大区别。

我有个亲戚阿文在江南水乡插队当知青，按辈分，比我小一辈，按年龄，却比我大了差不多十岁。他长得非常帅，而且聪明，一转眼，在乡下已经当了五年知青，中学里学过的教材仍然不肯丢，没事就看书，还偷偷自修英语。他中学学的是俄语，当时中国和苏联关系紧张，原来学的那点俄语根本没什么用。记得有一次说好了一起去赶集，他兴冲冲借了条船回来，笑着说："明天我们一起坐船去，我正好要去接一个人。"

在水乡，船是最重要的交通工具。知青下乡，首先要学的就是摇橹。我曾经尝试过许多次，划不了几下，橹就会掉下来。第二天一大早，阿文打扮得干干净净，扛着一个橹接我来了。那天走了很多路，去镇上的路并不遥远，可是船在镇边上停了一下，就马不停蹄继续赶路。去镇上只是一个幌子，我因此跟着他坐了整整一天的船，还饿得半死。后来才知道他要去接的人，是个女孩子，是阿文朋友的女朋友。春光明媚，正是菜花开放的季节，菜花金黄，麦苗青翠，天空中飘着大朵大朵的白云。阿文的朋友被推荐上了大学，在大学里学地质，他有个同学生病回乡，就托这位同学带封信给他的女朋友。

我不知道为什么那信要托人带，而不是直接寄，并且要绕个大弯子，由阿文带着她去取。很多事一直也没有弄明白。阿文和女孩子显然很熟，她生得极小巧，皮肤很白，戴个大草帽坐在船头。我至今仍然能记得草帽上的一行红字，"将革命进行到底"，日晒雨淋，字迹已斑驳脱落。一路上，大家都不说什么话，我觉得很闷，很无聊。终于到达要去的地方，见到了那位同学，在那吃了饭。女孩子看完信,似乎有些不太高兴,老是冷笑。

后来就是回程,先送女孩子。女孩子也是知青,是上海人,回去同样没什么话,半路上,她突然开口,冷笑说:“我们真倒霉,来时逆水,回去,又是逆水。”船在航行,坐船上的人并不太在意水的流向,经她一提醒,我才注意到水流很急,难怪我们的船慢得够戗。

阿文笑着说:“你倒什么霉,吃苦的是我,涨潮落潮全赶上了。”

我们披星戴月,很晚才到家,阿文活生生地摇了一天的橹,没有一点儿疲劳的样子。整整一天,他都是很兴奋,我当时有种感觉,觉得阿文是有点喜欢那女孩子,因为喜欢,所以兴奋。当然只能是喜欢,没什么别的意思,毕竟是他朋友的女友。岁月如流水,将近许多年过去了,往事不再,女孩子据说后来和一个毫不相干的人结了婚,阿文对这事闭口不谈。

文化的厕所

十多年前，写过一个中篇《关于厕所》，因为小说的胡说八道，很多人认定我对厕所很有研究。有读者一本正经写信过来，要与我切磋古今中外的厕所文化。还有读者向我提供素材，描述发生在厕所里的种种趣事，希望把这些故事再敷衍成小说。来而不往非礼也，一想到自己赢得了这么一个虚名，忍不住愧疚。说老实话，作为一个小说家，自然希望作品有些反响，但是宇宙之大，苍蝇之微，可供把玩的事情太多，我这人虽然浅薄无聊，兴趣却颇为广泛，实在不想把有限的精力，投入到无限的对厕所的研究中去。

一向反对把厕所说成是种文化。进门三步急，出门一身轻，厕所就是厕所，犯不着为它操太多的心。泛文化的观点很没有意思，有人说厕所不是文化，研究厕所才是文化，话说得不错，振振有词理直气壮，不过跟没说一样，你还能说研究什么不是文化。文化这玩意儿本来就是块口香糖，谁都可以拿过来放在嘴里嚼，常常还是别人嚼过的。

衡量厕所好坏的方法有很多种，一位阔朋友，形容自己家新装潢的卫生间，用了一个标准是五星级。这个五星级并不是自说自话，据他介绍，是参照了某某五星级宾馆的总统套房。关于这个，他有一套详细说明，用什么牌子马桶，什么牌子面盆，什么牌子的浴缸和龙头，都是最高档次的顶级品牌，人民币要达到什么价位。对卫生间的面积也有要求，必须是十平方米以上。

我感兴趣的不是他家卫生间如何豪华，而是他谈起年轻妻子上厕所的神态。按说别人老婆在卫生间怎么样，与我没任何关系，写在文章里更不厚道，可还是要忍不住说几句。这位年轻漂亮的妻子，是朋友二次“革命”的成果，记得当年休掉糟糠之妻的时候，他常常到我这儿来忏悔，痛说“革命”家史，有时还像鳄鱼一样地洒几滴眼泪，说自己如何对不起人家。朋友的前妻我也认识，很平常一个女人，年轻时不觉得年轻，到中年也不觉老。冯巩说相声，有句台词形容人的不起眼，“搁人堆里就找不着了”，说的就是她。

朋友很快不再说起那个消失在茫茫人海里的前妻，现在乐意提到的，是他新娶的第二任妻子。根据朋友的观点，一个男人只有经历过了两件事，才能算是真正的男人，这就是坐一次牢，离一次婚。很多男人都没有这个功德圆满的机会，尽管只是二居其一，他的言谈中不无赞赏和卖弄。第二任妻子要比他足足小二十岁，有一个说得过去的文凭，学历要比他过硬得多。按照一般世俗观点，不是成功的男人，不敢娶这么有为的太太。朋友透露，如果太太是只金丝鸟，那么他家精心装潢的卫生间，就是养鸟的笼子。因为有老公养着，这位第二任妻子年纪轻轻，便辞去了一份不好不坏的工作，安安心心当起了居家主妇。

据说她从小向往的人生理想，就是拥有一个豪华的卫生间，因为她非常容易便秘，每次都要在马桶上坐相当长的时间。一个好的卫生间，与这个经常被便秘困扰的美丽女人结合，可谓是天作之合。五星级的设施天生就是为她这号人准备的，它们对得起她，她也从来不会辜负它们。单说这坐上马桶前的一系列准备工作，就可以称得上可歌可泣。用朋友的话来说，要完成这些仪式，没有十分钟，绝对不可能到位。要有三本以上的白领刊物，都是时尚类的，譬如《摩登》和《三联生活周刊》。有时还要加一本新出版的世界文学名著，譬如刚得诺贝尔奖的小说。捎上最新款的MP4，捎上电源充足的手机，外加一杯新沏的柠檬茶，一台能够无线上网的手提电脑。她必须慢吞吞地把这些玩意儿都移到卫生间，一样样搁在马桶边的小架子上，反复了N次，才能“心满意足地露出她那高贵的屁股”，引号部分是朋友的原话。

小时候的情景记忆犹新，记得当年去喊这位朋友一起上学，他不止一次地坐在老式木马桶上，表情痛苦地拉不出屎来。他们家祖孙三代就一间房子，马桶放在两个床形成的夹角之间，用一个布帘子挡着，我害怕迟到，总是一个劲儿地催他快一点。有一次，上课的时候，我端坐在课堂上听老师讲课，讲解农业基础知识，听见他幽灵一般地在厕所里大叫。原来他在拉屎时误了点，一不小心，把准备用来擦屁股的手纸掉到坑里去了。那年头，我们都习惯从练习簿上随手撕张纸下来，那种油光光印着格子的纸，使用前必须使劲搓柔软了才行。他永远是拉不出屎来，我最初知道便秘，知道痔疮，就是从这位朋友那里获得的信息。

不直说厕所，改称去洗手间卫生间盥洗室，这差不多就是有点文化了。透过现象可以看到本质，小小的厕所，是个人奋斗成功的重要见证。我从来就不觉得朋友是暴发户，社会上有很多穷人，也的确有了很多富人。社会是多元的，穷人有穷人的活法，富人有富人的享受。有钱在卫生间上面奢侈一下，搞点情调，玩点花样，没什么大过错，只要他不妨碍别人。历史学家黄仁宇在他的《自传》中，专门提到了拥有私人盥洗室的感叹。作为一个杰出的文化人，在美国打拼了那么多年，他的沾沾自喜，他的美国梦，竟然会是大家看着并不起眼的东西。道在尿溺，人能够拥有一个完全属于自己的盥洗室，确实是可喜可贺。记得我读到这段文字时，感慨得差点落下眼泪。

无论你有什么样的文化观点，卫生间都应该是个让人感到自由和幸福的地方。

皇帝的小红裤衩

认识朱新建，是在20世纪70年代末。那时候刚考上大学，青春得不像个话。有一天，他来到我家，送了一本小画册，大家就算认识，成了朋友。说过些什么话，记不清，他怎么来的，也记不清。能记住的是那本小画册，江苏少儿出版社出版的，画的是《皇帝的新衣》。这样的小画册出版社出过许多，我印象最深刻的就是这一本。朱新建画的皇帝，穿了个小红裤衩，大约这就是时代特色，我们都知道皇帝他老人家，应该是什么都没有穿，可在当时，你还真不得不给皇帝穿点什么。

很快，时代风气变化了。思想解放，皇帝的小红裤衩，说脱，也就脱了。在首都机场画《泼水节》的袁运生到南京来办画展，做讲座，把偌大的一个南京师范大学，弄成了乱哄哄鸡犬不宁的大码头。那几天，到处都是形迹可疑的年轻人，穿喇叭裤，留长头发，哼邓丽君的歌曲。我们一伙人正折腾一本民间刊物《人间》，我和朱新建混迹其中，既不想管事，又多少要跟着瞎起哄。反正在哪儿都是碰头见面，哪儿乱，就在哪儿捣乱。天天赶过去凑热闹，拜见张三，幸会李四。我又不是画画的，对画的好坏也弄不明白，听袁运生说教，完全是因为熟悉朋友都去的缘故。

袁运生能获得年轻人的欢心，与《泼水节》上的裸女被禁有关。什么玩意儿一禁，年轻人心目中立刻有很大反响。我们这伙人有画画的有写小说的，美术院校已开始裸体写生，画画的没事喜欢说这事，写小说的听着心里痒痒的。有一天，朱新建拿了一大叠写生稿给我们看，画的都是裸女，有鼻子没眼睛的，一个个全夸张变形，我们觉得奇怪，议论纷纷，说怎么都是这副腔调。自恃懂点画的，便说这是马蒂斯风格，是有来头，而且来头还不小。又说那不叫写生，是速写，是快速的写。别人写生，一节课至多画一两张，他一节课就可以画一大叠。

那一阵我正恶补世界美术史，到处跟人借画册看，知道了一点现代派皮毛，又仗着有好几位画画的朋友指点，并不觉得朱新建的写生稿有什么特别的好，当然也不觉得有什么特别不好。不知道朱新建对我是什么态度，说老实话，当时大家并不太关心对方，他不留心我的小说，我也不在意他的画。都是刚起步，年少气盛，很多事都还不明白。心里只有一个单纯的念头，相信他是个好的画家，起码以后会是。如果当初的交友还有什么功利心，那就是你隐隐约约地能感觉到，彼此之间的友谊，多少能给对方一些事业上的促进。我们乐意成为对手，物以类聚，人以群分，什么人玩什么鸟，他喜欢画，我喜欢写，干的事不一样，行当不同，追求的艺术趣味却差不太多。

说白了，画画也好，写小说也好，都只能按照自己的感觉去做，有什么样的感觉，就有什么样的东西。这么多年来，朱新建很勤奋地画，我老老实实地写，在各自的路上越走越远。虽然一个城市里住着，见面的机会并不多。我心里常常惦记他，也常常听朋友说起他。他的名气越来越大，传说越来越多，故事越来越离谱。反正是皇帝的小红裤衩一旦脱了，就不可收拾，从此以后，很少再穿上。有个好朋友说起朱新建，说他的画真他妈的"色"。这个色，是很赞赏，是极度的赞赏，那意思就是看了他的画，感觉还真有点不一样。感觉是个说不清楚的东西，得心里真有才行，反正我喜欢他的画，老想到他那里去看上几眼，学习学习。有一阵，还看到他的书法，自然是画画的风格，与书家的字相比，别有奇趣。打个不恰当的比方，这字就像小孩子看皇帝新衣的目光一样，单纯天真，不掺任何假。

朱新建曾送给我父亲一张画，是个小和尚。父亲跟我一起欣赏，一边把玩，一边嘀咕，说他画的裸体女人最有意思，为什么偏偏要送这么一张给我。我笑着说，画以稀奇为贵，都不穿衣服，穿衣服的就珍贵了。父亲也笑，说这话也对，穿衣服就穿衣服吧，这小和尚的一袭袈裟倒别有深意。

不能说把皇帝的小红裤衩脱掉，是朱新建一个人的功劳，但是他确实开了风气。小裤衩的有无之间，实在是一种大学问。有一年看画展，所谓"新"字当头的，还用什么"文人"和"水墨"出来点缀，声势浩大，很有些江湖气。我匆匆而过，可惜许多人物画，都一个味道。对画界的事，我不想多说，不过坐实了要说有些画是学朱新建，也没什么大错。所幸画展中没有朱新建在凑热闹，真是可喜可贺。武侠小说中有一种境界，叫孤独求败，朱新建心里是怎么想的，我不知道，想来也是去之不远，对今天的画风应该有种说不出的寂寞。无可奈何花落去，我想有些人，我们自然是不愿意与之为伍。现实生活中，《皇帝的新衣》仍然还在上演，大家仍然喋喋不休，继续为皇帝的新衣大唱赞歌。

我第一篇小说中的插图，是朱新建画的。对我，这是第一次，当然记住了。在朱新建，未成大名的时候，反正是经常帮人画插图，画了也就画了，不会往心上去。如今是不是悔其少作，我说不准。那天在电话里聊天，说起当年的事，都忍不住哈哈大笑。一转眼，二十多年过去了，很快要三十年，我们显然做梦也不会想到能有今天。

妙在无处可寻

读小学时，离学校不远，有个十竹斋。郭沫若题写斋名，那年头经常念叨主席诗词，都知道喜欢唱和的郭老。一直觉得这名字怪，正处于“文革”中，店铺门板一会儿开，一会儿关。从外边走过，能看见挂着的字画，有人在裱画，摊大案板上一层层乱抹。

那年头，十竹斋与修自行车的车行，与卖旧货的信托商店，与沿街的小饭馆和丧葬用品店，并没太大区别。我们这些孩子并不知道何为艺术。几十年后，玩篆刻的孙少斌兄随手给了张名片，上面印着十竹斋字样，我的回忆立刻又回到少年。

十竹斋的历史和辉煌，曾经不比北京荣宝斋逊色。多年以来我一直懊恼，恨年少时无所事事，大好春光白白耽误，没有学习书法和篆刻。要是能到十竹斋当个学徒多好，后悔已来不及，少小不努力，老大徒伤悲。我的祖父能写一手不错的毛笔字，也能篆刻，可惜他并不赞成我们学这些。为什么这样，至今想不明白，五四一代的老文化人，都这态度，譬如鲁迅也是这么认为。

萧娴老人让少斌刻过一方“不食鱼”的闲印，正好他也不喜欢食鱼，老太太很高兴，说自己终于有了传人。生于1948年的少斌，“文革”那年十八岁，他的过去我不太了解，只知道从这时候开始，正经八百学习篆刻，拜师南京博物院的王敦化先生。他的学艺生涯，其实与十竹斋并无瓜葛，他这岁数，生长在红旗下，“文革”中无非当知青，进工厂，能混进了十竹斋，也是后来。

人生一世，说到幸福，莫过于年轻时喜欢，终身可以从事。就像陈丹青当年迷上画画，为了亲近艺术，可以进一家小工厂，在骨灰盒上作画。少斌年纪轻轻便与篆刻较上了劲，下乡当农民，进钢铁厂当工人，这些经历都无法阻拦求艺步伐。追求艺术的最大好处，妙在无处可寻，不仅能够忘情投入，打发无聊之人生，而且与时俱进弥觉其甘，越老辣，越能发扬光大。

“文革”耽误许多年轻人，偏偏成全了少斌。因为篆刻，他有了与别人不一样的生活。因为喜欢，因为入了门，即使在文化的大沙漠，也能不被耽误。当然，“文革”那样的灾难，有一次已足够。

少斌的刀下功夫十分了得，从艺四十余年，出神入化，达到很高境界，说称雄一方也不为过。篆刻无数，他的一本印谱，收录为宋文治父子的治印，居然有二百多方。宋氏父子都是著名画家，少斌的印和他们的画天作地合，成为南京艺坛一道风景线。人生得一知己足矣，不由得想到了老上海的篆刻名家陈巨来，他就曾为吴湖帆刻过近一百方印。

从解手说起

1

解手犹如今天的人去洗手间，是撒尿的一种拐弯和委婉说法。古人和现代人在“便溺”这件不大不小的事情上，总是不愿意直截了当说出来。好在大家都懂，懂了也就不去追究为什么。只有那些固执的学者，会为此大伤脑筋，千方百计琢磨出处。抗战期间，顾颉刚先生避国难，在四川做义民，与人闲聊中，了解到明末时，张献忠杀人如麻，蜀人未遭屠戮的只有十分之一。到了清初，号称天府之国的四川尽化草莱，所以朝廷不得不下令移民，“以湖广填四川”。老百姓是不听话的，因此要强迫，一个个都把手捆起来，像押壮丁一样，被捆的移民途中内急，就请押送的兵丁“解手”，因为只有解了手，才能把便溺这件事办好。同样的道理是“出恭”，过去的学童念私塾，就厕时必须领出恭牌，一来二去，“出恭”便成为一个固定词组。

学者的特点是喜欢琢磨为什么，顾颉刚是历史学家，举一反三，他对解手的兴趣，自然不会停留在字面的意义上。解手是中国移民史的一个好例子，而为什么要移民四川，恐怕不是一个张献忠杀人就能说清楚的。明清之际，四川原有的人口遭受灭顶之灾，这和战乱有着直接的关系，连绵不断的战争阻碍了生产的发展，张献忠三次入川，交战双方既有明军和农民军，又有明军和清军，以及清军和南明的军队，清军和吴三桂的“西府兵”，此长彼消，打来打去，多少年也没太平过。打了这么多仗，人口死亡无数，把账都推在八大王张献忠身上，显然不公平。这一时期四川人口的骤减，战乱是重要原因，和天灾也分不开，造成死亡的因素还有瘟疫，有特大的旱涝，“大旱大饥大疫，人自相食，存者万分之一”。据说当时还发生了“千古未闻之奇祸”的虎灾，川北南充一带，群虎自山中肆无忌惮走出来，“县治、学宫俱为虎窟”。老虎吃人并不是什么新鲜事，但是群虎成灾，“昼夜群游城郭村圩之内”，可怜的老百姓都成了猎物，回想起来便太惨了些。

天灾人祸是一对难兄难弟，一旦灾祸来了，老百姓往往束手无策，坐以待毙。移民是一个重要的补救措施，一开始是强迫，因为移民的结果并不乐观，南充县知县的报告中说，原报招来户口人丁五百零六名，虎噬二百三十八名，病死五十五名，剩下的只有二百一十三名，新报招来人口七十四名，见存三十二名。虽然清政府给予极其优惠的政策，“四川耕地，官给牛种，听兵民开垦”，“凡抛荒田地，无论有主无主，任人尽力开垦，永给为业”，但是动不动就成了老虎的午餐，不用绳子捆着刀架在脖子上，老百姓断然不肯上路。好在这些优惠政策的诱人之处不言而喻，因此道路尽管曲折，前途却一片光明，那些移民只要能熬下去，不葬身虎口，开十几亩荒地，便是一个很不错的小地主了。

明末清初的向四川移民，开始时要强迫，到后来，因为有一个好的前景作为诱惑，强迫变成了自觉，渐渐地，移民成为一种潮流，汹涌澎湃，在差不多一个世纪中，人口剧增，荒芜的四川逐步上升为人口最多密度最大的地区。情况真是说变就变，人和老虎较量，很快还是人占了上风。在康熙初年，四川境内“人烟俱绝”，到康熙四十年已是“湖南衡、永、宝三府百姓，数年来携男挈女，日不下数百口，纷纷尽赴四川垦荒”。雍正五年，“湖广，广东、江西等省之民，因本地歉收米贵，相率而迁移四川者，不下数万人”。统计资料显示，在乾隆八年到十三年之间，自湖广“由黔赴川就食者，共二十四万三千余户”。这是一个骇人听闻的数字，那时候的一户不是现在的三口之家，上有老下有小，拖儿带女，一户中有十几个人是常事。

四川很快就繁荣起来，容易被忽视的是人满为患。人多并不是在今天才是坏事，清道光年间的《新都县志》就已经这么说：“昔之蜀，土满为患，今之蜀，人满为患。”时到今日，四川是中国人口输出大省，在深圳，在海南，在拉萨，在任何一个需要开发的地区，都可以见到浩浩荡荡的川军。熟悉中国移民史的人都知道，早在“湖广填四川”之前，就有一个轰轰烈烈的“江西填湖广”运动，原因十分相似，不过是发生在宋元之后，由于战乱，“湖湘之间，千里为墟，驿驰十余日，荆棘没人，漫不见行迹”，到元明之际，湖广地区的人口损失更大，因此明朝政府不得不下令，采取和后来清政府同样的强制移民措施。

顾颉刚考证出川人的“解手”一词，源于清初的“湖广填四川”，而湖北人上厕所也说解手，因此还可以往前推移，很可能在江西填湖广时就已经有了解手这一说法。

2

中国的知识分子习惯通过书本了解历史，喜欢纸上谈兵。徐霞客算是不多的身体力行者之一，他的游记成为了解中国地理的重要教材。明崇祯十三年，徐霞客自丽江“西出石门金沙”，取道东照，写了一篇很有名的《溯江纪源》，指出应该以金沙江为正源，岷江不过是其支流。这一观点曾为许多专家学者所引用，并认为“发现长江正源”是徐的重要贡献。譬如丁文江就说“知金沙江为正源，自先生始，亦即先生地理上最重要之发见也”。历史地理专家谭其骧不同意这种观点，他根据《汉书·地理志》和《水经注》上的记载，得出早在两汉六朝时已经知道金沙江出于丽江徼外，而且知道它的上游更在汉源以西的巴安一带。换句话说，徐霞客知道的事情，前人早就知道了，而大家弄不明白的根本原因，恰如徐霞客自己所说：“河源屡经寻讨，故始得其远，江源从无问津，故仅宗其近。”黄河流域在中国的政治上占着主要地位，古人对黄河的关心，远远超过对长江的关心。由于《禹贡》多少年来都被读书人奉为经典，“岷山导江”也就被误为岷江就是长江的正源。徐霞客的意义在于以自己的亲身经历，推翻了一千多年来陈陈相因的旧说，因此他的伟大贡献，并不是什么重要的地理发现，而是显示了向经典和权威挑战的勇气。

这个例子说明，中国人想知道自己国家的地理，很不容易。徐霞客已是这方面的大权威，但是也不太清楚前人早已知道他所刚发现的事情。一般读书人，都希望自己能够达到“上知天文，下知地理”的境界，行万里路，读万卷书。可惜天下之大，不是书呆子坐在书斋里就能想象，屈原在《天问》就发出过感叹：“九州安错，川谷何洿？东流不溢，孰知其故？东西南北，其修孰多？南北顺椭，其衍几何？”郭沫若为这段绕舌的话作了这样的翻译：

九州究竟安放在什么上面？河床何以洼陷？

江河老是向下流，何以总不能够把大海流满？

地面，从东至西究竟有多少宽？从南至北多少长？

南北要比东西短些，短的程度究竟是怎样？

中国文人许多地理知识是从《山海经》中得到的，譬如说黄河的源头，有点文化的都以为是昆仑山。黄河是中国的母亲河，来自莽莽昆仑，玉皇大帝王母娘娘，都和这座山有关系，“黄河之水天上来”，昆仑自然而然地成了上帝的宫囿，登山等于上天。黄河又是中原人民的生命线，大家出于崇德报功之俗念，便视西方为极乐世界。本来弄明白黄河源头并不是什么难事，然而这些地方更多的时候属于西戎，中原的文人没机会去，只能像顾颉刚先生所说的那样：“在求知之烦闷中时涉遐想，遂幻造无数神话以自慰藉。”

对于今天的人来说，都知道地球像个南瓜，是椭圆形的，可是古人没有这样的概念。人类最初的文明，都是沿着河流的方向发展，水往东边流，于是东西文化交流就成了主旋律。战国七雄，位于最西边的秦国终于一统天下，秦始皇统一文字，统一度量衡，统一车轨，成为中华的第一位封建君王。我一向对中国的历史地图有兴趣，秦时的地盘用今天的眼光看，其实还很可怜，它甚至不足今天中国版图的三分之一。秦帝国也不像人们想象的那么强大，难怪外国人不说华夏子孙是秦人，只说是汉人或唐人。西汉的版图与秦时相比，差不多大出来一倍，秦帝国看上去不过是东面的一片树叶，汉帝国却像一个东西横放着的葫芦，今天的酒泉是葫芦颈，偌大的一片西域都护府，皆属于汉朝的管辖。

开发西部是汉朝皇帝最崇高的理想，这首先表现为一种军事上的征服，其次便是移民，让中原的老百姓在新开发的疆土上安居乐业。领土的扩张只有通过开发西部才可能完成，因为当时中国疆域的东部已抵达海边，没有发展的空间，建功立业只有西征。少儿虽非投笔吏，论功还欲请长缨，于是，男儿生世间，及壮当封侯。于是，辞家战士无旋踵，报国将军有断头。大丈夫马革裹尸还，这是何等的豪气，汉朝强盛时，中国的疆土西出玉门关，直达巴尔喀什湖，已远远地进入今天的哈萨克斯坦境内。为了在已获得的领土上站稳脚跟，汉武帝时曾移民百万，设置五十余县，一度创造了所谓“新秦中”，即新的关中地区。

秦汉时期的关中地区，据专家考证，曾是生态环境最好的地方。土壤肥沃，在当时被评为第一等的好土质，非常适合农业。此外，水资源丰富，有“八川绕长安”之说。但是这种繁荣到了唐朝，已经开始打折扣，“三月三日气象新，长安水边多丽人”，长安八水依旧，水资源却明显减弱，统计资料显示，战国时的郑国渠初开发，可溉田万顷，汉时开发的白渠，可溉田六千多顷，到了唐初，其灌溉能力已下降了三分之一，到晚唐干脆下降了十之七八。关中平原的环境恶化在唐末已露端倪，而根源便是汉唐开发西部时，对森林和植被的肆意破坏。“新秦中”只是一个美好的梦想，中国西北部的自然环境十分脆弱，森林草原被毁坏，地表被开垦，很容易造成水土流失。最新考古已经证实，在内蒙古乌兰布和沙漠发现了西汉古城和屯垦遗址，早在西汉时期，这些古城和遗址就已经被放弃，从此再也没有被开垦。

西部大开发促使了沙地的增加，这是汉唐统治者做梦也不会想到的恶果。到了唐时，版图和西汉盛时相比，又增添了许多，葫芦颈不复存在，西北已远远深入今天的哈萨克斯坦境内，将庞大的咸湖纳入自己怀抱，西南却将阿富汗吞掉了大部分，直接和伊郎相接。审视当时的版图真能引起无限感慨，丝绸之路成为大通道，大唐帝国让今天的中国人狠狠地出了一口气，露了一回脸。可惜这样的黄金时代并不长久，安史之乱，以及后来的黄巢起义，使得不可一世的唐帝国很快土崩瓦解。

在谈及中国的大历史时，过去习惯于讲农民起义的推动作用，把历史的进展归结为斗争的结果。这种流行的观点在今天未必全错，但是我却想起了美国耶鲁大学的亨丁顿的观点，这观点早在20世纪30年代就由潘光旦先生介绍过来，据亨氏的说法，中华民族在自然选择上吃了大亏，因为中国的荒年太多，而荒年之多又是因为中国北方和西北方的特殊气候风土。换句话说，中国的自然环境并不是十分理想，长安作为中国的首都一次次地东迁，东迁洛阳，后来索性移到了北京，不能不说和长安周围的自然环境越来越恶劣有一定关系。西北地区首先是失去了经济地位，接着才失去政治领导地位，作为屏障的森林和植被破坏，有雨是水灾，无雨成旱灾，水资源已完全失去控制，偌大的西北再也不是中国最重要的粮食生产基地。要求古人考虑到今天时髦的环保问题显然不现实，然而不能说中国古代就不存在严重的环保问题。荒年是农民起义的直接动机，与其饿死，不如造反，中国是一个农业国，只有当土地不能让人生存的时候，农民才会铤而走险。

3

中国的老祖宗早就明白天时地利人和的重要性。在老天爷面前，人或许永远无能为力，人定胜天只是一种美好的想当然。譬如治理西北的恶劣环境，大家早就知道造林可以直接减少水旱之灾，间接可以减少大荒年，但是中国西北部的沙漠化趋势，事实上绝非人力可以遏制。和破坏的轻而易举相比，人为的补救显得有气无力，即使一次次造林成功，也是很有限，而且非常容易再次被毁坏。环境恶化在某种意义上来说，一旦成为事实，就不可能逆转，至多只能是延缓。有专家已经指出，中国北方的连年植树，动静大成效小，根本原因还在于水资源满足不了树苗成活的需要，结果只能是种了死，死了再种。

环境的问题不是砍了树，再种上就完事。由于农业思想的根深蒂固，古代开发西部注定是垦荒造田，所谓垦荒造田，用今天的话说就是破坏生态环境。这是一个必然的选择，多少年来，农业是华夏子孙特别是汉族立于不败的根本，在和游牧民族的对峙中，我们总是想用农耕代替游牧，因为对于农民来说，天赐的树林和草地没有任何用处，应该开垦出来种粮食，而游牧民族入主中原以后，又想当然地以游牧代替农耕，因为对于他们来说，让马吃饱几乎和人吃饱一样重要。想当然地改变原有的生态平衡，结局都是失败，双方谁也征服不了谁，谁也改变不了对方。汉族移民的垦荒加速了沙漠的扩展，把西北变成新粮食基地的美好前景，迅速成为不现实的痴心梦想。游牧民族获得政治领导地位以后，很快也只有汉化，顺应汉人传统的农耕方式，否则不种粮食，不仅养活不了那么多人，税收方面也没有保障，一个没有财政收入的政权是没有前途的。

古罗马帝国最强盛的时候，整个地中海都包括在它的版图之中。征服永远比统治和管理一个地区容易，成吉思汗扩张地盘，一路西征，成为“东方流来的一股祸水”，火烧莫斯科，西破波兰和匈牙利，进入奥地利及亚得里亚海东岸，矛头直逼意大利的威尼斯。拥有最大限度的版图，差不多是每个获得强权的帝王的梦想，然而这种野心和梦想，无一不以失败而告终。天下可以从马上得到，但是却不能坐在马上管理，统治者总是习惯于一种模式来驾驭世界，反客为主的结果，天人合一的生态平衡被打破，于是只能面对两种选择，一是被原住民驱逐，譬如罗马帝国的崩溃，譬如成吉思汗的蒙古帝国的垮台，一是由征服降格为被征服，充分认识到自己是客，客随主便，将自己融入原住民的生活习惯中，譬如南北朝时入主中原的鲜卑人的汉化，又譬如清朝统治者入关后对明朝制度的继承。

原有的生态平衡被破坏，会带来一系列严重后果。异族入侵容易造成环境问题，本民族的统治者也可能犯同样的错误。环境恶劣引起了天灾，天灾又演变为人祸，农民因此揭竿而起，抱着同归于尽的心情，和封建王朝一起走向灭亡。唐朝末年的黄巢起义是这样，明朝末年的农民起义也是这样，严重的生存危机，犹如火山爆发，通过战乱这种激烈的形式获得了缓解。大量的人口死亡缓解了耕地不足，缓解了荒年的颗粒无收，这是一种典型的休克疗法，残酷却十分有效。根据阶级斗争学说，农民起义的更重要原因是贫富不均，但是对起义进行一番粗略考察之后便会发现，什么地方灾荒严重，什么地方就自然而然地成了暴乱的策源地。换句话说，环境的人为破坏，直接造成了干旱或者洪涝，天灾的根本原因还是因为人祸，人祸造成天灾，天灾又加剧了人祸。

南京市内的玄武湖现在已成了一个很重要的风景区，在宋以前，这湖和长江连成一片，王安石在南京做官的时候，觉得湖区浪费了可惜，下令围垦。结果大片的土地被开垦出来，顿时一派丰收景象，可是好景不长，洪水来时无地方可去，便在市区里乱窜，临了不得不折中让步，恢复一部分湖区防洪抗旱。我们今天所能见到的玄武湖水面，事实上只有当年的三分之一。这个例子充分说明，垦荒造田会很快见效，有时甚至立竿见影，据说在北方草原种粮食，最简便的办法，是放一把火，把原有的野草都烧尽，简单地翻耕一下，直接播种，当年就有非常好的收成。投资者收益十分明显，可最终结局却一定是沙漠化，因为种粮食的土地非常脆弱，任何一次致命的干旱都可能变成不能逆转的灾难。

说到环境破坏，历史地理学家会告诉我们一些很沮丧的数据，那些造福于人的重大工程，多年来人们只想到了它的功劳，却忽视了过错。譬如著名的京杭大运河，这条隋朝时凿成的人工河，把中国的南北连成了一片，它所造成的负面影响，同样骇人听闻。邹逸麟教授在《以古鉴今——反思人地关系之历史》一文中指出，由于运河山东境内从济宁到临清一段无天然水可利用，结果当地所有的水源都被强行引进运河，运河沿线的水源“涓滴归公”，谁敢盗水，便要充军发配，因此，不仅破坏了鲁中地区的地下水资源，同时也使当地农民无水灌溉，农村经济严重凋敝。

此外，京杭运河为维护航运，两岸全线筑堤，随着河道淤高形成地上河，犹如在东部平原地区树起一道地面长城，黄河泛决，霖雨积水，无处宣泄，便在鲁西南地区到处泛滥成灾，遂使这一带成为近五六百年来农业衰退、人民生活贫困的地区之一。

我们都知道乾隆下江南的故事，都知道有了运河，北方的政治和南方的经济，因此联系在一起，这种紧密联系是中华大一统的重要保证。富庶的江南源源不断地向北方运输钱粮，没有铁路之前，运河是中国的一条大动脉。很少有人在意它给运河沿岸带来的不利因素，但是，没有历史眼光将是一件可怕的事情，以往的教训不吸取，便会犯更大的错误。在利益的驱使下，人类什么样的事情都可能做。读小学的时候，我曾在苏南农村生活过几年，那时的水乡河流交汊，潮起潮落，门口的河水不停地流动，看上去即使有些浑浊，喝了也不会闹肚子。河里都是鱼虾，田埂边就能捉到螃蟹，青蛙多得无法计数。村村都有成片的竹林，白墙黑瓦掩隐在绿色植物之中，喜鹊在天上飞，时不时还有外乡人持猎枪来打野鸡。也不过是三十多年前的情景，时过境迁，如今的苏南找不到一条没有被污染的河流。“一物失称，乱之端也”，经济上去了，农民都住上了小楼，生态环境却遭到了有史以来最严重的破坏，这不是一个好的结局。

4

我对历史地图有着浓厚的兴趣，记得小时候去北京，同座的两名女学生每到一个车站，立刻拿出地图册兴致勃勃地进行对照。或许受这件事的感染，在以后的日子里，我常常会为历史地图入迷，遇上弄不明白的事，就像骁勇好战的军事指挥员一样，对着地图老气横秋地瞎琢磨。中国久远的历史给了后人充分的想象空间。

单纯地学习中国历史，更多的收获可能只是时间概念，记住了朝代的更替，记住了皇帝的排名，琢磨历代的地图，却可以有一种直观的空间感。在没有接触历史地图之前，我对战国时期的合纵连横一直没有清醒的认识，只知道合纵目标都是针对正在崛起的秦国，看了地图以后立刻明白，为什么秦国破了合纵连横之后，自己就能独步天下。其实从地理位置上来说，楚国最为有利，它若合纵，即南北联合，联合魏赵燕，“则秦不敢东顾，齐不能西向”。它若连横，即东西结盟，“与齐联合则秦弱，与秦联合则齐孤”。可惜楚国未能把握好时机，为了一点蝇头小利，朝三暮四，结果中了秦国的圈套。

强秦的胜利预示了中国历史的一个重要走向，意味着威胁和危险，通常来自西部。“普天之下，莫非王土，率土之滨，莫非王臣”，古人的地理概念中，天圆地方，四周都是大海，大海是大地的连缘。谁掌握了中原，谁就掌握了对这个国家的支配权，谁就是至高无上的皇帝。不管是秦汉，还是大唐，来自东方的挑战多少都显得无关紧要，而一个朝代的由盛转弱，通常以首都东迁为标志，西周成为东周，西汉成为东汉，西晋成为东晋，都是典型的东不如西，西变为东，是一个强有力的中央集权颓败的开始。换句通俗的话说，一个有作为的政府总是惦记着开发西部，一个窝囊的小朝廷便只有作好随时东逃的准备。

在东西对峙的较量中，更多的时候是西占着上风，汉字构成的词组似乎可以非常形象地说明，若要往西去，常说的是西征，这意味着要真刀真枪，要卧薪尝胆，要精心准备，若要向东来，常说的是东进，好像是顺理成章，水往低处流，根本就不要花什么力气。同样的道理是北伐和南下，唐以后，地理概念上的东西对抗逐渐减弱，更多的是南北对峙，在南北之间，占据有利位置的总是北方。加上“南”字头朝代，无一例外皆是可怜兮兮的小朝廷，不是偏安，就是很快地亡国，譬如南唐，譬如南宋，譬如南明。在政治上，南北势均力敌的时候很短，南方政府要想偏安，常见的办法是俯首称臣，像南宋皇帝和金的关系就很滑稽，要称金主为叔叔，跌软跌到这种份儿，真是太没面子。丢脸还不算，必须老老实实地岁贡，每年缴纳岁币银绢各二十五万。想想中国的南方真窝囊，生来就应该向北方缴银子的命，中央政府在北方，得缴，中央政府逃到了南方，仍然得缴。

中国历史上曾出现过几次大分裂，三国，南北朝，还有五代十国，战争连绵不断，最终结束混乱局面，将四分五裂的中国重新统一起来的强权人物，都来自北方。诸葛亮鞠躬尽瘁，最后也只是出师未捷身先死。南方对北方的挑战极度艰难，史家早就注意到，诸葛亮的用兵，是“先定南中而后北伐”，在南征中，七擒孟获，充分显示了军事才华，然而北伐却次次失败。蜀兵七年中“六出祁山”，留下了“挥泪斩马谡”和“空城计”的著名故事，这些故事的实质，都说明诸葛亮军事上的失利。作为军事家，诸葛亮的水平被大大夸大，也许壮志未酬更能打动人，更让人有想象力，也许对抗中，南方总处于下风，诸葛亮给后人更多的是一种精神上的鼓舞。他的“王业不偏安”思想，对于南方政权有着很好的警戒作用，尤其对于那些想收复失地的北方人，不仅是精神力量，也是很好的心理安稳。

三国时的蜀汉对曹魏用兵不可谓不努力，连年征战，一次又一次失败，甚至诸葛亮死了以后，也仍然用兵不止，“九伐中原”。孙吴的使臣回家报告说，他所到之处，蜀“民皆菜色”，曹魏得到的情报也说，蜀军“士皆饥色”。“心存汉室”成了穷兵黩武的借口，事实上，以现实客观条件而言，蜀汉并不具备统一中国的实力，因此历史学家不得不怀疑蜀汉最后失败，和连年征战国力消耗太大有关。而曹魏自从赤壁败后，回到北方，一直避免与诸葛亮正面决战，采取的政策是养兵屯田，以逸待劳，迅速恢复战乱造成的经济萧条。结果北方乡村一片繁荣景象，“农官田兵，鸡犬之声，阡陌相属”。一旦时机成熟，魏军入蜀，长驱直入，很短的时间内，轻而易举解决了蜀汉。记得小时候看连环画，蜀主刘禅是个半大不小的毛孩子，这也许受了“刘备托孤”和“扶不起的刘阿斗”的影响，其实刘禅自十七岁起，做了四十年的皇帝，成为魏军的俘虏而“乐不思蜀”时，已是个不折不扣的老头。

曹魏的大将司马懿采取的是防守反击战术，从场面上，当然诸葛亮的全线压上的攻势足球好看。大举进攻有时候也是一种防守，也许诸葛亮内心深处根本就知道，只有以攻代守，才可能挡住来自北方的威胁。进攻严重消耗了国力，但是正是因为积极的进攻，使得强悍的曹魏不敢再次贸然南下。想当年，曹操给孙权写信，称自己的南下只是想到江东打猎，口气之狂妄，气焰之嚣张，对南方的轻视到了骇人听闻的地步。三国时的南北较量之所以打成平手，形成鼎足之势，重要的原因还是因为蜀汉和孙吴的联合，共同对付北方。北方之所以能够屡屡占着上风，这是因为相形之下，一方面，南方人的确不如北方人善于作战，另一方面，南方人也更容易沉溺于安逸，更容易不思进取。在统一的年代里，南方一向比较太平，比较便于管理，南方对北方的服从也是习惯成自然。

在来自北方的威胁中，蒙古人最厉害，成吉思汗最辉煌的时候，曾把掠夺到的地盘分给了自己的四个儿子，也就是史称的四大汗国，即钦察汗国，在里海以北，西至多瑙河；察合台汗国，天山附近，锡尔河流域；窝阔台汗国，阿尔泰山一带，至巴尔喀什湖；伊儿汗国，波斯及小亚细亚，西到地中海。对于历史地理学家来说，把成吉思汗帝国的版图描述清楚，几乎是件不可能的事情，蒙古人成为一股随处乱窜的祸水，流到什么地方，什么地方就遭殃。东至黄河，西到多瑙河，北到北极圈，南到越南，只要战马能够到达，蒙古铁骑就可能在那驰骋。马上得天下的蒙古人把世界变成了一个狩猎场，他们到处征服，马不停蹄，以致后人想不明白，贪得无厌的蒙古人要那么多地盘有什么用。

蒙古帝国的版图是一笔糊涂账，大约后来一再受列强的欺负的缘故，中国人不缺乏贪天之功之辈，把这些地盘都记在自己的账上。根据这种想当然的账簿，什么俄罗斯，什么中西亚，还有越南，还有不丹，当年都是我们的一部分。谁说我们不行，想想元朝那阵，咱中国人多露脸。这种似是而非的观点，真是地道的狐假虎威，情形就仿佛第二次世界大战期间，日本人用武力拿下了南洋，汉奸上大街流行，庆祝大东亚共荣圈，然后对东南亚的居民说，从此你们就是我们的一样。奴才似的自欺欺人最惹人生气，不能因为比别人早当了几天亡国奴，就忽然以为自己也成了主子。根据元朝的阶级划分，蒙古人为第一等人，色目人，无论是蓝眼睛的俄罗斯，还是棕色的契丹和突厥，为第二等，第三等为北方的汉人，其中还包括朝鲜人，而南方汉人最惨，是四等公民。

5

平心而论，蒙古人建立的元朝，在地理位置上，主要是巩固东进和南下获得的地盘，审视元朝的地图不难发现，起源于鄂嫩河流域的成吉思汗家族，在元朝时已经分裂，西征获得大片版图与元朝并没有什么关系。元朝是中国历史的一部分，其他蒙古人统治的汗国则不是。传统的大中国地图总是东西长于南北，可是在元朝，南北之间的距离，远远超过了东西。元朝牢牢掌握的区域，实际上是当年的金的版图，加上西夏，吐蕃，大理和南宋，以及一部分的西辽。毫无疑问，和蒙古帝国的其他汗国相比，元朝之所以强大，和它接受汉化有关。在军事上，蒙古人永远是胜利者，然而文化上，却不能不承认自己失败了，而这种失败又促使了蒙古人的文明。

朱元璋北伐时，喊过一个极动人的口号，就是“驱逐胡虏，恢复中华”，三十年河东，三十年河西，对立已久的汉人与非汉人之间的矛盾，经过一百年的冲突，终于激化到了不可调和的地步。可是，明朝不过是获得了元朝的一半地盘，蒙古人不过把原来属于别人的领土，完璧归赵，重新还给别人。来自北方的威胁并没有真正解决，中国又一次处于南北对峙状态。这种状态也是中国的常态，各民族之间的矛盾是历史中的一种客观存在。词义学上也能发现这种矛盾，汉人说别人瞎说，叫做“胡说”“胡扯”，这自然是一种民族歧视。我们今天说一个男人有骨气，就说他是条汉子，可是南北朝时，“何物汉子”，却是一句骂人的话。汉人在元朝时属于第三等人，因此朱元璋的北伐，大有第三等人闹革命的意思。

其实汉人是一个非常模糊的概念，而说到汉族，更是一部二十四史，不知从何说起。汉族作为一个民族更多的是象征意义，据说最早出现“汉族”两个字，是在太平天国时期，可见这种流行的说法并没有太深的历史背景。著名的历史学家吕思勉先生认为：“汉族之名，起于刘邦称帝之后。”这种观点很难服人，因为汉人和汉族并不能等同，就像不能简单地说美国人就是美国民族一样。汉人在最初只是代表了一个国家一个朝代的人，在这一点上，说汉人就像今天多民族的美国人倒是十分合适。秦汉首先是一个国家的代表，其次才代表民族。汉民族是一个巨大的混血儿，今天说一个人是杂种，多少有些骂人的意思，但是往前看，也没什么稀罕。民族学家认为，汉民族的两大主源是炎黄和东夷，它的支源却包括了苗蛮，百越，戎狄等等。我们说盘古开天地，这盘古就是苗蛮，传说中女娲也是。

陈寅恪先生治唐史，对李姓皇帝的血统进行分析，得出唐宗室并非出自“夷狄”的结论。这一结论的有趣性就在于，陈寅恪虽然掌握有力证据，仍然说自己只是假说。认为唐宗室血统与胡族混杂，并不是凭空乱说，如刘盼遂就认为李唐一族原出于夷狄。日本学者金井之中，专门写了《李唐源流出于夷狄考》，也认定李氏不是汉族。在20世纪30年代，正是救国存亡之际，这一问题的探讨，有着不同寻常的政治意义，一些学者特别强调唐室的汉族身份，如朱希祖就说：

> 若依此等说，则自李唐以来，惟最弱之宋，尚未有疑为外族者，其余若唐、若明，皆与元、清同为外族入居中夏，中夏之人，久无建国能力，何堪承袭疆土，循其结果，暗示国人力量退婴，明招强敌无力进取。

陈寅恪和朱希祖的观点并不一致，朱认为唐室出于陇西望族，陈认为英雄不论出身高低，李唐先世虽为汉族，更可能是“破落户”或“冒牌货”。问题的关键在于，朱强调唐是正宗的汉室，是汉族世家子弟，他眼里的中国是汉族一族的中国，而陈却觉得中国是个混血儿，是各民族融合的产物。换句话说，陈寅恪觉得李唐是不是什么胡人，是不是陇西大族，并没有什么多大的了不得。作为历史学家，陈寅恪认为李唐是汉人只是假说，不能确定，就像出自夷狄没有确证一样，究竟如何，要靠新的历史资料研究和分析才能得出，所谓“有误必改，无证不从”，而李唐不出于陇西望族则是可以证明的。

在唐时，汉人和非汉人之间，并非像后人想象的那样，有一道不可逾越的鸿沟。无论汉化还是胡化，在某种意义上来说，都是很自然的事情。陈寅恪在研究李唐渊源研究中，还得出了一个令世人震惊的结论，这就是诗仙李白很可能为“西域胡人”。李白自称其“先世于隋末谪居西突厥旧疆之内”，绝对是一件不可能的事情，因为从来就没有把犯人流放到外国去的道理。有人进一步地发挥了陈寅恪的观点：

意者白之家世或本为胡商，入蜀之后，以多赀渐成豪族。而白幼年教育，则中西各文兼而有之，如此于其胡姓之中，又加之以诗书及道家言，乃造成白诗豪放飘逸之风格，李诗之所以不可学者，其在斯乎？

是汉人是胡人，在唐朝大约真不是什么事。唐之后有元朝，清朝，这两个由非汉人建立的封建王朝，大大地伤了汉人的自尊心。小时候读木兰诗，“昨夜见军帖，可汗大点兵”，心里一直犯嘀咕，可汗是胡人的君王，这花木兰岂不成了汉奸，而“将军百战死，壮士十年归”，屠杀的都是咱中国人。我的错误在于只认汉人是中国人，或者说是只知道汉人掌权的朝代，这是个很天真幼稚的想法，其实只要对中国历史稍有了解，就知道汉人的掌权，至多是和其他少数民族打成平手。分析各个朝代的地图，也不难发现，今日中国的版图上，大片的土地总是由少数民族控制的，其中最具有戏剧性的是中原一带，来自北方的少数民族，走马换将似的从北方或东北，一批接一批地南下，轮流坐庄，匈奴，鲜卑，契丹，金兵，蒙古人，清军，多得数不清楚。

今日的南京，只是明朝的南京。中国历史上有好几个南京，有的是逃跑时的迁都，如今日的成都曾做过唐朝的南京，今日的商丘做过北宋的南京，有的却是一种进取，譬如少数民族政权的“南京”，是南下的新都，今日的北京是当年辽国的南京，今日的郑州又是当年金国的南京。唐后期的渤海国，南京竟然在今天的朝鲜境内。把国都建在什么地方，从来就是一件很讲究的事情，北魏孝文帝想迁都洛阳，便对他的大臣说，鲜卑人起自漠南，徙居平城，这里出军马出战士，宜于用武，却不适合文治，欲与江南对峙，想长治久安，就不能不借助中原，迁都洛阳。据说北魏迁都，所带领的人口将近百万，而此次迁都的重大意义，是鲜卑人大规模的汉化。他们脱下鲜卑装，改穿汉装，不再讲鲜卑话，改说洛阳腔，还觉得不彻底，索性改鲜卑姓为汉姓，皇室原姓拓跋，改姓元。

鲜卑族与汉人的通婚得到了鼓励，孝文帝自己就广收汉妃，他的五个弟弟也分别把原有的老婆变成妾，堂而皇之地娶汉女为正妻。皇室带了头，民间也就乐意效仿。在当时，鲜卑人继续着鲜卑人打扮，就是违抗朝廷的命令。史书上曾记载，有一名妇女违令，被孝文帝发现，立刻将手下训斥，责怪他督察不力。彻底的汉化让我们今天已再见不到一个鲜卑人，鲜卑人不仅成了中华民族的一分子，而且也成了汉族的一部分。结束南北朝的隋文帝杨坚，他自己的老婆是鲜卑贵族，女儿是北周宣帝的皇后，他以老丈人的身份将北周的江山据为己有，变鲜卑人已有一百多年的天下为汉人的天下，鲜卑贵族和老百姓都无所谓，由此可见当时汉化程度有多厉害。

6

上海人的合成，是解剖汉族人的一个标本，作为一个移民城市，上海的人口来自全国各地，人口的流动，造成上海人身上更多中国人的聪明，也更多中国人的小毛病。混血儿有许多优势，同样为中国人，山东人的豪爽和朴直，和它历史上的大移民有关。据史料记载，北宋时，辽金先后入主中原，今日的北京成了金朝的都城，大量的女真人和其他少数民族迁入山东，这些移民的迁入，很快造成了当地的胡化。少数民族汉化的时候，胡化往往也同时发生。山东曾是多战之地，据葛剑雄主编的《中国移民史》的统计，在五胡十六国时，从山东逃往江南的大户人家，成千上万，而所谓士家大族，更是一走了之，像以王导为首的琅琊临沂的王氏，以颜含为首的颜氏，以卞壶为首的济阴冤句的卞氏，以羊曼为首的泰山南城羊氏。战乱本身就造成了人口骤减，南迁使得原住民的数量更是雪上添霜，其结果便是新移民的大量进入。

毫无疑问，山东人的豪爽和历史上的胡化有很大的关系，而山东人的朴直，又与山西移民有关。资料显示，明洪武年间，大规模移民迁入山东，山东接纳移民达一百八十万人，其中山西籍人口竟然达一百二十万，占了百分之六十七。一方水土养一方人，这只是事物的一个方面，另一方面，不同的移民必定造成新的不同风气。无论汉化，还是胡化，从进化的角度来说，都是一件大好事。拒绝交流的民族注定不会有大出息，现代美国人的成功，很大程度上归功于各种文化的交流。一个民族的是否繁荣，和交流有关，同样，艺术的各个门类是否成功，也和交流密切相关。

雍正做皇帝的时候，来自欧洲的使者，曾进贡几位金发碧眼的西方美女。据说雍正为这几位异域女子非常动心，很想纳入后宫开开洋荤，但是在大臣的劝阻下，毅然将到手的美人退了回去。在中国的北方，汉胡通婚本是经常的事情，唯独满人似乎害怕自已像鲜卑那样，因为汉化而完全消亡，结果尽管他们在其他地方都汉化了，独独在血统上，还保持着所谓的纯洁。纯洁并不是什么好事，满族皇室近亲结婚的直接恶果是人种退化，清兵刚入关时何等的强壮，到了清后期，连续三朝皇帝没有子嗣。

清朝在中国大历史上，有不同寻常的地位，康乾盛世与文景之治和贞观之治相比，并没有什么逊色的地方。对于老百姓来说，面对着没完没了的战争，分裂，饥饿，洪涝和大旱，一次又一次地逃难，流离失所，赶上康熙和乾隆做皇帝，还真是难得的好日子。作为过渡性的人物，雍正既不如父亲康熙，也不如儿子乾隆，毕竟是清朝将近一百年繁荣的关键人物，起着承前启后的作用。然而，雍正拒绝西方美女的背后，还隐藏着一个重要主题，这就是对西方的拒绝，即所谓给今后带来严重恶果的闭关锁国。也许，大清朝过于自高自大，觉得当时的西方并没有什么了不起，不值得仿效。也许，已经意识到西方可能会有的威胁，涓流虽寡，浸成江河，烛火虽微，卒能燎原，不如防渐杜微，将危险排除在萌芽状态。在一场著名的文字狱中，针对吕留良称清为夷一说，雍正亲自书写了《大义觉迷录》予以批驳：

今逆贼等于天下一统华夏一家之世，而妄判中外，谬生忿戾，岂非逆天悖理，无父无君，蜂蚁不若之异类乎？

以皇帝之尊，对一个死人大加讨伐，剉尸枭示，还喋喋不休辩个没完，这恐怕是有史以来的第一次。雍正大约很在乎别人把他说成是“夷”，清兵入关，军事上已经彻底灭了汉人的威风，然而心灵深处，却没办法让汉人真正屈服。作为少数民族统治中国，满人并不是第一个，对于汉族的自大，排斥，阿Q的精神胜利法，雍正很自然会产生一种有理说不清的孤独感和委屈。“夷”是一个很忌讳的词，一方面，清皇帝也把自己看成是古老中国的一部分，是华夏的一个民族，为了更好地统治这个国家，雍正急着要做的是消除民族之间的人为隔阂，另一方面，毕竟是以少数统治多数，不得不有很强的戒备心理，其大兴文字狱的基础也就在此。事实胜于雄辩，雍正觉得自己显然是占着理的，得理岂能饶人，他振振有词地说：

且自古中国一统之世，幅员不能广远，其中有不向化者，则斥之为夷狄。如三代以上之有苗、荆楚、猃狁，即今湖南、湖北、山西之地也，在今日而目为夷狄可乎？至于汉唐宋全盛之时，北狄、西戎世为边患，从未能臣服，而有其地，是以有此疆彼界之分。自我朝入主中土，君临天下。并蒙古极边诸部落，俱归版图，是中国之疆土开拓广远，乃中国之臣民大幸，何得尚有华夷中外之分论哉？

真不能说这话全错了，可惜，清朝皇帝从怕别人说自己是夷，很快发展到也说别人是夷，从怕别人鄙视，发展到自己忍不住也要鄙视。在汉唐时代，丝绸之路是畅通的，中国的帝王敢于和西方对话，到了清朝，闭关锁国代替了对话，中华帝国的优势开始逐渐丧失，康乾盛世转眼即逝。就像万里长城阻挡不住北方民族入侵一样，将夷拒之于国门之外的企图也注定行不通，最初只是志在通商的洋人，很快从“贪利”进逼到了要求“割地赔款”，帝国主义的洋枪洋炮让清政府脸面丢尽，一个接一个不平等条约被迫签订。雍正引以为自豪的“中国之疆土开拓广远”，在他的子孙手里，大片大片地被割让，譬如沙俄政府就鲸吞了中国领土一百多万平方公里，面积相当于十个江苏省，或者相当于法国英国再加上意大利。清政府在开拓边疆上，有着不可磨灭的功勋，然而也还是它，不当回事地就丢失了中国四分之一的沿海线，当初大约也没有意识到海岸会有多大的经济前景，成为改革开放的前沿。清朝丢失了巨大的库页岛，它的面积足有三个台湾地区那么大。

7

或许我对中国历史地图的兴趣，一开始只是为了寻找那些已失去的领土。读中学的时候，我第一次开始有意识地比较不同时期的地图，用红蓝铅笔在地图册上作着记号，我的脑子里当时并没有什么大历史概念，只是顽固地记住一些数据。这是一个小孩子的耿耿于怀，当时还坚信有一天会收复失地。“男儿志兮天下事，但有进兮不有止”，现在回想起来，真觉得有点可笑。

任何民族任何朝代，都有盛有衰，从大历史的角度看，什么事情皆可以找到合理的解释。强盛时武功文治，开拓边疆，衰败时丧权辱国，割让领土。有能耐欺负别人，没能耐被别人欺负，换一句流行的话，便是落后就要挨打，越落后越吃亏。耿耿于怀没有任何意义，哪个民族都有盛衰，不妨想象盛唐时的情景，这是华夏子孙最容易引起自豪的年代，以当时的国都长安为起点，东至大海，南到五岭，到处一派繁荣景象，百姓夜不闭户，犯罪率极低。商业兴旺发达，出门旅行也用不着自备粮食，什么地方都可以花很少的钱就能买到。唐太宗介绍自己成功的秘诀，曾说：

> 自古帝王虽平定中原，不能服戎狄。朕才不逮古人，而成功则过之。所以能及此者，自古皆贵中华，贱夷狄，朕独爱之如一，故其种落皆依朕如父母。

唐朝爱用番将，说明当时不存在什么民族歧视。虽然安史之乱成了盛唐的转折，渔阳鼙鼓动地来，但是把走向衰弱的责任，推在安禄山史思明这些“营州突厥杂种胡”身上，并没有说服力。盛唐的繁荣富强和开放的政策紧密相连，没有民族和解，不消除民族隔阂，一个强盛的中国必定是纸上谈兵。在中国的大历史上，没有一个朝代的开放程度能与唐朝相比，关于盛唐的书有很多种，黄仁宇《赫逊河畔谈中国历史》从外国人的著作中，转引了一段很形象的描述：

> 长安不仅是一个传教的地方，并且是一个有国际性格的都会，内中叙利亚人、阿拉伯人、波斯人、鞑靼人、朝鲜人、日本人、安南人和其他种族与信仰不同的人都能在此和衷共处，这与当日欧洲因人种及宗教而发生凶狠的争端相较，成为一个显然的对照。

盛唐成了所有中国人向往的年代，在7世纪，华夏子孙走在世界文明的前列，此时的欧洲，正处在所谓中世纪的黑暗年代，而日后给中国造成许多麻烦的强邻日本，还处在蒙昧状态。唐帝国成为地道的超级大国，雍正所说的在清之前，边患问题始终没解决，夷狄“从未能臣服”，显然不是事实。检阅中国的历史，凡是胡汉问题解决好的年代，都意味着老百姓有太平日子过，反过来，便意味着国家分裂，战火连绵，民不聊生。一个国家想兴旺发达，天时地利人和，缺一不可。

概括起来说，中国的发展不外乎两个根本原因，一是汉文化的凝聚力，汉字写成经典著作，成为华夏各族治国平天下的指导思想，有了这样的指导思想，入主中原的少数民族会心甘情愿的汉化，汉化是一种显然进步，而中国这个雪球也就因此越滚越大。另一个原因是不断地胡化，即与汉文化之外的文化交流，这种交流不只是赵武灵王的“胡服骑射”，更重要的变西方的文明为中国的文明，例如佛教对中国的影响，这是中国历史上第一次大规模的西化，在南北朝时代，中国虽然处于分裂状态，南北各由汉室和少数民族把持，却自上而下地同时接受了佛教。佛教在中国深入人心，千百年来，除了无数的寺庙和修行的和尚之外，还牢牢植根于中国文人的思想里。

中国知识阶层擅长以汉化的形式来胡化，换句话说，经过改良的佛教已经不是原汁原味。近代的西风渐进，是又一次大规模的胡化，既有文明传教的方式，也有八国联军似的野蛮入侵，不管怎么说，这次大规模西化运动的直接结果，促进了中国的现代化进程。愿意也好，不愿意也好，中国注定摆脱不了来自西方的影响，从天赋人权的资产阶级民主思想，到十月革命一声炮响，送来了马克思列宁主义，东西文化交流碰撞，才造成了今天这样的局面。历史的进程阻挡不了，但是统治者策略上的错误，会延缓历史的进步，或者造成历史的倒退。时至今日，地球已经被描述成一个巨大的村庄，这个提法很浪漫。从历史地理的角度看,背靠欧亚大陆,面对太平洋的中国,在很长的时间内,并没有遇到过来自海外的威胁。大海是中华民族与外隔绝的天然屏障,元灭宋,清灭明,通常都要追到海边,才算把事情真正做完。中国以往的发展和进步,与来自北方或者西北的威胁密切相关,从鸦片战争开始,华夏子孙突然发现来自大海的敌人,倚仗着船坚炮利变得更危险,更具有挑战性。这不一定全是坏事,一个民族只有在危险和挑战面前,才能获得真正的机遇。危险和挑战可以成为促进自我完善的兴奋剂。

雍正做皇帝的时候,一个有皇族血统的亲王突然对基督有了浓厚的兴趣,与皇上依依不舍打发金发碧眼的洋人美妞一样,亲王很为难地将小老婆统统打发,因为根据教义必须是一夫一妻制。这并不是件容易的事情,妻妾成群是中国成功男人的一个标志,打发小老婆在具体操作方面,会遇到许多问题。然而这毕竟还是次要,更严重的是亲王自甘堕落地成为一名异教徒。是可忍,孰不可忍。于是内务府作出一项严厉的决定,将已身亡的亲王尸骨掘出焚烧,超过十五岁的亲王后代一律处死。对皇亲国戚作如此重的判决,今天听起来,真有些骇人听闻,而骇人听闻在中国大历史上并不少见。

江南文脉

江南文人以才子著称，有才自然是好事，然而被称做才子，不一定都是表扬。人们常说文人无行，“无行”则是才子们的恶谥。民间老百姓眼里的才子大都属于唐伯虎一类，地主老财奸污丫鬟使女是恶霸行径，唐寅调戏秋香便是风流。文人无行的说法有一层宽宏大量的意思，好比说小孩子不懂事，偶尔闯祸捅些纰漏，不是什么了不得的大错误，用不了太当真。狗天生要吃屎，文人尤其是才高八斗的文人，似乎有干坏事的专利，有和女人调笑的特权。无情未必真豪杰，唯大英雄能本色，一头扎进脂粉堆里不出来，这样的江南文人可以找出很多。

放浪形骸似乎是中国文人的一个传统。难怪范仲淹在《岳阳楼记》中要振臂一呼，号召大家不要自说自话，胡乱找借口，要“居庙堂之高则忧其民，处江湖之远则忧其君”，人生无论是否得意，官场或进或退，都不能失其人文精神。风流得理直气壮，这是不对的。国家兴亡，匹夫有责，读书人一头栽在女人身上，整日风花雪月，儿女情长，结果便只有亡党亡国。

在六朝之前，江南并没有什么出色的文人，大文人没有，甚至小文人也不多见。江南仿佛小商品批发一样地出文人，这都是后来的事情。孔子孟子是北方人，庄子是北方人，古时候有名有姓的，差不多都是北方人。江南像样一些的文人最初也是北方人，永嘉南渡，大批士子拖儿带女，一下子全跑到江南来了。江南文化在一开始就是北方文化的缩影，因此，江南文人骨子里还是北方文人，这北方是失败的北方，是异族大举入侵时仓皇南逃的北方。

北方汉人逃往南方是迫不得已，那时候的江南，经济谈不上富庶，文化十分落后。南渡以后，北方文人成了南方文人。既然是失败的北方，就谈不上什么强秦雄视天下，也没有一点点西汉的恢弘广大，聊以自慰的一点魏晋风度，因为接二连三掉脑袋，迅速堕落变质，只剩下一些空谈和装疯卖傻。六朝虽然紧接着魏晋，在文风上看似一脉相承，然而骨子里其实就只有软弱两个字，史家所谓“气格卑弱”。南来诸人无所作为，唯一的发泄机会，便是在饮酒游宴时，面对良辰美景，哭着说：“风景不殊，正自有山河之异！”

江南文人所继承的，正是这种颓败的北方文人的传统。古老的吴越文化，究竟什么样子，江南文人其实并不清楚。根据吴越争霸的态势看，春秋时期的吴人和越人，并不像后来那么柔弱，吴王夫差一度称雄为霸，越王勾践卧薪尝胆。成者为王败者寇，越灭吴，楚亡越，秦始皇统一中国，江南的民风一变再变。都说是一方水土养一方人，而人是可以流动的，北方人来到南方变软弱了，这只是一个错觉，因为来南方之前的北方人，已经没有多少硬骨头。

苏东坡称赞韩愈“文起八代之衰”，在唐宋八大家中，没有一个江南文人。江南文人在六朝，过足了文字游戏的瘾，骈四骊六，锦心绣口，一个个都成了花架子。“八代”之文未必像苏东坡说的那么衰，那么一无是处，说骈文中没有好文章，绝不是事实，但是骈文的路越走越窄，发展到后来，完全忽略了思想意义，只去堆砌华丽的辞藻，玩弄稀奇古怪的典故，音调声韵方面的限制越来越多，便一头钻进了死胡同。

江南文人在后来的隋唐以及北宋仍然没有太大作为，经济上，江南似乎再也不会萧条，已成了名副其实的鱼米之乡，但是文化上仍然不得不仰望北方。唐诗中不缺乏江南人，大诗人几乎和江南无缘。根据《中国大百科全书》的人名统计，唐朝人才分布的比例，排名前五的是陕西、河北、河南、山西、山东，江苏虽然排名第六，很多人才都是江北人，像徐州和海州，完全应该算作北方。同属江南重镇的浙江，竟然排名于甘肃之后，差不多只是排名第一的陕西的十分之一。

宋朝南迁和西晋东移，原因差不多，结果也有很多相似。都是失败的大逃亡，骨子里都缺钙，都有软骨病。江南文人似乎只有处在尴尬的地位上，才有大显身手的机会，而后人探讨“国民性”，检讨中国人的种种毛病，追溯其源头，大都喜欢从宋朝南迁开始。到20世纪30年代，罗家伦在南京就任中央大学校长，在演说中提出了“诚，朴，雄，伟”的学风，所谓雄，是“要纠正中国民族自宋朝南渡以后的柔弱委靡之风”，换句话说，就是要补钙，要治软骨病。

江南文人在南宋时期，并没有走六朝文人的老路，历史不可能简单重复。江南文人中，既出秦桧，也出陆游这样的爱国诗人。爱国诗成了江南文人创作的重要主题。南宋诚然无法和大唐相比，宋诗当然没有唐诗的雄浑，但是宋人用自己的脚，走出了新路。宋诗自有文学史上的独特地位，这一点，钱锺书先生的《宋诗选注·序》评价最为精确。南宋军事上算不上强大，文化艺术却不能不说厉害，宋词前无古人后无来者，音乐绘画都达到了前所未有的高度。江南文人此时已羽翼丰满，不是一句“江郎才尽”能轻易打发。

宋以后的江南文人，差不多成了一支职业军团。能插上一脚的地方，都能见到江南文人忙碌的身影。官场上，有各种大大小小的俗吏，得志的和不得志的，挤成一团。风月场合，酒楼妓院，达官贵人的府上，富商的后花园，江南才子们大显身手。写诗，填词，玩小曲，画几笔文人画，编几出传奇剧，江南文人一个个都是才子，在家是有名的居士，出家是有名的高僧，而且天生适合帮闲的角色，做清客，做讼师，做幕僚，甚至做账房先生。

江南文人在明清两朝科举中如鱼得水，取得了骄人成就。江南出文人，首先表现在科举上。逐鹿中原，舞枪弄刀，这不是江南才子们的强项。才子的刀枪是手头的一支秃笔，这支笔未必能得天下，却可以捞个官做，混碗饭吃。学而优则仕导演了一场和平的战争，不流血，一样刀光剑影。明清两代，一是汉人统治，一是满人当权，就科举而言大同小异，是一丘之貉。江南文人成了应试的常胜将军，在明代，浙江和江苏能入《明史》的列传人物，占据了前两位，进士及第人数分获第一和第三，中状元的人数占第一第二。到了清朝，江浙两省势头更猛，尤其是江苏的苏南，已明显超出自宋明以来一直排名于前的浙江。清朝一共只有一百一十二个状元，苏南的仅苏州一府，就出了二十五人。

江南文人在考场上，证明了自己的价值，就其根源，还是和江南的经济繁荣分不开。经济是基础，有了这样的基础，读书人才有出头之日。然而经济基础和科举得意，并不能完全证明江南文人如何了不得。事实上，江南文人如果没有思想支撑，永远都是酒囊饭袋。

江南文人的黄金年代是明末清初，这一时期的大动乱，知识分子获得了统治阶级想管又暂时管不了的相对自由。这时候出现了顾炎武，出现了黄宗羲，明末清初的江南文人很会闹事，因为会闹，所以很热闹。清因明制，恢复了科举，江南文人从羞羞答答，逐渐过渡到神采飞扬地走向考场。为出仕读书已经成了一剂毒药，这就是为什么明亡之后，会有那么多党人先投李自成的大顺军，继而又跑到清人那里去做官。官场的诱惑深深伤害了江南文人的灵气，有些人似乎也明白这种弊端，因此一味地清高起来，或寄情于山水，或闭门不出，两耳不闻窗外事，声色犬马，管他亡国不亡国。

明末清初的江南文人，或进或退，都有严重问题，进则厕身官场，结党营私同流合污，退则隐居江湖，逍遥逃避醉生梦死，江南文人始终找不到理想支柱，找不到精神上的最后寄托。当国家这部机器一步步失去控制，作为先进的知识分子群体，在这种历史性的崩溃面前，江南文人中的大多数不仅无能为力，更糟糕的是没有任何作为。为了保住自己可怜的脑袋，江南文人开始做起死学问，这是坏事，也是好事，做死学问的直接结果，就是造成了乾嘉学派的横空出世。在清代三百年的学术思想史中，江南文人又一次体现了人多的优势，平心而论，清朝的文化繁荣，可以和欧洲的文艺复兴相比美，清朝文章学术之盛，集中国几千年封建社会之大成，"汉唐以来，未有其比"，诗，词，小说，古文，小学，天算，地理，水利，都是前朝所不能比拟，而这种繁荣，江南文人功不可没。

最是红尘中一二等富贵风流之地

关于苏州

在北方人听来，苏州话和上海话没区别，软软的甜甜的，仿佛掺蜜糖的糯米元宵，苏州人一定觉得这见识很可笑。印象中的苏州人，总觉得别人可笑，四川人吃辣，山东人吃大蒜，东北人模样太大，北京人嘴贫，广东人说话像香港人，苏州人眼里都是问题。中国城市中，像苏州这样自以为是的城市并不多见。我的丈母娘是苏州人，到女儿家小住，看不惯的地方，就叹气说："格个南京人真谑头——"接下来是很同情，数落一番，恨铁不成钢。

我的祖父也是苏州人，虽然一生中大多数岁月，并没有生活在这个美好的城市里，却偶尔也会露出苏州人的优越感。苏州人天生一种傲气，祖父总是嫌我父亲的苏州话讲得不地道，常常很愤怒地纠正发音。父亲长期在苏南工作，接触的吴方言多了，能说一口大杂烩的吴语，这话北方人听来没什么分辨，但是祖父感到别扭，感到忍无可忍。

苏州话是苏州人骄傲的本钱。听苏州人吵架，民间比喻为一种享受，晚清和民国初年，上海滩的妓女以一口带苏州腔的吴侬软语，为最有文化品位。一个分明是在北方长大的妓女，能说半调子苏州话也算一种特长，难怪整个吴语中，完全靠耍嘴皮子，只有苏州评书能站住脚，而且可以风行很多年。和苏州人在一起，我总觉得自己笨嘴笨舌，曾几何时，新结婚，丈母娘来做客，自己大着舌头模仿几句苏州话，妻子和丈母娘知道我胆小，从来不讥笑，有时还鼓励，说说得蛮好，南京人能这样，已经很不容易。无知因此胆大，真以为自己说得不错，后来女儿大了，老在一旁捏着鼻子笑，我便发誓再也不拿腔拿调像小鸟似的学说苏州话。

妻子是正宗的苏州人，平时跟我不说苏州话，两人一起上街，买东西或者要商量什么事，忍不住就和我说家乡话。她或许觉得在南京说苏州话，仿佛外国人在中国说英语，别人不知道她说什么。为这事自己常常和她急，因为这并不保密，关键的词都让人听去了，其实南京大萝卜中，有很多人都能听懂吴方言。南京话属于北方语系，学说吴语是为难他们，真以为听不懂，就错了。

说来可笑，虽然籍贯填苏州，自己直到和妻子正式谈恋爱，才第一次去这座城市。苏州长期以来，一直在身边打转，可望而不可即。总觉得注定和自己有关系，宴会上攀同乡，套近乎说我是苏州人，还真不能算大错，既有苏州的籍贯，又是苏州的女婿，这种资格不是一般人可以拥有。小时候，我在江阴农村待过三年，按大同乡的概念，在江阴待过，应该等于在苏州待过，因为都是地道的江南水乡，风俗十分相似。外祖母家隔壁的村子，属于张家港，张家港现在还属于苏州市。

坐火车路过苏州，不止一次远远看到虎丘塔，大家一起谈话，说到苏州，自己作为一个伪苏州人，插不上什么嘴，难免一种亲切感。第一次去苏州，好坏全留下深刻印象。记得是去虎丘塔，因为各种印刷品上，已经屡次见到那塔的模样，眼见为实，已觉不新鲜。让人难以容忍的是人多，人太多，浩浩荡荡进去，浩浩荡荡出来，哪个角落都是游客，想不明白怎么会有那么多人。好像电影刚散场，大家肩膀挤肩膀，一路全是热闹，唧唧喳喳，再好的心情也不会觉得这样的旅游有意思。上有天堂，下有苏杭，如果天堂果然这般喧嚣，不如老老实实在民间待着。

好端端一个风景点，成了熙熙攘攘的火车站，真煞风景。幸好还有好印象可以补充，虎丘塔太热闹，于是寻一个安谧，去沧浪亭。离妻家正好不远，太阳快落山之际进去，夕阳下，一切十分宁静。暮霭生深树，斜阳下小楼。沧浪亭不算大，公园里只有几个人，感觉完全不一样。人太多，对于苏州这样的小城市来说，永远致命，苏州园林是私家花园，注定不应该人多势众。这种园林是唐诗宋词，得静静品味，细细琢磨。

那天在沧浪亭的美好记忆，至今也忘不了，后来和许多外地人谈起苏州，总是语重心长地让人去沧浪亭。沧浪之水清兮，可以濯我缨，沧浪之水浊兮，可以濯我足。国外正流行的一句话，很适合用来形容苏州，“小是美丽的”。这句话和环保主题有关，苏州是富庶的地方，如果不注意控制，很可能演变为一个暴发的城市。不能想象苏州成为国际化大都市，会是什么模样，这将是一个灾难性的变化。总以为发展就是好事，其实对于有传统的城市，保留过去，丝毫不比发展逊色。

苏州人牛在哪儿

真往古时候说，苏州算不上什么好地方，譬如汉朝的司马迁眼里，中国土地分成九个档次，苏州的所在区域，属于让人感到尴尬的最后。后来江南大开发，到了唐宋，这里逐渐牛起来，经济开始起飞。于是天下财富数这地方最多，所谓“江南居十九”，国家财政收入的十块大洋，有九块是江南的贡献。江南不是苏州一家，若没有了姑苏这道菜，这桌宴席怕是也没办法弄。

朋友们聚在一起聊天，想不明白苏州为什么能一直这么牛。历史文化名城中，发达的城市有一大串，唯有苏州保持的亢奋状态最为持久。三十年河东，三十年河西，苏州人一旦阔了，似乎再也没有穷过。这究竟是为什么，大家各抒己见，我的观点是苏州人沾了两个光，一是善于规划，二是有富贵传统。

好的规划莫过于九百年前的苏州再造，那时候金兵来袭，好端端的一个城市破坏得不成模样，苏州人索性以城外的河湖为依托，引水进城，有计划地开凿了一条条河道，构成了非常完善的城市交通系统。传统中国民居都是坐北朝南，太湖在城西，大海在城东，湖水潺潺东流，前街后河家家临水，便成了此地日常生活的情景。

我们心目中的那个苏州，通常都是“水陆相邻，河街并行”，这个传统并不是天生，它能立于人工，靠的是历史上一个好规划。好的规划可以有上千年的深远影响。其实就城市功能而言，老苏州早已遭遇了太多的现代化障碍，而解决这些棘手问题的出路，说白了就是只能再造一个全新的苏州。螺蛳壳里做不出道场，要想继续做一只经济的领头羊，必须要有新的好的城市规划。

苏州人说起自己的高新开发区，眉飞色舞情不自禁。经济腾飞在有着富贵传统的苏州人那里并不算奇迹，但是今昔对照，面对一系列惊人的统计数据，那种强烈的自豪感仍然按捺不住。一位苏州官员告诉我们，有钱的洋人很乐意把银子拿到苏州来,为什么愿意在这投资,因为这地方有文化底蕴。

不由得在心里感到好笑,想自己这些年不说见多识广,好歹也去过一些码头。说到文化底蕴,中国毕竟是泱泱大国,几千年辉煌历史,几乎没有一个地方不说自己有底蕴。外国人又不傻,他才不会跑到中国来投资文化,情人眼里出西施,洋人老板一眼相中苏州,是看中了富贵传统,看中了这里做事有板有眼,也就是有好的规划,因此才敢大胆放心地过来投资。一个巴掌拍不响,就相当于我们心甘情愿把钱放在银行,不是老百姓手头有钱,是为了这家银行有实力,有很高的利息和回报。

最是红尘中一二等富贵风流之地

“当日地陷东南,这东南一隅有处曰故苏,有城曰阊门者,最是红尘中一二等富贵风流之地。”这是红楼梦第一回中的描写,说到了《红楼梦》就会联想到林黛玉,林黛玉便是苏州人。苏州的文人有名气,苏州的女人也是非常了不得。历史上与苏州有关大名鼎鼎的美女太多,譬如那位在四大美女中名列第一的西施。

倾国倾城的西施本来是越国女子,可就是这位大美人,依靠玩美人计彻底颠覆了强大的吴国。自从西施来到了吴国,美人与苏州的缘分从此就再也分不开。自古红颜多薄命,不许佳人见白头,苏州的美人似乎都难逃悲剧厄运,冲冠一怒为红颜的陈圆圆是苏州人,桃花扇底看南朝的李香君是苏州人,状元夫人《孽海花》的女主角赛金花也是苏州人。

元朝时期,一个叫马可·波罗的外国人曾经到过苏州,这地方给他留下的印象就是十分富庶。他用“漂亮得惊人”来形容这个城市,在他眼里,人人都穿着昂贵的丝绸,人人衣食无忧。在西方人眼里,马可·波罗绝对是一个中国通了,可是他完全弄不明白什么叫“上有天堂,下有苏杭”,对我们来说如此简单明了的意思,却被他曲解为杭州是“天上的城市”,苏州是“地上的城市”。更为荒唐的是,他认为苏州城外附近的山上,不仅大黄长得茁壮喜人,同时还盛产生姜,而且售价低廉,一个威尼斯银币,可以买到十八公斤生姜。

大黄和生姜显然不是苏州的特产,大多数的苏州人恐怕连大黄是什么玩意都弄不太清楚。不过有一个信息非常准确,就是那时候的苏州确实已经是不同寻常的富庶。除此之外，苏州与马可·波罗的家乡威尼斯也有不少相似之处，它们都是人家尽枕河的水城，都是在水上大做文章，并且做好了文章。同样是出于人工，与威尼斯不一样的地方在于，苏州城并不是像精明的意大利人那样，把一座美丽城市凭空建造在一排排结实的木桩上面。

苏州城的基本格局，是借助了一条条人工开凿的河道。要想解释清楚这个城市基本格局，举世闻名的宋《平江图》是一份最好的说明书。1129年金兵南下，原有的苏州古城几乎毁于战火，这是有文献资料以来，苏州城遭受的最大的一次伤害。在其后的 百年间，废墟中的苏州不断恢复和发展，很快又生机勃勃地繁荣起来，当时的郡守李寿朋令人绘制了平江城地图，精细镂刻在一块石碑上。苏州又名故苏，故苏之外，用得比较多的就是这个平江。《平江图》是我国现存最早的一幅古代城市规划图，绘图手法是以平面和简练的立体形象相结合，它是国务院颁布的第一批国家重点保护文物。

《平江图》形象地反映了当时苏州的繁华风貌，勾画出了宋代苏州人民的生活景象。苏州城充分利用了水这个自然条件，以城外的河湖为依托，十分大胆地引水进城，在城内有计划地开凿了一条条河道，构成了非常完善的城市交通系统。由于茫茫的太湖在城西，大海又在城的东面，湖水经苏州城潺潺东流，因此苏州城里的河道更多的是东西走向，而传统的中国民居是南北朝向，于是前街后河，家家临水。“水陆相邻，河街并行”，成了古代苏州老百姓的日常生活常态。

苏州人很在乎自己的排名，上有天堂，下有苏杭，苏杭并称，苏州排在前面。苏湖熟，天下足，苏州又排在前面。苏州人因此不能不得意。好事者觉得这些排名并不足以说明问题，不过是为了顺口和押韵。苏杭并称是在宋朝，源于北宋京都开封的一句流行俗语，“苏杭百事繁度，地上天宫”。杭州人认为自己是南宋的首善之地，是天子脚下的京城所在地，他们才应该排在苏州之前。苏州人不认这个道理，他们觉得自春秋以来，一直延续到北宋，杭州都是“僻在一隅未显”，它曾经作为京城是不假，那也就是南宋这个小王朝的事，风物长宜放眼量，考察经济指标，“若以钱粮论之，则苏十倍于杭”。

当然，对于中国的老百姓来说，“天堂”不仅仅是应该有多富庶，它还有一个更重要的衡量指标，是能够远离战乱。苏杭排名之争本来就没什么是非，相比之下，同属吴地的苏州和杭州一样，自古以来便是太平的时间居多，宋朝时期中原地区战事频繁，民不聊生，大批难民纷纷避祸南下，他们来到江南，看到的是一片和平景象，看到的是这里安居乐业，于是产生了一种恍若来到天堂的感觉。

纸上的盘门

对我来说，盘门最初是个纸上的符号，是和爱情联系在一起的地名。虽然填写籍贯，习惯上写“苏州”这两个字，但是直到有一天，去拜访一位住在盘门的姑娘，我才和苏州这座名城，有了真正意义的第一次亲密接触。记忆中，苏州和盘门差不多是一回事，很长一段时期，鸿雁传情，锦书易托，我把感情全寄托在面值八分钱的邮票上，在信封上一遍遍地写着“苏州盘门”。那位苏州姑娘，确切地说，那位住在盘门的姑娘，把我弄得神魂颠倒。不知道自己为她写了多少封情书，也许，正是因为这些文字的磨炼，我有幸成为了一名作家。

苏州有许多标志性的东西，它的园林，它的评弹，它的美味佳肴，最能够引起我奇思妙想的却是盘门。那时候的盘门，藏在深闺人未识，通过一道闸门，通过一条窄窄的小河道，把古运河里的水，毛细血管一样引向城市的四面八方。我和家住盘门的苏州姑娘，沿着这些小河道，没完没了走着，脚心走出了泡，鞋底磨穿，人生中最美好的一段时光，都留在了小桥流水之上，都留在桃红柳绿之中。

有一句流行的俗语，叫“年轻时我们不懂爱情”，实际上，年轻时不仅不懂爱情，而且根本就很少有欣赏风景的闲情雅致。随着青春岁月一同消失的，除了这一条条小河道，还有鹅卵石铺成的小径，它们和交叉纵横的河道一样，通向无数条小巷的深处。以盘门为起点，沿着鹅卵石小径，我们浏览了苏州的每一个角落。我用自行车驮着盘门姑娘，她为我指引着路。

苏州城以它的美丽精致闻名。在苏州人眼里，古运河边上的盘门，有着水陆两门和瓮城，这已经足够壮观了。水门傍南，陆门依北，有城楼有城垣，这又是何等的气派。我有时候喜欢和苏州人抬抬杠，尤其喜欢和那位下嫁到南京的盘门姑娘比阔。和南京的中华门城堡比起来，盘门的狭隘，至多也就只能算是个小弟弟。苏州人是中国最傲气的，必须煞煞他们的威风才行。

不过，话又要说回来，以一个城市的古城门而言，盘门这个小弟弟显然是最具有特色的一个。大而无当，盘门从来不以庞大取胜，它的独一无二，它的精致，恰巧是“小是美丽的”的最好注解。

今年春天，与文友夜游苏州古运河，经过盘门的时候，灯火辉煌，同游者一片惊呼。知道行情的人，都在反复念叨它的好，不知道的便想立刻弃舟登岸，一睹盘门芳容。我情不自禁怀起旧来，仿佛重新回到了当年，回到小河边古道旁。纸上的盘门早已不复存在，经过多次维修改造，盘门旧貌变新颜。人面不知何处去，桃花依旧笑春风，既是怀旧，自然免不了一番多余的感伤。

水乡古镇

水乡古镇

闻名世界的建筑大师贝聿铭是苏州人，他认为真正的苏州特色就是，“粉墙黛瓦，枕河人家，水道纵横”。自20世纪80年代开始，苏州的经济高速发展，城市面貌急剧变化，现代化正日新月异地改变着这个千年古城。

时至今日，要想重温当年情景，很有必要到苏州周围的小城古镇去拜访一下。温故然后知新，在这些保留完好的小城古镇中，蕴藏着大量老苏州的影子。苏州附近是古城镇最多的地区之一，围绕在苏州的管辖范围内，具有悠久历史文化的名镇星罗棋布。根据1992年的统计资料，苏州境内共有200多个小城镇互相呼应，平均每42.4平方公里就有一个，比全国平均数的每160平方公里才有一个小城镇高出了3倍多。

苏州的古镇可以追溯到遥远的春秋战国时期，当时的木渎，长桥，太仓，千灯，还都是一些带有军事性质的部落。随着东晋的大开发，尤其是随着隋唐大运河的开通，江南的经济地位日益提高，漕运盐运使得苏州周围的小城镇兴旺发达起来。其中非常著名的有“日出万绸，衣被天下”的盛泽镇，有号称“六国码头”的浏河镇，有花果和鱼米被大家所熟知的东山镇，除此之外，还有黎里、震泽、陈墓、沙溪、虞山等等，这些古镇的共同特点，都是在经济上十分富裕，文化上名人辈出。

当然，今天苏州最出名最有影响力的古镇，无疑是周庄、同里和甪直，这三个古镇已成为江南水乡最具有标志性的代表。周庄历史上出过二十多位举人和进士，至今仍保持着大量明清时代的古建筑，以“沈厅”和“张厅”最为著名。沈厅为明代江南第一富豪沈万三的后裔所建，坐东朝西规模宏伟，是七进五门楼。张厅为明代中山王徐达之弟徐孟清的后人所建，潦倒后卖给了张姓人家，是前后五进，一条小河穿屋而过，有“轿从前门进，船从家中过”的独特建筑风格。

同里是江苏目前保存最为完好的古镇之一，建于清末的退思园非常有特色，1986年，美国纽约以退思园为蓝本，在该市的斯坦顿岛植物园建造了一座江南庭院，取名“退思庄”，由此可见它在全世界的地位和影响。同里因为水多，桥也特别多，其中那座被人们叫做读书桥上的“一泓月色含规影，两岸书声接榜歌”的桥联，生动地记录了同里人的勤学苦读之风，同时也证实了当地自古以来的“科名”之盛。

角直其境内有六条玉带似的河流三横三竖地从镇上穿过，吴淞江则沿着镇西流过，构成了一个天然庞大“角”字，而角直镇也因此而得名。镇中央有个保圣寺，寺中的唐塑罗汉像被誉为“东亚瑰宝”，相传是唐朝的雕塑家杨惠之所塑。杨惠之与唐朝的画圣吴道子齐名，曾被誉为中国的米开朗基罗，不过杨惠之可要比米开朗基罗早了好几百年。

虽然当地人觉得这些古镇千姿百态，有着很多的不一样，在来自五湖四海的旅行者眼里，仍然还是有些大同小异。旅行者千里迢迢地来到这里，看到的是水乡特色的“粉墙黛瓦之枕河人家”，看到的是青石板径木栅小窗，看到的是里巷幽长弄回路转。这些在一个现代化的城市里已逐渐消失的水城景色，终于让他们清晰地看到了苏州的过去。经济和文化一样，必须要有相当长的历史积累才行。很多人都把江南的富裕，简单地归结于改革开放以后的乡镇企业，简单地归结为一个政策的实施，造访了苏州周围的古镇以后，人们终于不难发现这里为什么会富裕的秘密。

首先，苏州城是处在金字塔的最顶端，它的惊人富裕和繁华，建立在周围小城古镇强大的物质基础之上。说苏州城只是坐享其成有些夸张，但是如果没有来自下面的支持，苏州城的欣欣向荣便要大打折扣。隶属苏州管辖的各个县级市，每一个都是GDP的高手，常熟、昆山、张家港、吴江、太仓，个个都是实力雄厚，谁也不会在上缴利税方面示弱。

在军事上苏州甘罢下风，在经济上敢称老大。江南从来就不是在一夜之间暴富起来，相对而言，这里远离战火兵乱，既不是兵家必争之地，也不是南逃的中原王朝可以建都临时避难之地。在乱世的时候，苏州并没有值得坚守的军事意义，也没有稳定民心的政治意义。通常情况下，只要东南重镇南京被攻破，此地传檄可定。对于苏州人来说，耕读传家的思想早已根深蒂固，种田，读书，勤劳，刻苦，追求一种和平淡定的岁月，这不仅是此地老百姓的一种生活态度，也成了他们的日常生活习惯。

去东山吃螃蟹

苏州的朋友登高一呼，饕餮之徒四面八方，风尘仆仆赶往东山。秋风初起，螃蟹们膏红肉肥，大快朵颐的日子到了。

人多则势众，在车上纷纷起哄，七嘴八舌，谈论文人何时开始吃螃蟹。问题貌似简单，照例不会有答案。能想起的是“蟹六跪而二螯，非蛇蟮之穴无可寄托者也”。这是古代散文名篇《劝学》中的原话，意思是说，读书须持之以恒，要实实在在靠自己去努力。想不明白两千多年前的先贤笔下，螃蟹为什么会有六条腿，唯一的解释是没吃过。没吃过梨子，不知道梨子滋味，没吃过螃蟹，数不清几条腿。那年头，螃蟹肯定很多，多了就不稀罕。据说荀子是个长寿老人，常干些祭酒之类的差事，这活搁在当时，非德高望重的长者，不能干。孔老夫子肉不正不食，荀子他老人家自然也不屑于吃螃蟹。

文人不是古代圣人，喜欢吃螃蟹。不仅文人，很多人都喜欢。平民百姓，领导干部，皆有爱蟹之心。文人的特别之处，在于自欺欺人，讨了嘴上便宜，又想获得心理安慰。丰子恺先生信佛茹素，荤腥中唯有螃蟹一味，不忍丢下。可惜四人帮被粉碎的前一年，他已经仙逝，否则可以借机痛吃一顿，以示隆重庆祝。四人帮太霸道，与螃蟹的横行正好仿佛。按照我的傻想法，文人喜欢吃螃蟹，首先还是因为这玩意儿不值钱。历史上的文人，通常不是有钱的主，囊中羞涩，却希望风雅，螃蟹便是好的选择。李白“蟹螯即金液，糟丘是蓬莱，且须饮美酒，乘月醉高台”，毫无富贵之气。

记忆中，儿时并不喜欢吃螃蟹，嫌太费事。后来螃蟹昂贵了，这一值银子，便舍不得放弃。物以稀为贵，如今好螃蟹的高价位，我不说，地球人也都知道。时代不同，丑小鸭成了白天鹅。这次品尝的螃蟹，是精品中的精品，都说太湖流域，就数东山这一区域最好，生长的自然条件也最优越。地灵蟹杰，产于此地的螃蟹，绝大多数送往香港，香港人嘴馋，嘴刁，知道该吃什么样的螃蟹。

对于螃蟹我始终是外行。人贵有自知之明，不能吃了几只正宗的好螃蟹，嘴角边流过口水，立刻冒充内行胡说八道。当地形容人不会吃螃蟹，叫牛吃蟹。说到这个，真有些对不住东道主，我就是一头牛，傻乎乎只知道吃，螃蟹好在什么地方，听专业懂行的说一大堆，还是不太明白。

事实上，让人耿耿于怀和愤愤不平，是如此这般的上等好螃蟹，凭什么都让香港人享受。凭什么，难道因为人家口袋里有钱，有更多的港币。在商品社会，酸腐的小心眼显然不合时宜。文人的气量很小，我也不能例外。不管怎么说，让螃蟹重新为人民服务，回到普通老百姓的餐桌上，毕竟还是值得期待。

走进晓邦故里

秋天一个劲往里走，细雨连绵，寒风四起，冬日悄然逼近。这样的季节，最好不要出门，但是一不小心，我们来到了太仓，来到了沙溪镇。

印象中，太仓有个诗人叫吴梅村。“恸哭六军俱缟素，冲冠一怒为红颜”，为这首痛断柔肠的《圆圆曲》，我记住了亡国时期十分无奈的那个文化人。还有上世纪的“8·13”上海抗战，日本人从这杀开一条血路，拦腰斩了一刀，导致国军的大溃退。昨夜春风吹血腥，东来橐驼满旧都，我们的汽车一步步向太仓逼近，我的脑子里充满感伤。

一到沙溪镇，寒风依然，气氛却十分热烈。大幅标语红得耀眼，欢迎“走进晓邦故里”。当时就一怔，想不明白这大名鼎鼎的“晓邦”，到底是哪一位圣人。已过了吃午饭时间，匆匆放下行李，进卫生间方便一下，洗洗手，立刻被拉去赴宴。当地领导正饿肚子恭候，大家入座，稍事客套，一个个狼吞虎咽。

正吃着，突然想起了祝酒辞，人家一再提到“晓邦”。好歹也得问明白，我露怯地询问身边人，结果左右皆摇头，和我一样孤陋寡闻。大家一本正经听领导说话，一本正经点头，好像都明白，其实都不知道。于是这层纸终于被捅破，谜底揭晓，原来此晓邦乃前中国舞蹈家协会主席。隔行如隔山，在舞蹈界，这位前辈的名声如雷贯耳，对于我们这些舞蹈盲，基本上就是对牛弹琴。

第二天寒风更加凛冽，我们参观了修缮一新的吴晓邦故居，总算有了进一步的认识。读万卷书，行万里路，出门走走，才能知道更多的事。今年正逢吴晓邦百年诞辰，当地政府张灯结彩，准备大举庆祝。已故的吴先生被誉为新舞蹈的奠基人，在文化搭台经济唱戏的年代，富得流油有着雄厚经济实力的沙溪镇,有这么一位叫得响的文化名人,自然不肯轻易放过。文化有时候是个很好的招牌,要提高知名度,没有这幌子还真不行。

文化是自行车的前轮,只要后面能有动力,它就可以趺趺撞撞,甚至是大踏步地往前走。云南边陲小镇和顺,也出过一位文化名人,大众哲学家艾思奇。和顺被中央电视台评为十大魅力名镇,能有此殊荣,文化二字功不可没。太仓沙溪镇的野心,显然不能小觑,他们正精心打造自己的形象,因为引以为豪的文化名人,数得上的还有著名教育家唐文治,著名天体物理学家龚树模,“太阳能之父”龚堡,“原子弹之父”王淦昌。经济是基础,有了这个实实在在的基础,已被评为中国历史文化名镇的沙溪人,自然还想走得更远。

欲采萍花不自由

1

破额山前碧玉流，
骚人遥驻木兰舟，
春风无限潇湘意，
欲采萍花不自由。

我十七岁读到柳宗元的这首诗便记住了这首诗。春光明媚，潇水和湘江两岸萍花盛开，有个叫曹侍郎的朋友来看望落魄潦倒中的柳宗元，一起喝酒，然后就写诗。古人写友谊的好诗太多，“桃花潭水深千尺，不及汪伦送我情”，大诗人李白把那点意思直截了当说破，这是开门见山，柳宗元却绕个圈子，不说朋友相见不易，只说友谊已经成了奢侈品，想采摘一些河边的萍花送友人都做不到。拐弯抹角是艺术很重要的一个技巧，十几年前讨论朦胧诗，把“朦胧”两个字反复说，恨不得用显微镜放大了看，其实对于中国的古典诗人来说，诗不朦胧，根本就玩不起来。

南北朝时，东晋的丞相王导与尚书左仆射伯仁是好朋友，王导的堂兄王敦不太安分，阴谋叛乱，有人因此主张将与王敦有关系的人统统杀了，斩草要除根，以免后患，王导自知难逃厄运，赴阙待罪，主动跑到元帝那里去领死。伯仁背着王导，在元帝面前拼命为他说好话，结果王导被免罪，躲过了一劫。后来，作乱的王敦终于成了气候，攻入南京，毫不含糊地将伯仁杀了，王导事后才知道自己遇难，伯仁曾极力救过他，而伯仁有难，他却袖手旁观，没能帮上忙，于是陷入深深的后悔之中，哭着说：

> 吾虽不杀伯仁，伯仁由我而死。幽冥之中，负此良友。

这个故事从表面上看，是说人的忘恩负义。如果真这么简单，便算不上什么好故事。很多人非常看重友谊的回报，投之以桃，报之以李，只要看准了，友谊会是一笔很不错的投资。但是，如果仅仅从投资做生意的角度来看待友谊，就看低了古人，起码《世说新语》中不推崇那种结党营私为目的的友谊。这个故事的要害在于后悔和自责，也就是说忘恩只占了极小的比例，关键在于负义。

朋友有难，自己未能给予帮助，仅此一点，足以让王导后悔一生。谁都知道，伯仁之死，与王导既没有直接关系，也没有间接关系，"由我而死"不过是表达一种过分悲痛的心情，是高标准严要求。王导并没有因为自己不是杀人犯而推脱罪名，在他看来，自己该出手时不出手，能救人而不尝试救人，罪同杀人。至于他真去救了，能不能救下伯仁，这已经不重要。

友谊也是一种美，这就是可以尽最大的努力去帮助朋友。伯仁这么做了，王导却没有。伯仁享受到了这种美丽，他帮助王导，救了他的命，并且不以救命恩人自居。友谊是一种很自然的东西，斤斤计较就变质和变味。友谊是一种自我完善，从表面上来说，它是为别人，然而实际上更是为了完善自己。伯仁充分享受到了友谊之美，他在王导最需要帮助的时候，悄悄地帮助了他。王导也享受到了，不过是一种反向的，那就是对友谊的忽视，这让他惊醒，让他自责。自责是一种很有意义的反思。

2

友谊是讲究境界的，不是拉杆子结拜兄弟。桃园三结义只是民间虚拟的神话，就好比国际间外交无诚意可言一样，结义通常都靠不住。越是高层次的结拜，越靠不住，桃园三结义的要害是帮刘备打天下，飞鸟尽，良弓藏，狡兔死，走狗烹，关羽和张飞的幸运，在于偏安西南一隅的刘备始终没有大杀功臣的机会。真给刘备做了大一统江山的皇帝，难免不像宋太祖和明太祖一样。

对皇帝只能说什么尽忠，妄谈友谊是找死。培根曾经说过，君王并不能享受友谊，因为友谊的条件是平等，而君王和臣民的地位永远悬殊。不管怎么说，友谊与尽忠还是有近似的地方。友谊的血管里隐藏着许多单向阀，它意味着血液一直朝着一个方向流淌。友谊是电筒里射出来的光，它直指目标，从来不拐弯抹角。友谊不是养儿防老，友谊是无私的母爱，只知施予，不图回报，只知耕耘，不问收获。

当然，认定友谊不问回报或许非常片面，所有的比喻都有局限，只谈到了问题的一个方面。拉罗什福科在《道德箴言录》中曾说：

> 我们经常自以为我们爱某些人胜过爱我们自己，然而，造成我们的友谊仅仅是利益。我们把自己的好处给别人，并非是为了我们要对他们行善，而是为了我们能得到回报。

这种赤裸裸的观点从另一个角度逼近友谊的本质。拉罗什福科认为，没有什么事能与爱自己相比，当我们把友谊看得过重，爱友胜过爱自己的时候，“我们只不过是在遵循自己的趣味和喜好”。爱友胜过爱自己，说穿了仍然是一种自爱：

> 人们称之为友爱的，实际上只是一种社交关系，一种对各自利益的尊重和相互间的帮忙，归根结底，它只不过是一种交易，自爱总是在那里打算着赚取某些东西。

在中国古典诗词里，我们可以读到许多表现友谊的佳句，譬如杜甫的诗中，就常常可以读到他对李白的思念。据郭沫若考证，在现存的一千四百四十多首诗中，和李白有关的占了将近二十首。

> 渭北春天树，
> 江东日暮云，

何时一樽酒，
重与细论文。

《春日忆李白》

醉眠秋共被，
携手同日行。

《与李十二白同寻范十隐居》

故人入我梦，
明我长相忆。

《梦李白二首》

从杜诗的题目中，也可以看出杜甫对李白的敬重，《赠李白》、《冬日有怀李白》、《天末怀李白》、《寄李十二白二十韵》、《送孔巢父谢病归游江东兼呈李白》，喜欢杜甫的人免不了略有些不平，杜甫写了这么多诗拍李白的马屁，李白的回应并不多，而且还有几分怠慢。明朝都穆《南濠诗话》说：

> 今考之《杜集》，其怀赠太白者多至四十余篇，而太白诗之及杜者，不过沙邱城之寄，鲁郡东石门之送，及饭颗之嘲一绝而已。盖太白以帝室之胄，负天仙之才，日试万言，倚马可待，而老杜不免刻苦作诗，宜其为太白所诮。

杜厚于李，李薄于杜，按郭沫若的观点，虽然只是“皮相的见解”，毕竟也是不争的事实。李白写给杜甫不多的诗中，那首“饭颗诗”是杜诗爱好者不能容忍的：

饭颗山头逢杜甫，
头戴笠子日卓午，
借问别来太瘦生，
总为从前作诗苦。

《戏赠杜甫》

古时候没有照相机，诗人的形象完全靠文字来形容。李白这一戏赠，落实了杜甫的苦相，一副可怜巴巴的模样。比较李白对杜甫和孟浩然截然不同的态度，不难看出友谊的差异。李白在孟浩然面前完全变了一个人，那种轻狂傲气全没了踪影：

吾爱孟夫子，
风流天下闻，
红颜弃轩冕，
白首卧松云，
醉月频中圣，
迷花不事君，
高山安可仰，
徒此揖清芬。

《赠孟浩然》

用这些诗中词句来论证李白厚此薄彼是不确切的。孟浩然比李白大十岁多一些，李白也比杜甫大十岁多一些，正是这十岁多一些，很自然地产生了语调上的变化。长幼有序，中国古代文人之间的友谊，多少都有些亦师亦友的意思。尊长爱幼，友谊是为了让自己得到提高，李白敬重孟浩然，杜甫敬重李白，都不乏这种浅显的功利目的，与傲气不傲气无关。

杜甫被称为诗圣自有其道理，一个长得很清纯的女孩子，自称是文学青年，热爱诗歌，谈到李白和杜甫，说她喜欢李白，不喜欢杜甫，因为李白靠才华，杜甫靠刻苦。才华是天生的，自然的，刻苦则是后天的，人为的。我让这个女孩子说出她喜欢的李白的某首诗，和不喜欢的杜甫的某首诗，她顿时有些狼狈，随口报了一句，却是唐人王之涣的“黄河远上白云间”。

诗人被误读不是什么奇怪的事情，既然是误读，过错就不能怪诗人自己了。毫无疑问，杜甫是中国最伟大的诗人。说杜甫没才华，必须得有十二分的无知才行。杜甫对于李白，既有年龄上的敬重，更有风格上的佩服。友谊的功利心就在于，我们总是佩服那些比自己更棒的人，友谊的益处在于我们能够以他人之长，改善自己所短。贺拉斯的一句名言曾被经常引用，那就是“对于思想健康者，什么也比不上一个令人愉快的朋友”。蒙田随笔中记载了一个小故事，一位年轻士兵的马在比赛中赢得大奖，国王问士兵那匹马想卖多少钱，是不是愿意用它换一个王国，士兵回答说：“当然不，陛下，但我很乐意用它来换一个朋友，如果我能找到一个值得我交朋友的人。”

李白对于杜甫的意义，不仅是志同道合，更重要的还在于它能像一块磨刀石一样，能将杜甫的思想磨得闪闪发亮。正像培根说的那样，“讨论犹如砺石，思想好比锋刃，两相砥砺将使思想更加锋利”。武侠高手切磋武艺，双方必须是真正的高手才行，杜甫之倾慕李白，李白之倾慕孟浩然，都是差不多的道理。友谊为互相学习提供了好机会，人们可以从友谊中得到东西。培根关于友谊必须平等的观点，似乎也可以稍作更正，既然人们指望从友谊中得到些什么，就无所谓谁厚谁薄。换句话说，友谊的双方略有些不平衡，也没什么大不了。

3

我的祖父与朱自清先生有很不错的交情，1976年，祖父与俞平伯先生相约，一起去看望病中的朱先生遗孀，此时距朱逝世已经快三十年。祖父在给俞先生的信中写道：

> 下书访佩弦夫人之事。前曾相约，五一以后共往一访。今五月将尽，故此奉商。弟可以要教部之车，而清华道远，耗油量多，不欲以私事而享此“法权”。至于雇车，其事不易，费亦不少。考虑久之，是否容弟先往，缓日再为偕访。弟已托人探询到朱夫人宿舍，于何站下车，入清华何门为便。到清华之公共汽车自平安里出发，则夙知之也。

这一年祖父八十二岁，当时没有出租车，从祖父住处去远在郊外的清华很不方便。俞先生回信同意祖父先去，祖父于是进一步“详细探明到彼之远近”，弄明白“下公共汽车而后，只须步行一站光景即到”，自忖“弟之足力犹能胜也”。到五月三十日终于成行，并写信向老友报告经过：

昨日上午与至善出城访竹隐夫人，往返四小时有余，坐一小时，多年积愿，居然得偿，堪以自慰，兄伉俪代致意，已经转告。竹隐夫人不能谓如何佳健，肺气肿，时觉气喘，右目白内障，曾动手术，视力已极差。子女五人，在京者仅两人，乔森在京市农林局，女容隽在北京师院，只能每周或间周来省视一次。有一每日能来三小时之阿姨帮做杂事，长时则独居一室。此境不能多想，设或临时病作，步履倾跌，呼而无应，如何是好。弟于此未敢说出，今作书简述，自当以所虑相告。

老派人的古板做法，在今天看来有些陈旧。不过，我们至少从这里看到友谊给人带来的另一种自慰。记得也是在“文化大革命”后期，祖父去上海复旦看望郭绍虞先生，市里要派一辆小车给他，祖父想了想，决定还是坐三轮车去，因为他觉得看望朋友是私事，而且坐小车去也有摆阔之嫌疑。

“花径不曾缘客扫，蓬门今始为君开”，君子之交，其淡如水。割脖子换脑袋，同生共死，这是友谊的一种过分夸大。友谊根本用不到走那样的极端。友谊有时候都是些婆婆妈妈的小事，简单，琐碎，平淡，是“相思相见知何日，此时此夜难为情”。

4

友谊常会面临严峻的考验，有时候如履薄冰，稍不留神，便掉进水里。说到这里，不由得想起一个故事，在莎士比亚时代，培根结识了女王宠臣和情人艾塞克斯伯爵，两人成为好友。艾比培根小六岁，对他的才华十分敬佩，在艾的极力推荐下，培根在政界如鱼得水。可以这么说，没有艾塞克斯，就没有培根。艾塞克斯后来终于失宠，并以叛国罪被逮捕法办，培根作为一名王室顾问和法律公职人员，奉命参与此案的审理工作，由于他和艾塞克斯的私交众所周知，因此在审理过程中，为了表示不徇私情，表示自己坚决站在女王和国家利益的立场上，培根表现得非常严厉和公正。六个月以后，艾塞克斯被保释回家，传记上说，艾对培根的表现非常失望，于是他就开始筹划一个新的政变阴谋，结果事泄失败，又一次被捕入狱，最终被处以极刑。

在艾塞克斯案件中，培根的做法曾得到后人的非议，人们不能容忍同流合污，也不赞成落井投石。培根的对手在这一点上大做文章，极力往他身上泼污水，结果，许多人一方面喜欢培根的文章，一方面又对他的人格产生怀疑。罗素不得不在《西方哲学史》上为培根辩护，认为把他“描绘成一个忘恩负义的大恶怪，这十分不公正”，既然艾塞克斯已经构成叛逆，此时抛弃这样的朋友，“并没有丝毫甚至让当时最严峻的道德家可以指责的地方”。不仅罗素义无反顾地支持了培根，许多著名学者都持差不多的态度，一位研究培根的权威学者，在阅读了培根与艾塞克斯的全部材料后，断然指出培根对艾塞克斯的处理，没有任何值得非议之处，大多数的指责不过是诽谤而已。《培根传》的作者也说：

> 培根的行为曾经受到一些人的苛责。不过谁也不能否认艾塞克斯的确犯有叛国罪。所以很难理解那些责难培根的人到底期待培根做什么？

要求培根像章士钊为梁鸿志那样做辩护，是不现实的。理智和情感常常冲突，友谊虽然简单，到复杂的时候，永远不是语言所能描述清楚。培根也不可能像汤恩伯那样自责愧疚，西方价值体系中的理性思想，远比东方的盲目忠君报国，更富有人文主义的色彩。友谊毕竟不是哥们儿义气，不是小集团利益，不是沆瀣一气。友谊是试金石，可以折射出不同的光芒，培根的做法在人情上似乎有些欠缺，但是培根之所以能成为培根，能成为一名大哲学家，成为一名大科学家，成为英国思想史或者说人类思想史上具有里程碑意义的人物，自有其内在的道理。

5

柳宗元的古文对后人的影响，显然要比他的诗大得多。我至今也弄不明白什么叫法家，柳的法家思想对我毫无影响。谈到思想教育，培根的《人生论》对我的影响更大，受益更多。印象中，柳宗元的最大特长是写游记，譬如《永州八记》，非常适合当写作的范本。林纾选评《古文辞类纂》的游记一栏，所选柳宗元文章的篇幅，相当于另选的古文大家韩愈、苏洵、苏轼、王安石的总和。

寄情山水多少有些迫不得已。柳宗元被贬为永州司马，司马在汉代是个大官，在唐朝却是贬谪的无职无权的闲散官员，他的心情一定很沉重。好在还能游山玩水，写诗写散文，此外，心目中必定依然存在着友谊，毕竟还有一批志同道合的朋友值得挂念。友谊不仅能提高自己的境界，还能增加快乐，消除忧愁。没有友谊的社会是繁华的沙漠，海内存知己，天涯若比邻，只要心中存着友谊，虽然被贬穷乡僻壤，就不会感到孤独无援。

友谊之美是实实在在的。这也就不难理解偶尔有朋友来看望柳宗元，会产生那么大的激动。李贺诗中有这样的句子，“梦中相聚笑，觉见半窗月”，一旦美梦成真，好友相逢，那份惊喜真不知如何形容才好。柳宗元做了十年的永州司马，苦尽甘来，终于获得了升迁，告别潇水湘江，告别了一望无际的水边苹花，升任柳州刺史。当年一起被贬的好友刘禹锡，也由郎州司马升任连州刺史。升了官，春风得意，柳宗元的诗风和文风都有所改变，他的倒霉蛋形象便不复存在，接下来，只是一心一意积极从政，为人民做了不少好事实事。虽然已经过了一千二百年，如果谁有机会去柳州，一定还能听见当地的老百姓在谈论他。

恨血千年土中碧

1

中华书局出版朱东润先生主编的《中国历代文学作品选》，是高校文科教材中很有影响的一套书。读大学期间，上《古代文学史》，我不是逃课，就是坐课堂里自顾自地阅读。朱先生主编的这套作品选有好多卷，每本都十分厚重，记得自己曾对有关李贺的记录很不满意，那段文字的大意，说李贺生活孤独，性情冷僻，对广阔的现实生活缺乏了解和感受，而当时的社会非常黑暗和混乱，因此诗带有阴暗低沉的消极情调。作品选虽然是“文化大革命”前出版，限定在高等学校范围内发行，但是其批评腔调。对于喜欢李贺的人来说，多少有些刺耳。说一个作家没生活，一度批评界很流行，仿佛生意场上说人做买卖没本钱，又好像说女孩子天生不够漂亮，没生活是年轻作家的致命伤，这棍子抡谁身上都合适。

我最初读到的李贺的诗，是“文化大革命”结束前夕，现在回想，犹如一场隔世的春梦。当时在一家小工厂做学徒工，闲着无事，把苏州人民纺织厂和江苏师范学院联合注释的《李贺诗选注》搁包里带出带进。由工人师傅和大学师生联手选注法家著作，在那时候颇为时髦，我堂姐就和北京机床厂的师傅一起注释了魏源的文章。我有个朋友没上过大学，因为参加工人注释小组，开始对古文有兴趣，恢复高考后，成为第一批训诂专业研究生，后来又成为最早的训诂学博士，这些年来，动不动就到国外讲学。

把李贺算在法家的阵营里，难免莫名其妙。我疑心是喜欢李贺的人搞了小动作，因为那年头只要把某个人列入法家，就可以在无书可读或者有书不许乱读的情况下，堂而皇之地开机印刷他的作品。据说唐朝的诗人中，毛泽东最喜欢三李，凭我的记忆，李白和李商隐并没有被列入法家殿堂，当时也没有印刷他们的诗集。天知道李贺为什么会交上好运，到"文化大革命"后期，出版界浑水摸鱼是经常的事。

很长时间里，李贺给我留下的是一个积极向上的印象：

男儿何不带吴钩，
收取关山五十州，
请君暂上凌烟阁，
若个书生万户侯？

《南园十三首·其五》

寻章摘句老雕虫，
晓月当帘挂玉弓，
不见年年辽海上，
文章何处哭秋风。

《南园十三首·其六》

那是一个读书无用的时代，受这些诗的影响，我作为一个小工人，当时做梦也不会想到自己日后会成为一个作家。寻章摘句，男儿不为，和李贺诗中的那种饱满激情相吻合，我骄躁不安的，是遗憾自己没有建功立业的机会。是不能"报君黄金台上意，提携玉龙为君死"。"吴钩"和"玉龙"都是兵器的别称。我们喜欢看战争片，喜欢把敌人打得落花流水，看《地道战》和《地雷战》长大的一代人，对战争绝不会有什么恐怖之感。

2

差不多同时期，我有一位整天捧着《唐诗三百首》的邻居，这人是演员，舞台上扮演小生，"文化大革命"后期没戏演，以吟诵唐诗为乐。我至今也忘不了他吟诗的模样,他给我留下的最深刻印象,是以三百首为排行榜,谁入选《唐诗三百首》最多,谁就是最好的诗人。李贺的诗没被选入《唐诗三百首》,因此便不入这位邻居的法眼。在他看来,李贺即使是什么法家,在诗上面也是邪门歪道,要不然不会在那么多杰出的唐诗人中,偏偏漏掉他一个人。

可是我却很喜欢李贺的诗。不仅仅因为上面提到的那些激情诗篇,这些诗给人的印象,与初唐诗人同样斗志昂扬的边塞诗并没太大区别。让我入迷的是李贺的用字,是他独特的修辞手段。“为人性癖耽佳句,语不惊人死不休”,杜甫的这两句诗借来形容李贺,再合适不过。譬如:

骨重神寒天庙器,
一双瞳人剪秋水。

《唐儿歌》

民间骂人常说谁谁谁骨头轻,李贺用质量的“重”来修饰骨,用感觉的“寒”来点缀神,看似漫不经心,却化腐朽为神奇,点铁成金。清朝方扶南批注的《李长吉诗集》指出,“凡寒字率薄福相,此偏用得厚重”。而“瞳人剪秋水”更是在通与不通之间,成语有望穿秋水之说,“秋水”就是眼睛,这里用了一个动词“剪”,让人好不喜欢。同样是重和寒,到了《雁门太守行》中,又有了另外一种神韵,“塞上胭脂凝夜紫”,于是“霜重鼓寒声不起”。再如《马诗》中的“此马非凡马,房星本是星,向前敲瘦骨,犹自带铜声”,“夜来霜压栈,骏骨折西风”。敲击马骨,能发出金属的悦耳声,马骨像刀锋,能将凛冽的西北风切断,在马的骨头上,做出这样一些出色文章,真是匪夷所思。

钱锺书评点李贺诗,说他喜欢用具体坚硬的东西作比喻,比如弹箜篌的声音,用“昆山玉碎”和“石破天惊”来形容。“荒沟古水光如刀”,把流动的水光比作闪动的刀光。“香汗沾宝粟”,说汗珠犹如粟粒。写到酒,明明是液体,却说是“缥粉壶中沉琥珀”,用固体的“琥珀”,来形容流动的美酒。又“琥珀浓,小槽酒滴珍珠红”,琥珀比酒取其色,珍珠比酒取其形。总之,李贺的诗,善于通过奇特的比喻,用两物之间的某一点相似,让我们用不同的感觉器官去感受,去触摸,变虚为实,变看不见摸不着为看得见摸得着,又变实为虚,变寻常为不寻常。

长吉细瘦，通眉，长指爪。能苦吟疾书，最先为昌黎韩愈所知。所与游者，王参元、杨敬之、权璩、崔植辈为密。每旦日出与诸公游，未尝得题然后为诗，如他人思量牵合以及程限为意。恒从小奚奴，骑距驴，背一古破锦囊，遇有所得，即书投囊中。及暮归，太夫人使婢受囊出之，见所书多，辄曰："是儿要当呕出心乃已尔！"上灯，与食，长吉从婢取书，研墨叠纸足成之，投他囊中。非大醉及吊丧日率如此，过亦不复省。

李商隐：《李长吉小传》

我想自己喜欢李贺的另外一个原因，是因为那种为写诗而写诗的艺术家气质。是不是法家根本无关紧要，积极向上和消极低沉也无所谓，作为一名读者，喜欢某个作家，往往只需要一些非常简单的原因。我忘不了当时情景，每天一早起来，匆匆骑车去郊外的工厂上班，自己是修理工，上班也不是很忙，闲着没事，不让看书，只能傻坐。对付傻坐最好的办法，便是默诵一些古典诗词，而李贺的诗似乎最适合反复品味。我那时不仅爱看带注解的古典诗词，同时还迷恋当代年轻人现写的诗歌。我的一个堂哥有一批酷爱写现代诗的朋友，这些朋友的诗以手抄本的形式悄悄流传，若干年后，成为风行一时的朦胧诗的骨干分子。

李贺骑着毛驴出外觅诗，和当代那些年轻人的创作不谋而合。我熟悉的一位年轻诗人，常常说话的时候，突然拔出笔来，在随手捞到的纸片上疾写，写完了，塞在口袋里，然后继续谈笑风生。这些今天看来十分矫情的行为，当时却是实实在在地感动了我。虽然没有投入诗歌写作，但是我的所闻所见，已饱受了诗的潜移默化。人活着，就应该像一首诗一样。很显然，那是我一生中最富有诗意的一个阶段，在古代李贺和当代诗人之间，我找到了让人兴奋的共同点。我发现写作也可以成为人生命本能的一部分，在流行的大话谎言式创作之外，在满纸的大批判或者个人崇拜的语林之外，在文化的沙漠里，还存在着一种别的写作方式。

我并没有想到自己日后会成为一个作家，只不过是提前作好了准备，如果有机会投身写作，我知道应该怎么样。

3

最早说李贺诗欠理的是同时代的诗人杜牧，这个“十年一觉扬州梦，赢得青楼薄幸名”的浪荡子，说了李贺一大堆近乎夸张的好话之后，突然笔锋一转，说李贺“盖骚之苗裔，理虽不及，辞或过之。骚有感怨刺怼，言及君臣理乱，时有以激发人意。乃贺所为，得无有是？”杜牧的意思很明白，李贺诗的文辞是漂亮的，只不过是“理”弱了一些，如果“少加以理，奴仆命骚可也”。换句话说，李贺的诗再加上理，恐怕要比大诗人屈原还要厉害。

不妨看看杜牧是怎么夸李贺的：

> 云烟绵联，不足为其态也；水之迢迢，不足为其情也；春之盎盎，不足为其和也；秋之明洁，不足为其格也；风樯阵马，不足为其勇也；瓦棺篆鼎，不足为其古也；时花美女，不足为其色也；荒国陊殿，梗莽邱垄，不足为其怨恨悲愁也；鲸呿鳌掷，牛鬼蛇神，不足为其虚荒诞幻也。

光说好话没用，好话有时候也会说过头。排比句有一种很强烈的修饰作用，但是只要是个比喻，就会片面，就会有缺陷。放在一起说，难免冲突打架，钱锺书先生《谈艺录》中一针见血地指出：“长吉词诡调激，色浓藻密，岂‘迢迢’‘盎盎’‘明洁’之比。且按之先后，殊多矛盾。‘云烟绵联’，则非‘明洁’也；‘风樯阵马’、‘鲸呿鳌掷’更非迢迢盎盎也。”真是马屁拍到了马脚上，说好话如此，要挑刺批评就更惹众怒。杜牧说李贺的诗欠理，话音刚落，后人的议论就没断过。赞成者继续杜牧的观点，譬如宋朝的张戒《岁寒堂诗话》就说，白居易作诗“以意为主，而失于少文”，李贺做诗“以词为主，而失于少理”，是“各得其一偏”，他认为最好的诗应该是“文质彬彬，然后君子”。同样是宋朝的张表臣《珊瑚钩诗话》也说，诗“以平夷恬淡为上，怪险蹶趋为下。如李长吉锦囊句，非不奇也，而牛鬼蛇神太甚，所谓施诸廊庙则骇矣”。朱东润先生主编的那套教材，事实上也是这个意思，认为李贺追求形式太过，有理不胜词的缺点。

反对派则据“理”力争：

> 樊川反覆称道形容，非不极至，独惜理不及《骚》。不知贺之长正在理

外，如惠施“坚白”，特以不近人情，而听者惑焉，是为辩。若眼前语，众人意，则不待长吉能之，此长吉所以自成一家欤。

宋·刘辰翁《笺注评点李长吉歌诗》

清朝贺贻孙《诗筏》也用差不多的意思反驳欠理：

夫唐诗所以夐绝千古者，以其绝不言理耳。……楚骚虽忠爱恻怛，然其妙在荒唐无理，而长吉诗歌所以得为骚苗裔者，正当于无理中求之，奈何反欲加以理耶？理袭辞鄙，而理亦付之陈言矣，岂复有长吉诗歌？又岂复有骚哉？

4

世上的诗篇永远不死亡，
世上的诗篇永远不停息。

在《蝈蝈和蟋蟀》中，英国诗人济慈充满激情地写下这样的诗句。在济慈看来，“美就是真理，真理也就是美”，“一件美的东西永远是一种快乐”。在谈到李贺的时候，联想到写《夜莺颂》的济慈是很自然的事情，因为这两个诗人有着非常近似的两个共同点。他们都是伟大的天才诗人，都是寿命很短，李贺活到二十七岁，济慈只活了二十六岁。济慈曾经学过医，但是他放弃了医学，全力以赴从事诗歌的创作。

李贺比济慈差不多整整早了一千年，影响了后来的无数诗人。人们学习他的精益求精，有时也确实难免走火入魔。李贺诗并不是什么人都能学，他诗中的优点和缺点十分明显，像两座高高的山峰一样对峙。不同的人，可以从李贺的诗中看到不同的东西。钱锺书先生随手将李贺写“鸿门宴”的《公莫舞歌》，与刘翰的《鸿门宴》，与谢翱的《鸿门宴》，还有铁崖的《鸿门会》作比较，认为同一题材的诗歌中，谢翱的一首最好。谢是宋遗民，曾参加过文天祥的抗战部队，他的作品风格沉郁，寄寓了对宋室沦亡的悲痛。同样是写“项庄起舞，意在沛公”，同样是写项伯舞剑，用自己的身体保护刘邦，却有两种截然不同的态度。李贺的观点是“材官小臣公莫舞，座上真人赤龙子”，意思是说项庄不要痴心妄想击杀刘邦，刘邦是真命天子，很长的一首诗，遣词造句十分出色之外，只在“真命天子”上大做文章。而谢翱的立意就完全不一样，“楚人起舞本为楚，中有楚人为汉舞”，“君看楚舞如楚何，楚舞未终闻楚歌”，联想起中国的大历史，为元朝灭掉南宋的是降蒙的汉人张弘范，灭宋之后，他自恃有功，特立碑“镇国大将军张弘范灭宋于此”以为纪念。扶助清朝平定江南的是洪承畴，洪不是满人，是汉人，而且是汉人的大官。启关引兵，被满人封为平西王，最后将南明皇帝绞杀的吴三桂也是汉人，是汉人的封疆大吏。换句话说，四面楚歌的悲惨局面，往往是“楚人为汉舞”自己造成的。和李贺词藻华丽的《公莫舞歌》相比，谢翱的《鸿门宴》更多了一份感时忧国的“世道人心”。

李贺《雁门太守行》差不多是所有选本必入选的一首诗：

黑云压城城欲摧，
甲光向日金鳞开，
角声满天秋色里，
塞上燕脂凝夜紫，
半卷红旗临易水，
霜重鼓寒声不起，
报君黄金台上意，
提携玉龙为君死。

此诗写气氛可谓是绝唱。据说李贺曾携诗去谒韩愈，门人将诗稿送了进去，韩暑卧方倦，困意朦胧，准备让门人将李贺打发走，可是他打开递上来的诗稿，首篇便是《雁门太守行》，读而奇之，连忙穿上衣服匆忙赶出去见李贺。韩愈对此诗的具体评价不见文字记载，不过这个故事本身似乎已经说明问题。李贺诗中的想象和比喻永远是第一流的，“长吉耽奇凿空，真有石破天惊之妙”，所谓“创奇出怪以极鬼工者，李昌谷之幽思也”。但是，如果撇开诗高超的艺术性不谈，不难发现此诗的立意，只在“士为知己者死”这一点上。说李贺诗欠理，这或许多少也能算是个例子。清朝黎简《黎二樵批点黄陶庵评本李长吉集》，说“长吉诗似小古董，不足贡明堂清庙，然使人摩挲凭吊不能已”，属于差不多的评价。

不管怎么说，一口咬定李贺的诗欠理是不准确的。真正欠理的诗不可能让人"摩挲凭吊不能已"。把李贺的诗说成是法家著作，当做批林批孔的刀枪使，也是自说自话，是别有险恶用心。李贺出于唐皇室，自称唐诸王孙，虽然是旁系，且已中落，贵族气息免不了，贵族倾向更免不了。不同的人，不同的阅读方式，可以得出不同的结论，说到底，问题还在于怎么去读李贺，李世熊《昌谷集注序》谈到自己的读后感时，便说"李贺所赋铜人、铜台、铜驼、梁台，恸兴亡，叹沧海，如与今人语今事，握手结胸，沧泪涟洏也"。由此可见，钱锺书得出李贺诗缺乏世道人心是对的，李世熊认为李贺"恸兴亡，叹沧海"也是对的。

读艺术作品，贵在有所感慨，仅以一个似是而非的"理"字，来评判该不该读，武断地得出李贺属于什么样的作者结论，显然非常幼稚。或许，读者自己的灵魂深处，有没有世道人心，这才是最重要的。这就好比触景生情，情既在看到风景以后，又更在看到风景之前。同样一本《红楼梦》，"经学家看见《易》，道学家看见淫，才子看见缠绵，革命家看见排满，流言家看见宫闱秘事"，所谓见怪不怪，见奇不奇。读者不能不自以为是，又不能太自以为是。

5

最喜欢李贺的《秋来》，回想当年，这首诗不知被吟诵了多少遍，感叹了多少回。尤其喜欢其中的"思牵今夜肠应直，雨冷香魂吊书客，秋坟鬼唱鲍家诗，恨血千年土中碧"。古人形容悲伤痛苦，有"柔肠寸断"之语，李贺反其道而行之。《李长吉歌诗汇解》解释说：

> 苦心作书，思以传后。奈无人观赏，徒饱蠹鱼之腹。如此即令呕心镂骨，章锻句炼，亦有何益？思念至此，肠之曲者亦几牵而直矣。不知幽风冷雨之中，乃有香魂愍吊作书之客。若秋坟之鬼，有唱鲍家诗者，我知其恨血入土，必不泯灭，历千年之久，而化为碧玉者矣。鬼唱鲍家诗，或古有其事，唐宋以后失传。

《昌谷集注》则说：

> 安知苦吟之士，文思精细，肠为之直？凄风苦雨，感吊悲歌，因思古来

才人怀才不遇，抱恨泉壤，土中碧血，千载难消，此所悲秋所由来也。

二十多年前，少年不识愁滋味，为读新诗强说愁。那年月，穿着油腻腻的工作服，靠在冰冷的铁皮工具箱上，自以为已被这首诗感动了，征服了，时至今日，不愿说当时是矫情，只能说是感触又深刻了几分。我写这篇文章怀念李贺，其实是借题发挥，追忆自己曾经有过的一段生活。恨血千年，土中成碧，前不见古人，后不见来者，毕竟中国只有一个李贺，毕竟世界只有一个李贺。然而一个李贺已经足够，他给了我那么大的恩惠，那么大的安慰，让我永远也感激不尽。

南京，历史和人文

1

南京这城市得细细琢磨品味。不识庐山真面目，只缘身在此山中，本地人不知福，常惊呼没地方可玩。我有个朋友，总说有了钱，要去哪里旅游，又喜欢掰手指头，卖弄自己已去过哪些省份，到过哪些城市。行万里路是人生一大乐趣，不过乐趣有时候会简单成一种应卯，仿佛上班报到，考勤的小机器用卡刷一下，对别人对自己便算是个交代。

世界太大，大得不可能什么地方都去。口袋里的钱毕竟有限，旅游越热，费用也越高。1986年汪曾祺先生来南京，我与父亲陪他去尚未修缮的中华门城堡，站在最高处，汪半天不说话，最后感叹地说："真是好地方，到南京就玩这么一个地方，已经足够了。"我们以为他表示客气，没想到他接下来大夸特夸，说这城堡丝毫不比山海关逊色，不只是不逊色，甚至更好。周围的游客无不受其影响，一个个都回过头来，重新打量。人们对身边的景物会熟视无睹，有时候非要高人提醒才行。我不想说中华门城堡比山海关更好，这种比较照例会引起争议。不过，对于一个有历史知识的人来说，登高望远，有些感慨是免不了的。愁看京口三军溃，痛说扬州十日围，山海关是国家的大门，中华门城堡是城市的屏障，一旦失守，便难逃厄运。清兵入关，敲响了汉人政权的丧钟，日军的坦克冲进中华门城堡，南京大屠杀的序幕也就拉开了。

我认识一位当年的老兵，南京保卫战时，他的炮兵阵地就在这附近，曾几次去设在中华门城堡的指挥部，向孙元良汇报军情。激战前夕，一切显得肃穆庄重，秋风萧瑟残阳如血，中华门城堡巍然屹立。那时的孙元良很精神，少年气盛，手里掌握着中央军的一支嫡系部队，是防守南京城最精锐的一个师。如今，年轻一代很少知道孙元良，介绍他，最好的办法是告诉别人他是台湾影星秦汉的父亲，就是那个总是和林青霞一起演爱情片的秦汉。流行是忘却历史的最好药方，或许再过些时候，秦汉是谁，大家也不知道了。据说孙元良兵败后躲到秦淮河边的妓院中，在保护下才安然脱险，我无心为这种事做出考证，脑子里挥之不去的，是大战爆发前的那道风景。有时候，撇开结果不谈，只截取故事开始的某个片断，反而可以引发更多的想象。在我看来，一场恶战前的短暂平静，或许比血淋淋的激战场面更扣人心弦。

中华门城堡世界上能排名第几，不得而知，在中国位居老大，应该没什么问题。它的总面积达一万五千多平方米，整个瓮城筑有藏兵洞二十七个，最大的一个可以藏兵千人。南京保卫战中，中华门城堡是战事最激烈的地方，敌我双方你来我往狂轰滥炸，尸堆成山血流成河。日军进入南京以后的残暴，与进攻南京时遇到的顽强抵抗分不开，他们做梦也没有想到，一座已经完全失去防御意义的围城，垂死挣扎的时候，竟然表现出了那么旺盛的生命力。

2

如果说万里长城担负着保护国家的重任，号称天下第一的南京古城墙，其作用便是为了捍卫一座城市。某种意义上来说，一个城市也可以是一个国家的缩影。朱元璋自以为建造了世界上最大的一个城市，其中有山有水，有大片的良田，“东尽钟山之麓，西阻石头之固，南临长干而秦淮贯其中，北依狮子、覆舟之山而控后湖”，就可以保自家江山千秋万代的险，结果却应了堡垒最容易从内部攻破的那句俗话。明太祖死了没多久，他的四子朱棣便从北京跑来篡位，将大明的江山据为己有。

南京这座城市差不多逢战必败，虎踞龙蟠帮不上忙，正如长城挡不住北方少数民族的铁骑。诗人陆游曾力主南宋迁都南京，结果宋高宗以“修德性而不在择险要之地”为托辞，硬是赖在暖风熏得游人醉的杭州不肯走。自古王业不偏安，宋高宗的想法一直被指责为投降路线，可是南宋在杭州建都的时间，比十朝之都的南京任何一个朝代都长，长得多。熟悉历史的人常会发出这样的疑问，“三百年来同晓梦”，“一片降幡出石头”，尽管有那么好的地形，都说金陵有王气，为什么南京一而再被攻陷，接二连三出亡国皇帝。

南京出了太多的后主，吴后主孙皓抬着棺材去西晋军门前报到，陈后主搂着爱妃跳井，李后主“挥泪对宫娥”。人有时候难免迷信，抗战胜利，一些国民党元老力主迁都北京，理由是南京位居东南，民风太委靡，在此地发号施令，不足以威震天下。南京这座城市有着太多的亡国阴影，宋濂在《阅江楼记》为明太祖歌功颂德，开篇说：

> 金陵为帝王之州，自六朝迄于南唐，类皆偏据一方，无以应山川之王气。逮我皇帝定鼎于兹，始足以当之。

宋濂的意思是说，自从有了朱元璋，南京的亡国气息已不复存在。但是充满智慧的明太祖，远不是那种拍拍马屁就头晕的皇帝，在晚年的《祀灶文》中，他哀叹自己曾想迁都，可惜人已经老了，力不从心，只好放弃作罢。他意识到南京作为一国之都的种种不合适，虽然在建造这种城市上大动干戈，可是朱元璋知道远离动辄刀光剑影的中原，将潜伏着很大的危机。是明成祖完成了他父亲的心愿，通常的说法，朱棣是封在北京的燕王，他从北京过来，随手就把大明的江山带到北京去了。事实却是，明成祖在南京做了十八年的皇帝，这时候，二万二千多卷的第一部大百科全书《永乐大典》已编出来，而三宝太监郑和也七下西洋，朱棣的地位已经十分巩固。迁都显然不是出于个人的小算盘，在治国方面，朱棣要比其父更出色，为此他被誉为永乐大帝，另一位可以齐名的则是清朝的康熙大帝。

明成祖迁都是明朝维持近三百年江山很重要的一步棋，以管理一个大一统的国家而言，南京确实不如北京，这就好比美国的首都只适合华盛顿，不适合作为金融中心的纽约，不适合有好莱坞的洛杉矶。过去只强调定都北京，有利于防止北方少数民族入侵，其实，远离东南委靡的民风，同样是一个朝廷稳定的法宝。康有为戊戌变法中，力主迁都上海，理由是北京实在太保守和腐朽，“旗人环拥，旧党弥塞，下至市侩吏胥，中则琐例繁扎，种种皆亡国之具”，“非迁都避之无易种新邑，不能维新也”，因此光绪皇帝只要带些人，逃到上海去，很多问题就可以迎刃解决。这是一个非常天真的想法，却从另一个侧面，说明“修德性而不在择险要之地”。北京并没有什么天险可守，与南京一样，这座古老的城市一旦被围，它的悲剧命运便不可逆转。作为国都，一道坚固的城墙保不了任何险，堡垒通常都从内部攻破。

“地势不须说天堑，共和战胜在民情”。改朝换代是一种历史必然，亡国有外因，更重要的还是内因。

3

说到南京免不了怀古，唐诗宋词元曲中，可以找到一大堆关于这个城市的感叹。历史上的南京和亡国分不开。亡国时总想到繁华，繁华时便忘了亡国。“商女不知亡国恨，隔江犹唱后庭花”，这是活生生的写照。辛亥革命前夕，一位年轻的南国诗人周实，在读了《桃花扇》之后，情绪激烈地写了一首诗：

千年勾栏仅见之，
楼头慷慨却奁时，
中原万里无生气，
侠骨刚肠剩女儿。

写完这首诗不久，周实因为策划起义被杀，年仅二十七岁。南京的繁华似乎总和秦淮河的醉生梦死连在一起，“侠骨刚肠剩女儿”可以看做是个让步句，否则，国家真惨到这份上，亡了也罢。事实上，南京的历史上，不仅出亡国皇帝，出秦淮八艳，也出舍生忘死取义成仁的豪杰。“纵死侠骨香，不惭世上英”，仁人义士的存在，为软绵绵的南京增添了几分刚烈和亮丽。

出中华门城堡不远，是著名的雨花台，一千四百多年前，相传云光法师在此讲经说法，感动佛祖，顷刻间落花为雨，雨花台因此得名。提到雨花台，就不能不想到方孝孺。想当年，燕王朱棣靖难起兵，朝廷讨伐诏檄，均出自当时最负文名的方孝孺之手，燕王攻入南京后，不记前仇，命方起草诏书，说：“诏天下，非先生草不可。”

方披麻带孝，掷笔于地，且哭且骂，说：“死即死耳，诏不可草。”

朱棣恼羞成怒，说“此吾家事，与你何干”，又威胁如果不从，要灭方的九族，方大义凛然，说即使灭十族亦无妨。朱棣于是将方氏家人绑来，当着方孝孺的面，一个接一个砍头，灭九族之后，为了凑满“十”，竟骇人听闻地“夷师友一族”，共杀了八百七十余人。

方孝孺之死，虽然出于不二臣的忠君思想，虽然牵累太多无辜性命，这种以生命维护信念的精神必须肯定。应该指责的是明成祖朱棣的残暴，是非不容混淆，黑白不能颠倒。这就好比日军攻入南京以后，已经放弃抵抗的中国军队被屠杀，不去谴责日军的暴行，反过来怪罪中国军队不拼命。根据结果去假设过程往往会失之偏颇。方孝孺为文化人争了一口气，他的遗骸被埋在了雨花台，人们在那儿建了一座祠堂纪念他。青山有幸埋忠骨，其实早在方孝孺之前，雨花台还埋葬过北宋的溧阳县知府杨邦义，金兵攻下南京，建康留守杜充投降，杨宁死不屈，大骂金帅完颜宗弼，于雨花台下被剖心而死。

风花雪月只是南京的一个侧面，桨声灯影也仅仅是个表象，人们不该忘记的是它的血腥。东南委靡的民风，是胜利者的残暴造成的。这个城市的醉生梦死，既是亡国的原因，也是亡国的结果。“一国兴来一国亡，六朝兴废太匆忙”，郑板桥咏南京，很伤感地写了这么两句。每一次城池失守都意味着一场大灾难，隋军攻入南京城，隋文帝采取的最极端措施，是将这个美丽的城市夷为平地。南京的平民百姓对屠城这样的字眼，一定不会陌生，记忆犹新，过去一百多年里，太平天国来，太平天国灭亡，二次革命时辫帅张勋的复辟，日军侵入南京后的大屠杀，无论改朝换代，还是异族入侵，都让南京人心惊肉跳噩梦缠身。

越是用血写成的历史，越容易让人记忆深刻。彼得堡和莫斯科郊外的名人公墓，是俄罗斯人的骄傲。名人公墓有时候是最有说服力的说明书，导游会喋喋不休地告诉你，普希金埋在那儿，陀斯妥耶夫斯基埋在那儿，还有柴柯夫斯基也埋在那儿。把玩南京某种意义上来说，也和名人的墓分不开，在东郊，有明孝陵，有中山陵，有邓演达墓，廖仲恺墓，谭延闿墓，在南郊，除了以上提到方孝孺和杨邦义，还有郑和墓，刘智墓，浡泥国王墓。

南京的名人墓密切联系着城市兴亡这个主题，带给人们的不只是骄傲，还有感伤和思索。

4

南京是一本最好的历史教科书，阅读这个城市，就是在回忆中国的历史。南京的每一处古迹，均带有浓厚的人文色彩，凭吊任何一个遗址，都意味与沉重的历史对话。以风景论，南京有山有水，足以和国内任何一个城市媲美，然而这座城市的长处，还在于它的历史，在于它独特的人文。

没有一个城市能像南京那样清晰地展现近现代史的轮廓和框架。位于东郊的国民革命军阵亡将士公墓，和南郊的雨花台革命烈士陵园，显然代表着国共两个对立的阵营。两处公墓的规模之大，建筑之宏伟，在国内也是绝无仅有。度尽劫波兄弟在，相逢一笑泯恩仇，不管怎么说，南京这个城市是宽容的，它珍惜历史留下的每一个细节，保护历史留下的每一处遗产。走在南京的大街上，仿佛走在历史浓密的树荫下，到处都是故事，到处都是遗迹。历史留给南京的遗产实在太丰厚。温故而知新，怀旧是人本能的一部分，无论生活是否称心，环境是否如意，人们总是免不了谈论过去，免不了回首遥望历史，不妨用我曾写过的一段话来做文章结尾：

中国古老的都市，也并不就只有南京这一座，但是真正像南京城那样历经沧桑，发生过那样强烈的变化，那样值得后人怀旧的城市却不多。想明白也好，想不明白也好，南京人没办法回避怀旧的情结。对于一个文化人来说，南京这个城市，是一扇我们回首历史的窗户。

一百年前的南京

1

一百年前的南京，鲁迅和周作人兄弟来描述最合适，他们的青少年时代，有很长一段是在南京度过。鲁迅在这接连上过两个学校，分别是江南水师学堂和矿务铁路学堂，他自己对这段学习生活不是很喜欢，但是并不妨碍他的成绩优秀，而且最后被保送日本留学。江南水师学堂辛亥革命以后，曾改名为"雷电学堂"，鲁迅觉得这很像是《封神榜》上的名字，后来写文章，专门有过一段议论。周作人在南京待的时间更长，一共有五年，所以他文章中，对于当时的描写就更多，更细致。

一百年前的南京，自然是破烂不堪。中国的城市和西方的相比，早在一百年前，已经无法比拟。落后从来就不是一天造成的，俄国的彼得堡富丽堂皇，许多建筑都是一百多年前竣工，当时就那个模样，经过一百年风风雨雨，巍然不动，风采依旧。在南京找不到什么百年老屋，我们把这些归结为战争，譬如内战，譬如外患。彼得堡也曾遭受德军的狂轰滥炸，从化学和物理的角度来谈，这座城市受到的伤害要远远超过南京，但是俄国人硬是挺住了，很多厚实的老房子保留完好。石结构的房子经过岁月的考验，其优越性便能充分体现出来，我们的建筑大都是木结构，虽然有看上去很花哨的防火墙，一场大火往往还是烧掉一大片。

一百年前的南京，相对于北方来说，要平静许多。戊戌变法半途而废，北方正在闹义和团，紧接着八国联军入侵，大清帝国风雨飘摇。南京此时不在矛盾的旋涡之中,有一种置身于外的平安无事。三十年河东,三十年河西,此时的北方社会,正好和前些年南方的战乱相仿佛。太平天国给六朝古都南京带来了一系列不太平,南京人在动乱中饱受惊吓。太平军来,攻城,定都,以后清军来,围剿,你攻我守,反反复复,打来打去。有一个问题我始终不太明白,太平军定都南京以后,很长的时间里,清军都驻扎在南京郊区,江南大营和江北大营像把钳子,一直对着太平天国的喉咙。这是一种很荒唐的对峙状态,遭罪的是老百姓,太平天国时期,南京的市民根本谈不上太平,小战天天有,大战三六九,曾国藩的湘军最后打下南京,猛杀了一批人,此后几十年里,民间提到"长毛"之乱仍然心寒。

一百年前的南京,太平天国已成往事,毕竟三十多年过去,市民们正从惊惶中醒过来。随着新世纪的钟声敲响,战乱的创伤成了往事,南京悄悄地发生着变化。一切都在恢复之中,此时的两江总督是一代名臣张之洞,张是洋务派的头面人物,清末的"新政"中起过重要作用。在帝国主义列强的压力下,上海虽然崛起,东南大城市的首席位置还暂时轮不到它。南京仍然是东南第一重镇,坐镇在此的两江总督,是一个十分显赫的要员,和别的封疆大吏相比,两江总督不仅是大军区的司令员,还相当于大清帝国的后勤部长,必须源源不断地为清政府提供财政支援。富庶的东南一直是中国政府经济支柱,俗谚有"苏常熟,天下足"之说,两江总督的首要任务,就是确保辖区的稳定繁荣。稳定是繁荣的基础,疲惫不堪的中国经济想得到复苏,最重要的还是先得稳定。

一百年前的张之洞已经老态龙钟,老并不意味着一定糊涂。张之洞是历任两江总督中,为南京做实事最多的一个官员,南京最早的铁路公路,最大的工厂,第一所大学,都和他分不开。

2

周作人谈起在南京读书的情景,说了一个笑话。当时所谓新式学堂里,一位教汉文的老夫子讲地理,说地球有两个,一个自动,一个被动,一个叫东半球,一个叫西半球。这样的笑话在一百年前多如牛毛,由此也可见当时的社会风气。鲁迅和周作人兄弟在南京读新式学堂,刚开始颇有些被人看不起,譬如鲁迅的本名是周樟寿,鲁迅的叔祖认为本族后辈进学堂当兵是不体面的,不宜拿出家谱上的名字,所以就帮鲁迅改名为"树人",后来很多文章,把周树人当做鲁迅的本名，应该说不准确，同样的道理，周作人的本名是周遐寿。一百年前，新派和旧派尖锐对立，互相看不起。旧派看不起新派，这只是暂时的，新派看不起旧派，却是永久的，而且有一种大获全胜的得意。阅读周氏兄弟笔下一百年前的南京，这种印象尤其深刻。

自曾国藩以后，两江总督的位置，经常由汉人来担当。从表面看，当时的民族矛盾已经不怎么激烈，汉人奴化，满人汉化。男人脑袋后面拖着一条猪尾巴，这是满人给定的规矩，久而久之成了习惯。女人是一双小脚，所谓三寸金莲，这是老祖宗传下来的遗产，满人女子并不裹脚。男人辫子女人小脚，这是双方让步妥协的结果，在一百年前，还没有人敢向脑袋后面的辫子挑战，因为割辫子要掉脑袋，要割必须躲到国外去割，在国内，新派人物要想有所作为，只好大张旗鼓地反对裹小脚，于是有了天足会一类的组织。

民族矛盾并没有完全消失，民间的反满情绪偷偷地酝酿。当时南京的东郊驻扎着清政府的旗营，这些由八旗子弟组成的大兵，作威作福，常常欺负南京居民，一见到有人到兵营附近便吆喝，并且气势汹汹地投石子。这种做法有些荒唐，南京人因此很生气，胆大的偏偏骑了马去兜风示威，鲁迅和他的同学就不止一次这么干过。这么干的目的很简单，就是表示汉人并不害怕他们满人。谁都知道，到了一百年前，八旗子弟组成的绿营兵，吃喝嫖赌精通之外，早没有战斗力，十年以后，辛亥革命爆发，以民团和起义新军组成的江浙联军，不费什么事就拿下了南京。

随着帝国主义洋枪大炮一起来华的传教士，成了新派人物可利用的对象，有时候干脆成为有力后盾。教会势力成为一种不可忽视的存在，义和团运动很快不成气候，南京的传教士和教民，度过了一段惶惶不可终日的日子，气焰与过去相比，没有任何收敛，反而由于八国联军的武装干涉，变得比过去更加嚣张和有恃无恐。洋人的特权显而易见，做官的和当老百姓的都得让上三分，在南京街头，见到蓝眼睛黄头发的外国人，再也不是什么新鲜事情，不同教派的传教士到处活动，见缝插针，结果我们今天如果想重温当时的情景，传教士留下的照片和文字便成了最好的证据。

教民的数字显然是被夸大了。为了降服古老的中国人，西方传教士在传教的过程中，使用了糖衣药丸，办了各式各样的救济所难民营，医疗所，小学中学乃至大学。西式洋房成了南京市内最重要的建筑物，这类洋房有的至今保存完好。人们在饥饿的时候，生病的时候，包括打算接受教育的时候，毫不犹豫地利用了传教士们的善心，他们其中的一些，也许会跟着祈祷，甚至入教，但是真正信教的人，仍然是少数和极少数。大多数教民都是实用主义，只是在吮吸糖衣药丸上的那层糖皮，一旦甜味没有了，便把药丸吐了完事。

现代化的雏形已经开始在南京出现，洋务运动初见成效，金陵机器制造局成为南京最大的工厂，这里生产的枪炮，"以剿内寇尚属可用，以御外患实未敢信"。国产货让人不敢放心，一百年前就这样。比较有实效的是修路，修铁路和公路，这些都是从无到有的创举。多少年来，水上交通一直占据着主要位置，像鲁迅和周作人来南京读书，就不得不坐船，然后在下关码头上岸。陆路交通的良好前景已初露端倪，沪宁铁路成了一块大肥肉，英国人以极其苛刻的条件，与清政府签订了《沪宁铁路借款合同》。这是一条黄金通道，等到它修好，当年的客运量就达到三百多万人。在今天这样的客运量不当回事，在一百年前，可了不得。

3

一百年前的南京，像个已到了预产期的孕妇，挺着晃悠悠的肚子躺在那儿，等待着阵痛的到来。一百年前的南京，又像一个徘徊在十字路口的弃儿，无援地东张西望，不知道该往哪走才好，夜茫茫，野茫茫，路在何方。未来的一百年里，这座城市天翻地覆，注定要面临许多大事。孙中山将在这担任第一任的民国临时大总统，并由此掀开中国现代史的一页。旧南京将以此为一个重要了断。新的一页和新世纪的到来并不同步，和中国其他方面的发展一样，中国革命的进程，总有晚一步慢半拍的遗憾，然而慢半拍也好，晚一步也好，历史终究阻挡不住。光阴似箭，一百年算什么，弹指一挥间，事实上，蓦然回首，我们还是为这座城市的巨大变化吓了一跳。

关于秦淮河

1

关于秦淮河，民国时有人写过一本专著，叫《秦淮志》。很多事都在书上写着，真想了解秦淮河，不妨找来看一下。对于大多数人，秦淮河知道个大概就行，有时候，知道得太多，反而更糊涂。

秦淮河很长，有里秦淮外秦淮之分。往模糊里说，秦淮河是母亲河，南京的生生死死，都离开不了，它的演变代表着这个城市的发展。烟笼寒水月笼沙，夜泊秦淮近酒家，杜牧诗中"秦淮"，究竟是内秦淮还是外秦淮，自古就有争论。一般人印象中，秦淮河可以简单地看作夫子庙最热闹的那一段，桨声灯影，它最光彩最不光彩的一页，便是"户户是花，家家是玉"。一个外地人来到南京，找一地方歇下脚，到处闲逛，只要是条河，哪怕是个小臭水沟，也会情不自禁，联想这会不会是当年李香君出没的地方，迎面过来一个美眉，会猜这难道不是金陵十二钗的后人。

历史上的南京是水陆大码头，河道交错水巷纵横，划着小船，南来北往东逛西走，可以去任何地方。长江下游的城市都有这特点，江南江北都一样，都是在河道上做文章。可是唯有南京，成了整个东南的重镇，想想上海今天在全国这盘棋上的重要，就不难明白南京当年在华夏版图上的威风。想当年，也就是开埠之前，上海能算什么，不就是个小渔村吗。有人开玩笑说，自从美帝国主义厉害了，大英帝国也就日薄西山，可怜南京就是衰败的大英帝国，如今只能眼睁睁看着大上海的崛起，看着人家成为东方明珠国际化大都市。

今日大上海的繁华，与秦淮河历史渊源，已很少有人去想到。都说旧上海是十里洋场，它的繁荣与洋人的租界分不开。很多人也许不知道，租界里的第一桶金，却是从南京秦淮河淌过去的。想当年，太平军一路从广西杀过来，江南的富户纷纷逃往上海租界，而此前这些有钱的阔佬，最喜欢流连的风流场所，就是销金蚀银的秦淮河。长毛来了，客户们跑了，洪秀全坐地为天王，又提出了全面禁娼，这一禁，娼妓们干脆也跑了，也跑到上海去了。

曾国藩率领湘军打败太平天国，为重新繁荣深受战乱之害的南京，被后人誉为道德上的完人曾文正公，采取的最简便办法，是对秦淮河再次开禁，重新恢复六家妓院。为什么只允许恢复六家妓院，历史学家说不清道不白。所谓六家，是官家允许的挂牌执照，开门营业后，每家妓院有多少妓女，并没有硬性规定。史料记载只说明这一招十分管用，经济迅速复苏，恰如一剂强心针，几乎立竿见影。南京顿时繁荣起来，而上海租界也就人口骤减，工商业随之萧条，“阛阓遽为减色，掷缠头非复如前之慷慨矣”。

2

秦淮河是南京历史的见证，传说中六朝繁华的活标本。秦淮河全长110公里，覆盖南京的七区一县，有内秦淮外秦淮之分，我们通常说的是内秦淮，自东水关经白鹭桥文德桥，蜿蜒向西，再穿过武定桥镇淮桥，最后到达西水关，大约十里路光景。这一段水路，自古就是南京最繁华的地方。所谓繁华，就是热热闹闹，沿十里秦淮，有许多古迹名胜，譬如桃渡临流，譬如乌衣晚照，譬如长干故里，但是一般游客来到秦淮河，往往顾不上这些。对于老百姓来说，这些古老南京文化的重要象征，显得根本不重要，不就是一条有点文化含金量的河吗。

说到南京，不能不说秦淮河，说到秦淮河，不能不说夫子庙。大家感兴趣只是夫子庙，世界古城罗马不是一天建成的，夫子庙也不是一天建成。夫子庙的中心是一座文庙，文庙并没什么了不起，在古代中国，只要是个城市，只要是个读书人的地方，要祭拜孔子他老人家，就得有文庙。南京的老文庙原来并不挨着这飘荡六朝金粉气的秦淮河，一旦搬到了秦淮河边，老百姓心目中立刻变了味道。不再叫“文庙”，也不叫“孔庙”，大大咧咧地就叫夫子庙，很严肃的称呼，到老百姓嘴里立刻世俗化了。

和夫子庙齐名的建筑群，还有学宫和江南贡院。学宫又名“泮宫”，始建于北宋，江南贡院是我国古代最大的考场，创建于南宋。夫子庙的最大特点是文化搭台，经济唱戏，它的文化是科举，经济便是吃喝玩乐。夫子庙的故事就是《儒林外史》，就是《桃花扇》。很显然，没有科举制度，夫子庙的很多故事都无从说起。没有了科举，就没有那份热闹。没有了科举，就没有那份悲欢离合。

随着三年一次的秋闱临近，桅杆上高悬“奉旨江南乡试”的帆船，一艘接着一艘开过来了。夫子庙的狂欢节拉开了序幕，考生来了，考官也来了，一大群蹭科举饭吃的人都跟着来了。旅馆生意立刻兴旺起来，有钱的少爷，没钱的穷秀才，都得找地方住下，都得有地方吃喝。各种档次的旅馆客栈应运而生，做生意的个个喜笑颜开，卖文房四宝的，卖古书的，卖字画的，卖杂货的，看相算命的，经营典当行的，经营成衣铺的，包括人口贩子和媒婆，都迫不及待地打起考生的主意。科举养活了一大批人，一大堆的配套服务产业，雨后春笋似的冒出来。石板小街，店招迎风，在科举的指挥棒下，夫子庙的商业气氛像春天里的阳光一样灿烂。

乡试三年一次，许多考生早在一年前，已在这周围住下来。还有更长期的，干脆就是这次秋闱落第，索性秦淮河边上找个落脚的好地方，好好预习功课，准备三年后再考。三年考不上，再住三年，再考，再落第。秦淮河边读书人越多，商家生意越好做。赖着不走的落第秀才越多，商家越高兴。一家挨一家的店铺老板非常高兴，比屋而居的妓院老鸨非常高兴。夫子庙一带妓家林立，是落第秀才的最好去处，红粉佳人慰藉着失落人的心，让他们意志消沉，让他们醉生梦死，让他们深陷在秦淮河边的灯红酒绿中不能自拔。

青砖小瓦马头墙，庙堂挂落花格窗，夫子庙附近的秦淮人家，千姿百态变化。值得一提的是，这里的民居特色绝对不能忽视，除了大大小小店铺，最具有秦淮文化的便是河房和画舫。河房和画舫是夫子庙最有活力的象征，是追随着秦淮河缓缓流淌的一道风景线。河房和画舫因为科举而产生，因为科举发展和壮大，却没有与科举一起灭亡。正是因为有了河房，有了画舫，科举被废除了，夫子庙依然生气勃勃，经久不衰。

古往今来，秦淮河畔的夫子庙屡遭破坏，屡毁屡建。夫子庙的不断重建，反映了南京人的一种不屈不挠，毕竟这地方是南京历史文化的最好见证。

3

历史上的南京，一直是江南的中心。江南曾经是个很大的概念，它的范围越来越小，现在的通常理解都是狭义。上有天堂下有苏杭，江南已成了江浙沪富庶之地的代名词，只局限在长江下游南岸这一段。其实江南可以分为东西两大块，北宋王朝的中国版图，很像一个大城市的地图说明书，它把省这级的区域称之为路，譬如长江的中下游便分成了江南西路和江南东路。历史上的大江西与今天的江西省，并不完全是一回事，但是有很重要的继承关系。与江西相对的是江东，这个江东，就是我们今天要说的江南。

南京又被称之为吴头楚尾，或许长江天堑的缘故，江南的最初碰撞，应该是东和西之间的较量，而南京的秦淮河，恰巧就是这么一个衔接点。追溯到吴王夫差和越王勾践时代，卧薪尝胆的越国胜利了，接管吴国地盘，为了与更强大的楚国对抗，把秦淮河畔的冶城扩建成越城。冶城与越城是南京城的雏形，很快，强大的楚国灭了越，越城改名为金陵邑。关于“金陵”二字有很多说法，最流行的是楚王觉得此地有“王者”之气，必须要改造它，于是在周围埋了一些金，以图镇住王气。到了秦始皇南巡，风水先生认定金陵的王气仍然存在，为保子孙永世为帝，秦始皇下令凿断了此地的龙脉，并改金陵为秣陵。这一改，再次体现汉字的趣味，金木水火土，金乃五行之首，太贵，秣是牲口的饲料，差不多就是最贱了。

成也王气，败也王气。金陵帝王州，秦淮佳丽地，南京的繁华不是胜利带来的，恰恰相反，它的欣欣向荣是因为失败。失败的江南有着太多不堪记忆，只要想想南下和北伐这两个不同的词组，就知道南人和北人内心深处的强弱。南方要想打回北方去，风萧萧兮易水寒，不知道要费多大的力气，要闻鸡起舞，要卧薪尝胆，要悬梁刺股，而北方要想打过来，却如严冬的寒流一样，想杀过来，立刻势不可挡，转眼就是百万雄师过大江。

当年的项羽何等英雄，率了八千子弟渡江，所向披靡，到最后四面楚歌，仓皇别姬。历史证明，谁能在中原称雄，谁就可以控制中华。逐鹿中原的潜台词，是角逐对大一统中国的最终控制权。说到底，一个国家只能有一个中心，如果说真存在着什么黄河文化和长江文化，那么处在中心位置的，从来就是黄河流域。谁占有了中原，谁就可以君临天下，雄视江南。黄河既是我们的母亲，也是我们的爹。胜败兵家事不期，包羞忍耻是男儿，江东子弟多才俊，卷土重来未可知。事实上，在南方和北方的对峙中，南方根本就不是对手，一直处在失败的境地，企图卷土重来，多数是书生之见，不过是纸上谈兵，说着玩玩而已。

4

江南的偏安先天注定，生来缺钙，一点不像顶天立地的堂堂男子汉。长期以来，作为江南文化中心的秦淮河，它的常态似乎只能醉生梦死。以生存之道而言，偏安就是最大的安全，稳定才能够压倒一切。商女不知亡国恨，隔江犹唱后庭花，江南女人不仅红颜薄命，要繁荣文化振兴经济，而且是祸国殃民的祸水，要背堕落亡国的黑锅和恶名。

北极朝廷终不改，当汉族在中原地区称王的时候，秦淮河为代表的江南，只能是华夏文明的一个副中心，负责收税纳贡搞活经济，往北方源源不断输送黄金白银。除了经济的繁荣之外，北方不太能够容忍江南的过分强大。换句话说，江南可以拥有经济地位，但是不能拥有政治地位。当汉族在中原地区受挫，黄河流域遭到了异族入侵，随着北方士族的纷纷南逃，华夏文化的中心才会被动地移到江南。这时候，以秦淮河为代表的江南，就有可能一跃为汉文化的中心，成为了维护中华文明的最后堡垒。南京历史上最能引以为自豪的黄金时代，是六朝时期，为什么，因为恰恰是在这个时期，中原汉文化的基地转移到南京来了。

说到底，秦淮河边发生的故事，是了解中国大历史的最好教材。江南并不是天生软弱，秦淮河也不是自古堕落，它的各种毛病，从某种意义上来说，都还是失败的北方带来的。西晋东迁，北宋南渡，这不是江南的过错，账都不应该算在江南人头上。东迁和南渡带来了很多问题，桃花扇底看南朝，秦淮河上的灯红酒绿，从来就不仅仅属于江南。秦淮河只不过是宽宏大量地接受了中原王朝的失败，无可奈何地囤积了耻辱。多少年来，失败和耻辱的阴影始终笼罩着秦淮河，这里是出后主的地方，是亡国之都的代名词。秦淮河水源源不断，奔流不息，透露着江南文化中的一缕缕重要气息，说不完的柔情和感伤，道不尽的颓败和绝望。1945年抗战胜利，一批国民党元老力主国民政府迁都北京，理由就是这里的亡国气息太重，太腐败太堕落。

历史选择向来有它的合理性，事实上，在江南的大版块上，秦淮河的老大地位越来越不重要，早就是明日黄花。如今江南盟主是不可一世的大上海，在很多年轻的上海人眼里，以拥有秦淮河为荣的老南京，还能不能属于江南，都已经有些可疑了。

闲话南京

骑毛驴郊游

1907年秋天，有一名四品京官到南京来，当时两江总督端方隆重款待。两江总督是清政府的封疆大吏，按说完全有理由不把一个四品官放在眼里。然而京官是天子脚下的人，地方官必须好生侍候。这京官是个有玩心的人，来了南京，突然想到要去看明孝陵，于是立刻屁颠屁颠地安排，总督大人亲自陪同，骑着高头大马，一路溜达过去，还拍了照片留念。

我见过许多游览东郊风景区的历史照片，有趣的是，和官员出访骑马不一样，照片上的主人大都是骑着毛驴，有戴着瓜皮帽的中国人，也有戴着瓜皮帽的外国人。当然是洋人居多，因为最初只有洋人才有照相机。有的外国人个子太大，骑在小毛驴上十分滑稽，照片上的中国人十有八九是导游，有时候，还能看到驴子的主人呆呆地站在一边，是不小心被摄入镜头的。骑毛驴郊游一直延续到什么时候，现在已说不清楚，反正20世纪30年代肯定还有，张恨水的文章中常常提到。

把旅游和文化相提并论，是这几年的事情，过去人不讲什么文化，要玩就是玩，闲情逸致，玩了也就玩了。不像今天，好端端的一件事，一穿上文化的外衣，反而变得俗不可耐。想想当时的乡民也纯朴，养几头毛驴，守株待兔，有游客来，好歹赚几个小钱心满意足。不像今天动不动搞开发，投资多少多少，然后一定要凶神恶煞地加倍赚回来。赚钱也就算了，最可怕的是为赚钱，把原来好端端的风景破坏了，这样的例子很多，用不着我来说。

《儒林外史》中的南京人，要玩通常去南郊，原因很简单，小说虽然是清朝人写的，背景却是明朝。东郊因为有明太祖的寝陵，是禁地，擅自闯进去属于杀头之罪，老百姓不会没事找不自在。明灭亡后，清政府对明陵的态度很暧昧，从历史老照片看，清末的东郊已十分破败，有身份的人，通常不太敢去谒明陵，否则一个刁状告上去，说你心存汉室，弄不好就会掉乌纱帽。只有仁人志士，譬如顾炎武，才会去吊明陵以表明对清朝的不满。孙中山当选临时大总统，很隆重的一件事，就是跑到东郊去祭明太祖陵。

鲁迅在南京读书期间，喜欢跑到明故宫遗址去骑马。他当时是愤怒青年，没有心情骑毛驴郊游。当时的小营附近驻扎着清兵，看见学生并不友好，不仅要骂，而且会投石子。据说鲁迅一点都不害怕，很大胆地挑逗清兵，甚至要和清兵比骑马。鲁迅最初读的是江南水师学堂，用今天的话说，那就是海军学院，这所学校毕业的高材生，有很多人后来都成为海军中的栋梁。附带说一句，当年南京的郊外，并不是出城门才算，南京城太大，居民区之外，有着太多的菜地，荒地，像明故宫就在中山门内，当时却荒芜得很。

鲁迅走过的路

章品镇先生曾说过，他要写一篇文章，谈当年鲁迅在南京读书时走过的路。这应该是一篇很有趣的文章，希望他能很快地写出来，以飨读者。很显然，考证鲁迅当年在南京的事迹并不容易，从已见到的文字看，鲁迅对这座城市，对自己所读的新式学堂，没有什么好印象。但是，文字的东西不能完全相信，鲁迅流露出的不满，其实也是对当时社会的不满。他后来让弟弟周作人步自己的后尘，也来南京读书，从这点看，起码认为是条出路。

倒是在周作人的文字中，可以读到许多当时的记载。在1901年，从浙江来南京，第一步是去上海，然后坐船，沿长江逆行，从吴淞口开始，经过一天半的颠簸，到达下关码头。沪宁铁1908年才竣工，周氏兄弟来南京，只能慢悠悠地坐船。在当时，这已经是高速度，因为是进口的大洋轮。

鲁迅在南京待四年，周作人待了五年，恰巧是人生中最关键的青年时代。他们都是在南京毕业以后，成绩优秀，被保送出国留学。附带说一句，巴金先生也是在南京读的中学。鲁迅在江南水师学堂的时间并不长，他被分在了管轮班，想想以后老是待在船肚子里，连个上甲板的机会都没有，就改读了矿务铁路学堂。周作人比鲁迅老实，实实在在地读了五年水师管轮班，到了日本以后才转向。周氏兄弟都没有学什么干什么，按说国家花了那么大的力量栽培他们，免费在国内读书，临了还送出国深造，应该努力报效培养他们的清政府才是，然而事实却证明不是这样。

南京最初的新式学堂大都在城北，这是因为当时那里比较荒凉。在今天，说到鼓楼，便有市中心的意思，在20世纪初，这里已是人迹罕至的北郊。周作人的文章中，老是提到读书时，如何进城玩。由于学校在今天的挹江门一带，学生必须步行到鼓楼，才能雇到人力车，然后兴冲冲地去夫子庙，吃茶，吃小吃，听小曲，反正是痛痛快快地消磨大半日，才往回走，走到北门桥，买点油鸡或者盐水鸭，再叫辆车回学校。那时的车夫不在乎城北荒凉，没有回头客也无所谓，只要有一笔生意做就行。

周作人走过的路线，其实就是鲁迅走过的路。那时候的学生，新生喜欢穿操衣，也就是今天的校服，多少“有点夸示的意思”，老生却恰恰相反，要出门，一定是长衫，因为校服暴露了身份，会有种种不方便之处，特别是去夫子庙这样的花花世界。学生代表着未来，年轻人意味着希望，如果认为年轻人都胸怀大志，就大错特错，事实上，真正有出息的学生，更多的时候都是占少数。周氏兄弟后来有些成就，与当时对很多事情看不惯有关，他们是愤怒的青年，从来都不随波逐流。

朱偰先生

1932年夏季，朱自清先生在英国当了一年访问学者，坐船回国。归途遥远，好在无聊中可以一路玩，譬如在法国和德国各转一圈，然后去威尼斯，去埃及，去孟买，去新加坡。那年头的海轮也时髦旅游项目，凡路过景点，只要值得一看，便会作合理安排。正是在此次归国途中，朱自清结识了刚获得博士头衔的朱偰先生，两人都喜欢旧体诗，于是以美丽的威尼斯为题，共赋长诗，一时传为佳谈。朱偰先生年仅二十五，旧诗造诣十分了得，少年气盛，朱自清谈起这次合作时说：“朱得句敏于我，诗成，皆出彼手。”

朱偰回国后，立刻成为中央大学经济系的教授，这很让人眼红，因为教授的薪水高。钱多，日子自然过得潇洒，不难想象当时的情景，洋博士名教授，年轻有为，而且是最热门的经济，要多气派有多气派。抗战爆发前的那段时间，是南京市政建设的黄金年代，整个城市成了一个大工地，推土机横冲直撞，是地方就大兴土木。随着新南京的日新月异，文物古迹的破坏毁灭也越演越烈，在建设“新首都”的旗帜下，很多人都不把这种破坏毁灭当回事，不破不立，旧的不去，新的不来。朱偰虽然是留洋的新派人物，又是学经济出身，骨子里却还有点陈旧，除了喜欢写旧体诗，对南京历史遗迹遭遇的野蛮毁坏，心痛不已哭喊无门。有些事情是阻挡不住的，考虑到后人很可能再也见不到这些遗迹，朱偰只好背着一架德国的照相机，到处乱跑，一一实地考察，拍照留念。在短短的三年时间里，共拍摄了两千多张照片，今天我们所能见到的老南京照片，有许多都是从这些照片中选出来。

现在知道朱偰先生的人已经很少，随着老照片升温，人们也许会对某些图片感到惊奇，发出感叹，一般不会去想这些照片由谁拍摄，如何拍摄。通常这都是洋人的专利，好像只有外国人才喜欢管闲事，才明白文物古迹保留的意义。老派的中国人里，有意识地为某个城市拍这么多照片，在我的印象中，朱先生好像是第一个。有关他的文字记载相当少，印象中，朱先生一直在南京当教授，当过系主任，所学的经济似乎没派上什么大用场。自从抗战开始，经济建设在相当长的历史时期，根本没有用武之地。

朱偰是浙江海盐人，他为南京拍摄的照片，曾编成书出版，其中最有名的一本，是《金陵古迹名胜影集》，民国三十五年出版，也就是内战爆发的那一年，共选了317张照片，配有中英文说明。附带说一句，这些照片构图都很不错，颇有些古诗中的意境，丝毫不比专门的摄影师逊色。

春节轶事

1933年1月26日，刚下了一场雪，一位官场上混得不错的雅人隔着玻璃窗，欣赏外面景色，突然有位做学问的朋友推门进来，说今天见鬼了，外面的店铺全不开业，想买包烟都不行。这做官的烟瘾也不小，口袋里一包美丽牌香烟已到了最后关头，顿时有些紧张，他首先想到民众的觉悟，说会不会因为山海关失陷，南京市民自发休业一天，纪念国难。做学问的朋友说绝不可能，如果这样，街上必有人游行，贴标语，散传单，要多热闹有多热闹。

于是两人一同上街买烟，从大行宫走到杨公井，是门面就打烊，到处冷冷清清。一家酒馆门口赫然贴着告示,"修理锅炉,休业三天"。类似的告示随处可见,"整理内部,休业三天","清理账目,休业五天",好像是统一的口径。这两人没想到买包烟会成为大问题,远远看见一名警察,用警棍正敲打店铺紧锁的大门,便打算过去问个究竟。开口之前先看热闹,那警察敲门已有一会儿,里面的人越是不理,越是恼火,越是不达目的誓不罢休。终于有人开了门出来,一副怒气冲冲的样子。警察问为什么今天不营业,那人说我自己开的店,想盘点,关你鸟事。警察说,平时可以,今天就不可以。那人怒不可遏,说别仗着你是警察,老子才不在乎你呢,快给我滚,要不然什么难听的话,都能骂出来。警察一向欺软怕硬,见到这种刁民也无可奈何,扭头要走。这时候,对门出来一群小孩,点着了一个爆竹,朝警察扔过来,警察吓了一跳,回头便要捉那些小孩,嘴里还在嚷嚷:"老子马上把你逮警察局去,说好不许过年,你们他妈的竟然还过。"

在一旁看热闹的两个人恍然大悟,他们竟然把日子给过忘记了,原来今天正月初一。这故事不是小说中的虚构,是当时很有影响的杂志《论语》上的纪实报道。国民政府定都南京,提倡新文化运动,用行政命令的手段废除旧历,不让过春节。到这一天,机关里不公开放假,所有店面必须照常营业。好在上面有政策,下面就有对策,千年形成的顽固传统,不是一纸红头文件立刻能取消,春节不让明目张胆过,便悄悄过,关起门来过。

提倡新文化运动的那些年头,不过春节,过元旦。南京作为中华民国的首都,元旦很隆重。首先要谒陵,向先总理表示敬意。然后去中央党部,再赶国民政府礼堂,听要人说冠冕堂皇的话。有点头衔的人奔来赶去,忙得不成样子。最有趣的是1934年,南京特别市政府决议,公务人员月薪在八十元以上者,须添制京缎漳绒或建绒马褂一件,结果春节那天,机关大院里全是崭新的马褂,大家这身打扮见面,老派鞠躬作揖不合适,按新派时髦方式与人握手,又实在太滑稽。

金风萧瑟走千官

聂绀弩的一篇散文中,说到一个趣事,抗战前一年,他们去某省的一个偏僻乡下,老乡听说是从南京来的,立刻就问:"你们是官吧?"绀弩他们回答:"不是，我们是做小生意的。”老乡很吃惊，说：“什么，南京也有做小生意的？人家说那里全是官！”

真是一段很精彩的对话，寥寥数语，当年老百姓心目中的民国首都，全活脱活现地表现出来。在中国的大历史上，说起南京，大多数情况下，都是惨兮兮的。这里生产了太多的亡国皇帝，有点名气的后主，差不多都出在这儿。问君能有几多愁，恰似一江春水向东流。偏偏是20世纪的二三十年代，南京突然成了中华民国的首都，繁荣得让人不敢相信。

这时期的南京，并不适合于文化人。那年头，大多数文化人，都生活在离南京不远的上海。在南京更容易获得机会的是仕途，进京求官，已成为一种广泛的现象。绀弩先生以自己的亲眼所见，说明当时为文和为官，有着两种截然不同的结果。五年前，他与一名相识的年轻人，一起到南京来打拼，大家都是刚离开学校，都想做些不同寻常的事情，都想把自己的生活，改造得好一些。这所谓好一些，无非是有稳定的收入，有漂亮的太太，而最高境界，当然是能有自己的房子自己的车。

绀弩认识的这位年轻人，是学法学的，开始的时候脾气有些倔，像医生一样有双挑剔的眼睛，看社会上的种种现象，都有些不合乎卫生。后来不再书呆子气了，索性进一家机关谋事，当公务员，按部就班，人云亦云，不久就混到了司长。万般皆下品，唯有读书高，读书的最佳结果，莫过于学而优则仕。这人呢，一做到司长的位置上，飘飘乎如遗世独立，前途立刻飞黄腾达，羽化而登仙。稳定的收入漂亮的太太，有了，自己的房子自己的车，也有了，反正该有的，都有了，不该有的，也有了。

今日颐和路一带的民国官邸，都是在那特定期间，雨后春笋一般地冒了出来。金风萧瑟走千官，这是鲁迅的诗句，矛头所指，直接针对了当时的南京政府。绀弩把抗战初期的首都沦陷，归结为国民党政府的腐败，这似乎有些文人之见，难免是吃不到葡萄嫌酸。南京的沦陷，确实与国民党统治失误有关，但是也从另一个侧面，说明了南京的昔日繁华和热闹。

南京民谣

小时候看电影，见到的蒋介石，不是凶相，就是丑态。凶相是喜欢骂娘希匹，丑态是屡屡被老对手共产党戏弄。后来书读多了，又添了一些滑稽，譬如他动不动就要下野。

南京自从成了民国的首都，市民隔一段日子，就能看到国民党要员下野的闹剧。如果说当年的国民党政府，还能多少见到一点民主，长官大人三天两头玩下野，应该算一个。那年头报纸上最热闹的，是发条激昂的通电，慷慨陈辞，遍布全国。照例很有文采，锦心绣口骈四骊六，上台通电，下台也通电。以进为退最好的招数，就是堂而皇之地称病，“展堂同志血压高，精卫先生糖尿病”，这些个事，都是托辞和借口，都能成为老百姓闲聊时的极好话题。

蒋介石的下野最有戏剧性，因为官做得大，已到权力的最高峰，动一动就会轰然地震，震惊朝野。1927年定都南京，屁股还没有坐热，蒋便含恨下了野。好在这次引退有个美好结局，这就是娶到了才貌双全的宋美龄。他的每次下野时间都不长，过去形容写散文有个俗语，叫做形散神不散，蒋的引咎辞职，基本上就是这个路子，组织上是下了，思想上却还没有下，过不了多久，就跟玩似的还乡团复辟，胡汉山又杀了回来。一去一回，一下一上，以前的种种矛盾，仍然没有解决，不但没解决，有时甚至更趋严重。

1931 年的“9·18”事变，是南京政府遭遇到的最大难题。这边民国的盛事刚刚开始，那边渔阳鼙鼓动地来了，害得蒋介石进也不是，退也不是，眼睁睁丢了东三省。张学良逝世，他的口述自传已经解密，以蒋为首的中央政权失了地，丧权辱国，成为众矢之的，还是在所难免。“9·18”引起了满朝文武大员的一片嚷嚷，结果便是恶狠狠地吵起架来，当时可真是够乱的，你骂我来我骂他，国民党四届一中全会成了吵架大会，按理应该是个斯文的场所，“放屁放屁放狗屁”这样的话，也冒了出来。“文的笑道岳飞假，武的却云秦桧奸”，蒋介石当时以岳武穆自居，他自己觉得是，别人看着怎么都不像。当不了岳飞，蒋便让手下骂汪精卫也是汉奸，汪的亲日形象早就众所周知，骂他是秦桧也没什么错。

蒋介石被骂得鼻青脸肿，于是又玩了一回下野，向全国人民谢罪。他的下野，当然是假的，还是老一套，军政大权仍然遥控，过不了多久，便又再次皇袍加身，重新登上权力宝座。南京的老百姓一向喜欢看热闹，这一次大开眼界。目睹这场闹剧，鲁迅写了一首题为《南京民谣》的五言诗，直讽其事：

大家去谒陵，强盗装正经，静默十分钟，各自想拳经。

全运会的花絮

好多年前，我突然被拉去出谋划策，为了申办全运会。以往的全运会，只在三个城市轮流坐庄，分别是北京、上海和广州。老规矩必须改，其他城市均有意见。于是六朝古城终于有机会，那时候最有力的竞争对手，是大连。说老实话，大家都觉得大连更有戏，因为人家有一句很牛的口号，“我们已经准备好了”。正是足球最火暴的年头，万达队如日中天，大连的体育场馆国内绝对一流。看硬件看软件，别人都比不了，可南京临了还是虎口拔牙，活生生将申办权夺了过来。

运动会给城市建设带来的巨变不言而喻。对一个城市来说，全运会不仅仅是一些比赛。不由得想到1933年南京的第五届全运会，这是不是历史上的唯一一次，我说不准，说它最有意义，却毫无疑问。这次运动会想做成功两件事，一是表达全国人民的抗战决心，东北已沦亡了，可是“还有东三省的选手在，有热河的选手在，有哈尔滨的选手在”，“诸位选手的使命，不在锦标，而在振起全民族的精神”。有一句话为老百姓津津乐道，“我们要使中国，由一个绵羊，变成一只老虎”。

这次全运会的另一目的，是展示首都南京发生的巨大变化。1927年国民政府定都南京，这个城市开始翻天覆地。变化是巨大的，史无前例。谁也没有想到，世界范围内的经济危机，偏偏给中国的经济增长送来了好机会。原材料从来也没有这么便宜过，西方第一流的城市设计师，花很低廉的价格，就足以让他们乖乖地为我们打工。南京转眼之间，成了一个最美丽的都市，它的突变甚至让一向轻视中国的西方人目瞪口呆。在外国记者的笔下，南京已经可以和世界上许多著名的都市媲美。

我见到过一些老照片，穿军服的军人和穿长衫的市民在排队购票，票价是三角一张。以当时的物价，不便宜。会期十天，两千余名男女选手，将近二十万观众，在1933年10月，已很热烈很隆重。此次运动会，最露脸的是一男一女，男的是短跑健将刘长春，女的是美人鱼杨秀琼，都是拿冠军创纪录。刘长春的百米成绩是十秒九，在当年算是不错了，他是东北人，能来比赛就不同寻常。他又是代表中国参加奥运会的第一人，也是旧中国唯一的一个人，因为旧中国的体育水平实在太低，其他项目不够资格。

杨秀琼大出风头，她的游泳成绩，在今天自然不值得一提。或许长相符合当时的美女标准，比赛之外话题不断。追求的男人多，段子也多，可惜最终还是红颜薄命的老套，成了某军阀的小老婆，据说颇有一些辛酸。

昔日的篮球热

朋友们一起聊天，不约而同说起篮球。或许姚明去NBA的缘故，国内球迷的兴趣，正悄悄从足球转向篮球。回忆过去，20世纪80年代女排称霸，开始了前所未有的排球热，那时候上体育课，班上的男男女女，几乎全部选择排球。这以后，有了世界杯欧洲杯冠军杯，有了意甲德甲英超，逢精彩比赛必定实况转播，大家又成足球迷，每人能报出一堆自己喜欢的球星。这些年，球迷对中国足球失望透顶，开始集体厌倦，都叛逃到NBA的阵营去了。

说起南京人喜欢篮球，可以追溯到抗战前。当时南京有两支很厉害的球队，一是中央军校队，一是国立体专队。《金陵野史》上篇文章专门介绍过，将他们称为“篮球两霸”。两霸之间的比赛，曾是南京球迷的大事。高手对决，每年也就一两次，在老百姓心目中，这种德比大战充满悬念。地点不是在通济门外的省立公共体育场，就是在黄浦路的励志社。那时候的决赛票两角钱一张，一旦开赛，看台一定挤满，“万头攒动，盛况空前”。

据说当年开战时，体专的校长张之江，军校的教务长张治中，都要亲临督阵，以示隆重。体专有同学自己组成啦啦队，呐喊助威，很是热闹。相比之下，中央军校队更受南京市民的爱戴，队员白背心白裤，清一色的光头。军校的中锋叫王玉增，绰号“大姑娘”，身长玉立，打起球来，“静如处女，动如脱兔”，他受欢迎的程度，差不多就要赶上乔丹了。

1937年的南京人，充分享受着民国的盛世。这一年，国立体专队输给了中央军校队，正摩拳擦掌，希望夺回冠军宝座。中央军校队一时间成了国内的梦之队，远征上海，击败了由美国侨民组织的“海贼”队，据说这支球队赫赫有名，执上海篮球之牛耳已经多年。“七七卢沟桥事变”后的半个月里，谈论北方战事和篮球，是南京市民的主要话题。那时候的菲律宾篮球队很厉害，来华挑战，大有打遍天下无敌手的气概。南京因此组成了京联队仓促应战，各有输赢，比分都是四十几比三十几，是谁先输后赢，我已经记不清了，只记得报纸上宣布，拟组成京沪联队，到上海去招募高人加入，然后远征菲律宾。说好要赛九场，八月初去，九月初回。

这九场比赛的结果如何，大家似乎都不关心。此时抗战已全面爆发，教科书上的日期，从7月7日开始，对于南京的老百姓，却要拖延到8月13日，或者8月15日。淞沪激战两天以后，日本人的轰炸机开始光顾南京。

遥望卢沟桥

对于1937年的南京人来说，发生在华北的卢沟桥事变，有些说不清道不白。那年头没有电视直播，消息来得很慢，所有新闻都是隔夜的。漫长的夏天已经开始了，在没有空调的日子里，老百姓对付酷热的办法，就是睡到大街上去。夜晚降临了，人们在门口洒上一些水，将门板卸下来，架在长凳子上当做纳凉的床。蚊子在空中飞扬，手中蒲扇不停地拍打，报纸上的小道消息不翼而飞，到处流传。

为了写《一九三七年的爱情》，我曾泡在档案馆里翻阅过当年的旧报。纸张已经很破旧了，过去的灰尘让人窒息。不管怎么说，读旧书看旧报，不失为一种触摸历史的好办法。要说1937年是民国的盛世，丝毫不算夸张。年初西安事变的和平解决，把蒋介石的地位，抬到了前所未有的高度。报纸上常常出现"领袖"这个词，作为民国的首都，南京的报纸上有很多无聊的东西。某某要人抵京离京，小恙病足甚至割疝气，都会成为花边新闻。

7月7日这天到来以前，完全看不出有什么战争的迹象。六年前的"9·18"事变，极大地伤害了国人的自尊心，从此以后，抗日激情始终高涨。但是，国民政府出于外交上的考虑，在媒体上，和抗日有关的话题，或多或少有所限制。南京的老百姓似乎已习惯了抗日高调，他们习惯了骂几声小日本，然后沉浸在琐碎的世俗生活中，醉生梦死。在7月7日的一张报纸上，用大半版的广告，为一种叫"生殖素"的药物作宣传，其声势远远地超过今日对"伟哥"的炒作。

同样是在7月7日的报纸上，"卫生常识"的系列讲座预告正在进行，英国医学博士吴国泰要为大家演讲"衰弱丈夫的急救法"，德国医学博士张君宝的题目是"手淫与遗精的弊害"，美国医学博士姚崇培大谈"发育不全的科学挽救"。还有很长的"少女的一封信"，内容是"怎样做一个健美的女性"。副刊里有一篇文章的标题，竟然是"夏季里的诗的肉感气息"。

7月8日的报纸仅仅是标题就足以吸引眼球。大字标题是“秦淮河上的夏季风光”，小标题则是“画舫灯彩辉煌，歌声与笑语齐飞”，更有一行注解让人哭笑不得，“她像一个风流寡妇会使你沉醉”。当时蒋介石的新生活运动已经提倡了好几年，可是夫子庙的繁荣娼盛，到了令人发指的地步。就在第五版上，有一篇报道说，“市府路一带，有私娼集团拉客举动”，而这篇报道的题目就是“集团拉客”。

直到7月9日，卢沟桥事变才见诸于南京的报端，标题触目惊心，更有些轻描淡写：

“日军前晚在卢沟桥演习突向我驻军轰击”。

作为见证的广告

“8·13”淞沪抗战的第三天，十六架日本人的轰炸机，开始轰炸南京。在八月十九日的报纸上，我看到一条消息，用大字刊登，不由得觉得暗自好笑。“蒋委员长严令申儆”，“禁止非防空人员枪击敌机”。电影《巴顿将军》中，很经典的一场戏，是敌机前来袭击，别人吓得钻到了桌子底下，唯有巴顿拔出手枪，冲到大街上，向俯冲过来的敌机射击。在1937年的南京，竟然也会有这种完全艺术化的镜头。

我已经说过，中日全面开战，对于南京人来说，应该是在“8·13”以后。在这之前，大家并没有想到形势会变得那么严重，更没有想到，几个月以后，日本军队就要打到南京来，制造了震惊中外的南京大屠杀。那时候，多米诺骨牌已经排山倒海一般开始过来了，可是这里面还有一个时间差。

一家名为“瘦西湖食堂”的馆子开业一周年，举行大优惠活动。广告上是这么写的，“在本食堂周年纪念期内，特备(五元纪念席)以酬各界惠顾雅意，日期自7月15日至7月20日止，共计五天，每席五元，每天十桌，售完为度，恕不外送”。我感兴趣的是登出来的菜单，四冷盘四热炒五大件，三竺鱼翅，锅烧鸡，清蒸白鱼，瓤冬瓜，元闷子鸡，点心一道，外加瘦西湖锅面。

号称京粤港十大酒家之“首都大三元”，也在广告上登出自己的菜价，“著名红烧鲍翅二元五角”，“原盅陈皮鸭掌八角”，“正式黄浦炒蛋三角”。

首都大戏院《看王先生去》的广告，显得很不正经。“这边无敌大减价老派滑稽,那边流血大牺牲新式噱头”,更有一行小注,“噱天噱地全部幽默滑稽巨片”。

报丧的广告,“迳启者,首都军训会专任委员董觉悟先生于本月十五日晨巳时疾终于中央医院,经移厝于莫愁路仁孝殡仪馆,择于本月十六日正午十二时大殓,另行择期开吊,谨此讣闻”,落款是“董委员觉悟先生治丧委员会谨启”。

8月31日,在报纸的头版上,登了一条结婚广告,很有意味。

> 梁章棣、张文卿结婚启事:我俩已于民国三十六年八月三十日在南京中正路三三四号举行结婚,时值国难时期,一切从简,所有亲朋诸希谅宥。

给我留下深刻印象的是,整整一版,就这么一条广告,其他全是战况报道。这时候,平津已经失陷,上海抗战正如火如荼,中国军队正以巨大的牺牲,对抗着武器精良的日本军队。也就是在这一天,国民政府明令征集国民兵,我至今都不明白什么叫国民兵,反正是战时总动员之类。仗越打越大,报纸上的火药味越来越浓,广告也就越来越少。

五万条毛巾运动

1937年,是南京历史上最值得谈论的一年。这一年的发展方向,在一开始并不明朗,一方面,它是民国的盛世,大家享受着世俗生活,醉生梦死,另一方面,战争的机器正悄悄开进,中日双方的敌对已经不可调和。

在2月2日的《申报》上,一位埃及预言家预测世界政情,认定“1938年大战将爆发”。媒体评论这个预测,不屑多说,只轻描淡写地说了一句:“是否准确,尚待事实证明。”

四月初召开了国民党中央第四十次常委会,就“蒋委员长中正电请再给假两月,以资调养案”作出决议:“蒋同志久膺国重,备极忧勤,所请再给病假两月,并以王同志宠惠代理行政院长职务,自应照准,尚望为国摄卫,早复康健。”蒋因此返回老家溪口休养,不过这休养也是打了折扣,因为“应酬频繁,有害健康”,“医生等劝告务必绝对节劳”。

蒋介石称病,汪精卫也跟着说自己不舒服。六月里,报纸上有了这样的消息:“汪精卫病已痊痌,脉搏仍有间歇。”一时间,称病做秀成了风气,仿佛只有如此，才能说明自己辛劳，才能鞠躬尽瘁。直到卢沟桥事变爆发，党国要员们才一个个打起了精神。7月15日，报载“于右任患腹泻，精神尚佳，稍留及返京”。在同一版上，又有以《阎锡山已恢复办公》为题的“太原十四日电”，“阎锡山病已渐恢复健康，兹以世局日趋紧张，已开始批阅公文，擘划一切”。

不识庐山真面目，只缘身在此山中。“七七事变”，不仅南京的老百姓不太相信仗是真打起来了，就连党国的要员，也有点稀里糊涂。7月29日，报纸上发了这么一条消息，“自卢沟桥事件发生以来，局势一张一弛，后以和平空气笼罩，各地劳军运动之热烈情绪，顿形减低，以致南京儿个中学生所发起之五万条毛巾运动，仅收到四十九条，离指定数目相差甚远，现在甚望全市同胞踊跃捐送毛巾，交新民报社会版收，以便转送前方将士应用”。

就在上述消息发表的前一天，日军猛攻北平，二十九军佟麟阁、赵登禹率部顽强抵抗，不幸阵亡。而发表消息的同一天，北平沦陷，再过一天，天津沦陷。到第三天，1937年的7月31日，蒋介石发表《告抗战全军将士书》，宣布“和平既然绝望，只有抗战到底”。

征婚救难

卢沟桥事变的直接后果，是北平和天津的沦陷，这是国人绝对不能接受的现实。“9·18”以后，中国抗日情绪一直都很激昂，大家想不到东北还没有收复，华北也完了。此时不全面奋起抗日，不跟日寇拼个你死我活，更待何时。

蒋介石宣称的最后关头，显然已经到了。“战端一开，那就地无分南北，人无分老幼，无论何人皆有守土抗战之责任。”汪精卫也就最后关头发表演说，他一贯能说会道，说出来的话，照例都有很好的煽动性。他解释最后关头的意义，是“未至的时候要忍耐，已至的时候要牺牲，必使人地俱成灰烬，不留一个傀儡种子”！

于是八月的南京城，抗日热情高涨。演艺工作者上演了大型话剧《卢沟桥》，此时离事变发生，刚过一个月。这是一次文艺界精英的合作，写剧本的主笔是田汉，演员都是名角。中央大员云集，一个个都从避暑胜地庐山飞了回来，各地的封疆大吏也纷纷赴京共商国是。在要员中，最有感慨的是白崇禧，从广西飞过来，一下飞机就在城里转了一圈，然后对记者说，他感受最深的，是首都这些年的巨大变化,真可以说是日新月异。共产党的代表朱德和周恩来也到了南京,共同抗日的大是大非,终于让国共这一对老冤家,又一次携起手来。

南京的基督教徒,发起了"为国祈祷会",分五处轮流举行。娱乐场所开始在票价上做文章,增收"附加慰劳金"。暑假中留在南京的学生,纷纷上街募款,"乞丐,车夫,女佣亦踊跃捐输"。如果说,卢沟桥事变引发了一波抗日激情,北平天津的沦陷又掀起新一波怒潮。

8月12日,南京的报纸上以"征婚救难"发表了一篇文章,全文如下:

> 昨阅上海某报,看见有一位女士发起"征婚救难"的消息,这真是一条崭新而有趣味的新闻,亟为转录事实,以告读者。
>
> 这位女士是河北新河县人,年在二十岁左右,芳名郭余名,现任上海新民小学教员,近因鉴于平津被敌蹂躏,为救济遭难同乡,特自动的来发起这"征婚救难"的办法,应征者须缴纳费五元,而且要能真爱国,真能为国牺牲者为标准。将来就用此笔应征费专以收养这次遭难而流亡的同乡。昨天上海有一位记者去采访过她,曾向她要一张照片,结果没有成功,据她说一切办法,俟河北旅沪同乡会决定后,即在各报刊上登广告,那时她的照片当然也要附刊着。读者不妨暂时等着,过几天留心在上海的广告栏里瞻仰她的芳容。

国难当头,发生什么的事情,都是可能的。

报纸上的某方

看田汉回忆录,说起1937年八月初在南京公演的《卢沟桥》,国民党宣传部竟然准备禁演这部戏,可是真禁了,又怕老百姓不乐意,便促使特务闹退票。我对这回忆颇持怀疑态度,当时的日本大使馆还在南京,平津虽然已经丢了,毕竟还只是发生在"北方的战事",国民政府并没有正式对日宣战,因此正确的解释应该是,国民党只是想表个态,说明《卢沟桥》表达的只是民意,并不是政府精心策划。田汉的这个回忆录,写于"文革"初期,当时的革命群众对历史已经不了解。

国民政府在对日的态度上，一直小心翼翼，用如履薄冰来形容一点都不夸张。杜重远因为《闲话皇帝》一文，得罪了“友邦”，侮辱了天皇大人，日本人因此抓住这点死死不放，结果国民政府不得不判杜重远徒刑。我看当年的旧报纸，常常为报纸上经过仔细斟酌的措词，感到无奈和可笑。譬如在1月31日，就淡淡地用标题文字这么写着：“津日军举行实弹演习”。4月2日的第三版上，又赫然写着：“日驻沪陆战队，昨天又举行大演习。田代在丰台检阅日驻军，日联合舰队今日离青岛。”

熟悉历史的人，都明白这些标题下掩盖着的深刻含义。类似的标题文章屡屡可见，到了4月12日，又有“沪日陆战队习巷战”的报道，然后又是“传田代回国，日司令改大将，津日军又习野战”。这些文字往往都只是标题，具体的内容故意省略了，理由很简单，话多必失，不愿意给日本人在外交上留下把柄。想想国民政府真是够窝囊的，日本人不仅在你的家门口捣蛋，他们已经大摇大摆登堂入室，就在你的家里撒野玩演习，你却还不得不想到“外交”。

“平津之大，已放不下一张平静的课桌”，这是任何一个有点血性的中国人都忍受不了的现实，忍不了，还得忍。尤其是政府必须忍受，忍辱负重，既不敢得罪日本人，又不能惹怒老百姓。到了“七七卢沟桥事变”的前几天，报纸上还有这样的标题，“日驻军在沪大演习，丰台日军亦在卢沟桥演战斗”。战争的阴影正在一天天逼近，穿过历史，以今天的眼光去看，一切都很清晰，已经铁板钉钉，在当时，反而有些模糊不清。“狼来了”的呼声喊多了，似乎已让人感到很麻木。

当时报纸上，常见的还有“某方”这个词，这是典型的外交字眼。譬如“华北某驻军，五日又将增兵”，“某方在察北建筑兵营学校”，“某方雇汉奸多名组‘华北反共协会’制造口舌，实藉以增强华北驻军”，这“某方”是谁，自然不言而喻。

敌乎，友乎

抗战之前的报纸很多，国民党政府对抗日的舆论，控制很严格，却难免疏漏。当然，说是故意睁只眼，闭只眼，也不会有什么大错，毕竟对日同仇敌忾，这一点已不用怀疑。南京的《朝报》就当时日军连续不断的演习，发表了一篇署名“习铎”的文章：

日本兵舰七十多艘，前天起集中在青岛海面，据说是演习。

什么演习！不过是叫我们看看颜色而已。到中国的海面上演习，就好像在一个人的面前揎拳勒袖做把式一样，是示威，挑战？进攻的准备？

他们演习给我们看了，地点是中国海面，炮口正朝着中国的海岸。"敌乎"，"友乎"？还用问吗？

《朝报》是南京本地的报纸，就在国民政府的眼皮底下，面对"友邦"动不动抗议，说话不能不有所顾忌，但是该说的话，该放的炮，还是说了放了。民间对日敌对情绪，无论政府怎么掩盖，也捂不住。不过民间情绪，向来是来得快，去得也快。就在同一天的报纸上，说起一件往事，说"9·18"事变后，新加坡曾开会纪念，作出决议，凡属中国人一律臂缠黑纱，以志国哀，并宣誓言："东北一日不收复，我们一日不脱黑纱。"当时，凡真爱国热诚者，无不遵守，然而也有不缠者，引起爱国热情过烈之人强烈不满，于是提着修马路的柏油，在交通要道守候，如有不缠者，立刻涂之。

1937年7月20日，蒋介石从庐山飞回南京，"精神焕发态度安闲，中枢要人相继晋谒"，此时的高层领导，已下了抗战的决心。如何对待民间情绪，始终让国民政府感到棘手。头脑清醒的官僚，对抗日与否，作出了这样判断，"战必败，和必亡"。所谓败，就是说仗真打起来，一定会败给日本人，在军事上，我们不是对手。所谓亡，则是亡于老百姓，亡于共产党，因为对日一味退让，一个劲忍辱负重，结果必是民心尽失，国民党失掉，意味着共产党得到。

报纸上对政府的决心并不完全相信，竟然用国家要人来作广告。一份"急电"煞有介事地写道："蒋委员长在庐山第二次谈话会中，曾作郑重表示：'临到最后关头，只有拼全民族的生命，以求国家的生存。'全国民众闻风兴起。有一青年吴一清者，原为爱国之士，在淞沪抗战期间，身先士卒，中弹断了一条腿，从此郁郁家居。恨东北收复无日，怨政府丧权辱国，更让他难以忍受的，随着世局越来越趋紧张，而其父母及其弱妹，却醉生梦死，沉湎酒色，愤慨之余，状若疯颠。其事悲壮曲折，动人心魄。"

仔细研究，原来只是华安电影公司的噱头，自称根据真人真事拍的电影预告。具体片名及导演主演，要等第二天的广告才能看到。

怀念柳树

我所居住的地方,如今很难得看到杨柳。附近的市民广场,在花岗岩和草地之间,移植了一株不大不小的杨柳树,每次看到风前柳态,都有一种久违的亲切。一树春风千万枝,嫩于金色软于丝。可惜太形影孤单,与周围的环境不协调,起码是不够传统,因为水性杨花,柳树更适合长在水边。

历史上的南京有很多柳树,甚至我童年的记忆中,杨柳也像在唐诗宋词中一样随处可见。无情最是台城柳,这个城市无论如何变,无论遭受什么样的挫折,柳树还是柳树。秦淮河畔,各式各样的水塘边,无人的荒野,是地方就会添出几树垂柳。柳树天生适合用来表现沧桑,一旦发生战乱,战后萧条,只有一样东西会不经意间又生气勃勃成长起来,那就是苍凉的柳树。柳树目睹人间的悲欢离合,是历史的最好见证。我觉得柳树的性格,代表这个城市的传统,虽然历经磨难,怎么样都能活下去。

一个画画的朋友曾用古典来形容柳树, 他比较了法国梧桐和柳树的姿态,指出它们枝条的生长方向是相反的,一个垂下来,一个向上。一百年前,南京还见不到已反客为主的法国梧桐。今天所见到的这些学名为"悬铃木"的梧桐,确确实实来自法国,是20世纪20年代末修建中山陵,从上海法租界花巨资购买的树苗。法国梧桐改变了南京的品位,在传统的伤感中,它增加了一些民国的华贵气。这个古老的城市有了枝条向上的梧桐,顿时发生根本的变化,用时髦的话来说,也是一种断裂,在今天,梧桐比杨柳更能代表这个城市。

城市中的绿色十分重要。树木的洋化不一定是坏事,从造福市民的角度来看,法国梧桐代替杨柳,显然是很好的进步。烈日炎炎,骑车族从巨大的梧桐树荫下走过,会少几分火气,多一丝凉意。不管怎么说,还是非常怀念杨柳,它不仅能让我回忆童年,更能让我幻想自己并不曾经历过的历史。现在,这个城市正在流行草地,和柳树梧桐相比,碧绿的草地更富贵气,是不是真好,就很难说。草地太像摆设,容不得我们亲近,常常只能作为摄影时的背景,而且老得有人在那把守,在那除杂草,在那儿浇水。也许我们人多,可以不珍惜人力,不过,草地多少还是有些华而不实。

柳树是丰子恺漫画中重要的元素，没有柳树，或许就没有丰子恺。记忆中，他的住处就好像用“小杨柳屋”命名。杨柳不是南京才有，更不是江南才有，只要有水气的地方，杨柳便能顽强地生存下来。中国传统树木中，常见的是杨柳，松柏，翠竹，还有桃树李树。刘禹锡《杨柳枝》有这么一句：“城中桃李须臾尽，争似垂杨无限时。”桃红李白，春意盎然，都是风头一出也就完了。好花不常开，柳树反倒更值得咀嚼玩味。

关于大运河

从古邗沟说起

扬州在江苏的地理概念上，属于中部地区，仔细看一下地图就可以明白，省城南京偏于西南，苏州偏于东南，扬州基本上是在中心位置，但是在习惯上，大家更愿意把它称做苏北的一个代表城市。我们今天的很多习惯思维，都是明清时期形成的，明朝永乐皇帝移都北京以后，在今天的江苏境内设有七府，其中有五个府在江南，分别为应天府、镇江府、常州府、苏州府、松江府，只有两个府在江北，分别为扬州府和淮安府。很显然，“府”这个行政概念，更多的还是看重人口和经济。江北的地盘是江南的好几倍，从面积上看当时的扬州府，几乎相当于江南五府，虽然大，政治地位并不怎么显赫。

早在元朝的时候，按照当时的规定，只要人口达到三万户，就可以申请设县。因为江南人口的日益稠密，清政府曾把江南的许多县一分为二，结果便造成两县共用一个县城的情况，譬如苏州城里，就曾经同时出现过三个县衙门，分别是吴县，长洲县和元和县。清初改置江南省，设江南布政使统领上下两江，安徽为上江，江苏和上海是下江。以后又设左右布政使，左布政使管辖安庆、徽州、宁国、池州、太平、庐州、凤阳、淮安、扬州九府，以及徐州、滁州、和州、广德四州。右布政使管辖江宁、苏州、松江、常州、镇江五府。左右布政使的分治，为江南省的瓜分作了准备，当时的右布政使驻扎在苏州，等到正式分省的时候，把位于江北的两府一州划归江苏，从此扬州府淮安府，暂时还未升为府一级的徐州，开始成为江苏大家庭中的一员。

历史上的扬州和苏州相比，丝毫也不逊色。扬州人和苏州人在自我感觉良好上如出一辙，他们都很会过日子，都习惯于自得其乐，都积淀了非常丰富的文化。这是两个有着悠久历史，同时又是非常适合人居的古城，城市规模都不太大，民风温柔，生活悠闲。如果说它们还有某些不相同的话，那就是苏州处于和平的岁月居多，千百年来和扬州相比，处于战乱的日子要少得多，受到的伤害也少得多。

地处江淮之间的扬州古城并不是什么军事要塞，然而这个城市的建设，从一开始就与军事企图紧密相连。在苏州开始建城的二十八年以后，也就是公元前486年，野心勃勃的吴王夫差为了北上伐齐，开挖了一条邗沟。千万别小看了这条古运河邗沟，在此之前，长江和淮河并不相通，那时候的军队要走水路，连接江淮的唯一途径，便是由出长江绕海进入淮河，这得要绕很大的一个弯子。因为有了邗沟，行程大大地被节省了，同时，在半路上也有了一个城池邗城，根据专家的观点，这个古邗城就是扬州的前身。

夫差为了北进中原争霸，无意中发展了这一地区的经济文化和航运交通。从此一直到汉代，当时的江苏境内，江南最大的城市是苏州，江北最大的城市是扬州，那时候的省城南京还算不上什么。然后越灭吴，然后楚灭越，胜利的楚国给扬州起了一个名字叫“广陵”，就像它给南京的赐名“金陵”一样。广陵的名字用了很久，直到九百年以后，隋炀帝杨广成了这里的最高统治者，为了避自己本名的讳，改“广陵”为江都。现在的扬州辖区内也有个江都县，此江都并不是历史上的江都，历史上的江都就是今天的扬州。

隋炀帝和大运河

吴王夫差开挖了邗沟，目的是想称霸中原，结果出师未捷，被更有心计的越王勾践抄了后路，活生生把国家给亡了。一千多年以后，隋炀帝又在古邗沟的基础上，花了六年时间，挖掘了著名的京杭大运河，结果呢，也把一个好端端的大一统江山隋朝给折腾完了。大运河这样的丰功伟绩，不是在秦皇汉武这样的英雄人物手下完成，多少有些让人感到意外和遗憾。人们总是习惯以成败论英雄，如果夫差北伐成功，如果隋炀帝平定了叛乱，结局也许会完全不一样。当然,历史从来就不相信如果,历史也从来不以人的意志为转移。事实只是,因为吴王夫差和隋炀帝,因为这两个既富传奇又是悲剧性的人物,江苏的命运就此彻底改变。

隋炀帝三下扬州,“玉玺无缘归日角”,老天爷不保佑,最终他只能客死在这里。历史与这位倒霉蛋开了一个不大不小的玩笑,因为忌讳扬州的原名广陵,本名叫杨广的隋炀帝特地改了一个地名,没想到自己还是被埋葬在了此地的雷塘,隋炀帝陵结果还是在广陵。“君王忍把平陈业,只换雷塘数亩田”,平心而论,隋炀帝真不能算是个没有用的皇帝,想当初,他领着51万大军南下江南,活捉了醉生梦死的陈后主,结束了自东晋以来270多年南北分裂的局面,那是何等的业绩辉煌。清朝的康熙和乾隆也都是六下江南,同样是劳民伤财,同样是为了缓解南方的怨恨和怀疑,同样是为了加强对富庶的江南地区的控制,同样是为了榨取江南人民的财富,为什么康熙乾隆的下江南,就变成了一种粉饰盛世的大好局面,而隋炀帝的巡游却导致了亡国,这并不是三言两语就可以解释清楚。

不管怎么说,大运河的功都远远大于过。唐诗人皮日休甚至把隋炀帝修运河,与大禹治水相提并论,“尽道隋亡为此河,至今千里赖通波,若无水殿龙舟事,共禹论功不较多”。清朝的一位史学家也说,吴国和隋朝的开挖运河,虽然是“轻用民力”,但是后人的享用无穷无尽,他引用了春秋战国时的西门豹的话:“今天你们恨我怨我,百年以后你们想念我都来不及!”

大运河以洛阳为中心,北起涿郡,也就是今天的北京,南至余杭,也就是今天的杭州,在江苏境内长约690公里,不仅从南到北贯通了江苏全省,而且四通八达,成了江苏与全国各地联系的大动脉。江苏境内的大运河在京杭运河总长度中占有绝对比例。中国现存大运河全长约1794公里,在江苏境内约占总长的2/5。大运河全程分为七段,其中有三段在江苏境内,它们是淮安以北的中运河段,淮安至扬州的里运河段,镇江以南的江南运河段,大运河依次流经江苏的徐州、宿迁、淮安、扬州、镇江、常州、无锡、苏州8市,江苏共有13个省辖市,大运河所经流域大约占了全省的2/3。

江苏境内的运河沿线也是历史文化遗存的主要地域。江苏现有国家历史文化名城7个,运河沿线就占了5个,分别是徐州市、淮安市、扬州市、镇江市、苏州市,低一级别的省级历史文化名城有6个,运河沿线也占了3个,分别是高邮市、常州市、无锡市。此外,江苏现有全国历史文化名镇10个,运河沿线就占了5

个，省级历史文化名镇13个，运河沿线就占了11个，省级历史文化保护区2处，运河沿线占了1处。江苏现有各类地面文化遗存近万处，截至2006年统计，被各级政府公布为文物保护单位的有2890处左右。这些重要文化遗存有相当一部分位于运河沿线。由于江苏水系发达，许多河流都与大运河发生联系，与大运河有关的物质文化遗产与非物质文化遗产，在江苏的历史文化资源中占有绝对比重。

大运河颠覆了江苏作为一个边远省份的落后地区形象，它所带来的好处显而易见。此地老百姓为了自己对国家财政上缴的利税，不免有些怨言，所谓“东南四十三州地，取尽脂膏是此河”。这是典型的目光短浅，知其一而不知其二，大运河的开凿在当时确实产生了一些负面作用，劳民伤财，引发了很大的民生问题，但是它对江苏的经济建设，对江苏的繁华富裕，起到了非常重要的作用。有人说，在中国的大历史上，万里长城是“人”字的一撇，而大运河则是“人”字的一捺，有了这一撇一捺，中国人就站住了。

时至今日，大运河对于江苏的经济发展，仍然起着十分重要的作用，和历史上繁忙的江南漕运已有所不同，现在再也不是用船把粮食和财富源源不断地运往北方，而是把大量的煤炭和建筑材料送到南方。如果没有运河运输煤炭，华东地区的能源就会出现问题，而建筑材料则满足了快速发展的许多南方城市建设新城区的需要。运河的总运输量相当于两条京沪铁路加一条京沪高速公路的总运输量，运输成本比铁路和公路运输都要便宜，这一点如果不加以说明，一般人恐怕做梦都不会想到，因为现在出门，走水路的机会已经越来越少。

唐朝的大上海

20世纪的30年代，上海的一位大学教授在讲授《中国文化史》的时候，给学生提了一个问题，那就是在一百五十年前，黄浦江两岸蒲苇遍地，田野间偶见村落，很少有人知道有所谓上海，诸位试想那时中国最繁华的城市，应该会是什么地方。同学们被这个看似不太难的问题卡住了，七嘴八舌，说了很多种答案，有人说是北京，有人说是洛阳，还有人说是南京，没有人会想到竟然是扬州。

这位教授十分感慨，说尽管标准答案确实如此，但是大家都没有想到，说明在过去的一百多年时间里，大名鼎鼎的扬州衰落得实在太厉害。落水的凤凰不如鸡，自东晋以来，特别是隋唐以后，曾经一直占据中国经济中心的扬州，随着现代社会的到来，作为中国历史上特大城市的光彩早已不复存在。教授苦笑着告诉他的学生，说这个就叫历史的变迁，今天的上海人，听到扬州话便想到江北乡下人，看到扬州人便想到穷瘪三阿木林，要是在一百五十年前，或者往前一些的康乾盛世，再往前一些唐宋元明，扬州人眼里的外地人，清一色都是乡下人和阿木林。阿木林是流行于当时上海滩的洋泾浜英语，意思相当于今天的“土包子”和“土老帽儿”。

苏州人觉得自己的城市是天堂，在心高气傲的扬州人看来，所谓天堂也不过就是一个满足温饱的小康社会。不过是小日子过得有点富裕，不愁吃不愁穿，和平和谐和睦。这样的岁月在扬州人心目中根本算不上什么，稍稍知道一点扬州历史的人都知道，如果说在六朝时期，南京算是当时最繁华的城市，那么到了隋唐，自从大运河通航以后，东南繁华的第一把交椅，恐怕就不得不让位给扬州。扬州那时候的来头要大得多，那年头，长安因为是京城，是皇上待的地方，是政治中心的所在地，其地位正好相当于今天的首都北京，而扬州便是今天的大上海，商贾如织，是不折不扣的经济中心。

一千年前的扬州繁华，对于今天的人来说，实在是难以想象。可以这么说，今天作为国际化大都市上海拥有的种种优势，当时的扬州基本上已全都具备。那时候的扬州就是一个国际化的大都市，唐代诗人眼里的扬州，是“天下三分明月夜，二分无赖是扬州”，是“十里长街市井连”，是“九里楼台牵翡翠”。诗圣杜甫一生贫寒，他看到当时的外国商人一个个东下扬州做生意，不禁心生羡慕之意，也想顺势搭个便车，跟着一起到扬州见识一下，可惜最终还是没有能够成行。据说唐朝有些名气的诗人，有一半到过扬州，杜甫偏偏只留下一首“商胡离别下扬州”，这让扬州人民十分遗憾，好在同一首诗的四句话中，杜甫说到了“忆上西陵故驿楼”，根据这句话里刨根问底，他当年似乎也来过扬州，只是惜墨如金，没有留下其他更能让人咀嚼的诗句罢了。

在考古发掘中，扬州发现了一批唐俑，这批唐俑的最大特点，就是高鼻深目，一望便知道是“胡人”。唐时的胡人不是今天的欧美，大都是来自波斯和大食，也就是古代的伊朗和阿拉伯。同时出土的还有与胡俑有联系的骆驼俑，骆驼有“沙漠之舟”的称呼，它们显然是胡人长途跋涉的交通工具。但是，值得一提的是，中国历史上的对外贸易交流，最初都是沿着丝绸之路进行的，因为是陆路，形成不了太大规模。到了唐朝的时候，海上交通开始发达起来，我国的东南沿海对外贸易大盛，扬州是水路运输的重要枢纽，要想把海外的货物运到京城去，扬州是必经之路。

形容当时扬州繁华的谚语，最有说服力的就是“扬一益二”，意为全国之富当推扬州为第一，益州为第二。益州就是今天的成都，有理由相信，这样的排名显然不是扬州人的主意。按照中国南方人的传统习惯，一般不太喜欢自称天下第一，不喜欢太张扬，动不动就是一个吉尼斯纪录，这是近年来兴起的时髦。中国人做事喜欢留有余地，喜欢我第二没人敢说第一的境界，譬如江南第二泉，又譬如天下第二泉。扬州人才不在乎自己排名第几，“江淮之间，广陵大镇，富甲天下”，这话最好是让别人去说，等到扬州人自己再津津乐道这些往事的时候，扬州城早已经彻底地败落了。

淮水东南第一州

外地人来到江苏，可以沿着沪宁铁路自东向西，过苏州无锡常州镇江南京，也可以顺着沿海高速由南往北，去南通盐城连云港，说完了这些城市，再回过头说大运河途中的淮安，有一种完全不同的感觉。和扬州徐州一样，位于大运河边的淮安也是一座国家历史文化名城，说到这一点，它显得要比江苏东部的沿海城市更有底气。如今，淮安人给自己的定位，是要建立一座在苏北城区规模仅次于徐州的大城市，提出的口号是“人均超全国，财政再翻番，建设大城市，苏北争先进”。目标很远大，任务很艰巨，淮安的辖区总人口和市区总人口，处于江苏十三省辖市中间，然而它的GDP总量和增幅都排在后面，人均GDP和人均收入都不尽如人意。

在一个讲究数字化的现代社会，淮安人提到经济难免沮丧，历史地看，淮安曾经很富裕，可惜那时候没有GDP排名，也没办法统计人均收入。搁在隋唐，今日富庶的苏南怕是没有一个城市敢与淮安叫板，更不要说苏北沿海的那些不毛之地。自从大运河开通，淮安便成了沿线的重镇，唐代的楚州城，商品贸易十分兴旺，著名的开元寺和龙兴寺前是热闹非凡的庙市，吸引了众多的海内外客商，阿拉伯人，日本人，韩国人，不远万里来这做买卖，那时候的此地有个新罗坊，新罗就是今天的韩国，居住的都是高丽棒子。当年的淮安是最先改革开放的城市，白天人山人海熙熙攘攘，到了晚上，城边运河过往的船只“连墙月下泊”，城内“千灯夜市喧”，达官显贵前呼后拥，一个个招摇过市，宴饮游乐诗酒唱酬。

当时淮安的繁华程度，仅仅逊于扬州，如果说那年头的扬州相当于今天的上海，淮安基本上也就是今天的广州或深圳，不仅在全国处于绝对领先，而且还是主要的对外开放港口，难怪白居易会把这里盛赞为“淮水东南第一州”。唐以后的历朝历代，淮安一直保持着相对的繁华势头。相比之下，宋元时期要逊色一些，宋在中途分成了北宋南宋，淮安处于战乱地带，元朝的军事又过于强大，漕运可以走海路，留在淮安的买路钱便少了许多。明清时期的淮安显然更加繁荣，不仅盛于宋元，而且大大地超过了隋唐，它是京杭大运河上能与扬州苏州杭州相媲美的城市，当时有个说法是南有苏杭，北有淮扬。

如果说淮安在唐代的繁华，还有点自由贸易的特征，明清时的兴盛基本上是靠垄断。作为运河途中的重要城市，淮安与它南边的城市扬州相比，它更像一个巨大的官场，能看到的都是肥缺。扬州城里满眼有钱的盐商，淮安城里到处这样那样的官员。在黄河北徙之前，由于淮安位于黄河运河淮河交汇处，地理位置十分显赫，众多的官员在这上上下下走马换将，也就在情理之中。没人说得清楚此地有多少个衙门，负责漕运的最高长官漕运总督在此驻节，负责治水的最高长官河道总督在此驻节，全国最大的内河漕船厂清江督造船厂在这儿，著名的淮安漕粮中转仓在这儿，国家财政收入占有重要地位的淮北盐运公司也在这儿。淮安被誉为“运河之都”绝非是夸大之辞，清乾隆鼎盛时期，今淮安城的楚州区常住人口“不下数十万”，河道总督署所在地的清河区又“猛增到数十万”，有专家把这两个数十万相加，得出的结论是当时淮安人口应该有60万，而同时期的南京杭州武汉也不过只有30多万的人口规模。

南船北马，九省通衢

1905年1月，淮安官场大放鞭炮欢欣鼓舞，清政府终于下令将江苏省一分为二，这一回是南北大分家，南方仍然叫江苏省，省府仍然在苏州，北方则取名叫江淮省，省府便设在淮安。一人得道，鸡犬升天，江苏巡抚的大权被削减了一大块，高兴的是北方的这一位，级别拔高了一截，成了堂堂的抚巡大人。江淮省的设立一下子带来众多的做官机会，大家弹冠相庆，奔走于南京和淮安之间，轮船公司专门开通了航班，特备小火轮直达南京。南京是两江总督的所在地，会跑官的都去总督府钻营，上行而下效，苏北各地也不断有人跑到新设立的巡抚衙门拜码头，结果“官场晋谒抚军络绎不绝，几于应接不暇”。

可笑的是好日子闹腾了三个月，便偃旗息鼓树倒猢狲散。这时候的大清朝气数已尽，禁不起上上下下一片声反对，竟然出尔反尔，再次下旨宣布取消分省。这一来，很多人空欢喜了一场，刚到手的好买卖都没了，顿时人心惶惑，淮安城内外一律罢市，哭天抢地聚众数千人，弹压也没用，急得淮抚一个劲地往北京发电报，请求暂缓裁撤。最后当然还是取消，就淮安的繁华而言，此次设立江淮省不过是一次回光返照，事实上从1855年黄河北徙，运河的北上运输能力已基本消失，漕粮多由海运，运河的显赫地位已不重要，清政府在此前已经裁撤了南河总督，只留一个漕河总督，接下来，漕河总督虽然被提升为江淮巡抚，可是刚提升又撤消，淮安的地位跟着运河的衰退一落千丈。

淮安的命运与运河息息相关，在运河沿线，像淮安这样一味依赖运河生存的城市，可以说是绝无仅有。连接五大水系的大运河全长约1794公里，淮安以“九省通衢”的咽喉要地，独占沿线城市的鳌头，很多人想不明白为什么会这样，为什么会在这里形成一个巨大的官场，政府为什么要在这设置那么多的机构。其实只要还原一下历史场景，就不难理解淮安当年繁华的真正原因。地处淮河中下游的淮安位于苏北腹地，东接盐城，西邻安徽，南毗扬州，北方被连云港和宿迁包围，因为处在淮河与大运河的交接点上，“湖广、江西、浙江、江南之粮艘，衔尾而至”，这里是国家的经济命脉。事实上，如果大运河真的畅通无阻，淮安的重要性就会大打折扣，问题的关键是自从黄河改道夺淮之后，运河的梗阻就越来越厉害。

明清时期的商人由南而北，到了淮安，一般都是在清江浦的石码头舍舟登陆，北渡黄河，到王家营去换乘马车，由北而南正好反过来，必须弃车马过黄河，到石码头登舟扬帆，这就是所谓的“南船北马”，或者又叫做“南楫北辕”。因为这样的行旅方式，当时的淮安不仅是这样那样的官多，而且旅馆特别多，譬如在王家营，街道两旁旅店栉比，如果赶上秋闱会试，平时做其他营生的居民为了牟取暴利，也纷纷把住宅改成临时旅店，收入相当可观。车骡厂也多，有记载说，自清真寺以南至黄河大堤，有轿车厂100多家，有48家大车厂，还有七八家骡厂，这些车骡厂皆有镖师保证旅客安全，镖师们个个武艺高强，驰名北道。每到凌晨千车齐发，声闻数里川流不息，是一道很壮丽的景观。

淮安作为交通枢纽和漕运中心，是中国最早议修铁路的地方。一开始想法很简单，南方水路运输成本很低，可以保持不变，将北方的车马大道改成铁路就行。李鸿章在给友人的信中，就说起他曾极力主张国内第一条铁路，应该从淮安修到北京。左宗棠病逝前写给光绪皇帝的遗折，也是强调应该先修这条铁路，认为此举“以通南北之枢，一便于转漕而商务必有起色，一便于征调而额兵即可多裁”。由于保守派的极力阻扰，计划中淮安至北京的铁路虽然最先被提到议事日程上，却一直也没有修成。

反对修这条铁路的理由很简单，是担心洋人会沿着铁路线一路杀到京城，最后，经过种种曲折，其他路段早已开工或者完工，津浦铁路才磨磨蹭蹭开始动工。这时候，淮安的枢纽地位已变得不再重要，芦汉铁路和沪宁铁路已经完工，粤汉铁路正在修，陇海铁路中间的这一段也在修。天下的方寸大乱，南方行船北方铁路的局面已不成立，津浦路北上可以有洪泽湖东或西两种方案，选择东面将经过淮安，也就是原订方案，由于顾忌到苏北的洪水，原本应该贯穿江苏的铁路终于决定绕道安徽，改从洪泽湖的西边经过。

这条铁路一修，以交通枢纽为立命之本的淮安，终于失去了最后的机会，淮安人为此痛心疾首。

淮泗交汇古城多

淮安附近在黄河没有改道进入江苏之前，是个非常富庶的区域，民谚有“走千走万，不如淮河两岸”。黄河夺淮彻底颠覆了整个淮河水系，挟带了一万多亿吨泥沙的黄河水，在江苏的苏北境内疯狂肆虐，使得鲁南的沂河沭河泗河不能平安入淮，而淮安以下原有的入海河道被夷为平地。滔滔洪水逼淮从洪泽湖南面决口入长江，无数支流和湖泊被淤浅或被荒废，从此淮河两岸灾情不断，民不聊生。为了保持运河这条大动脉的畅通，以淮安为界，洪泽湖的水位被一再提高，结果导致上游许多村庄城池被淹，最后连赫赫的明祖陵也吞没在了湖水之中。下游的情形更为惨烈，由于洪泽湖已经成为一个巨大的悬湖，它的湖底要比里下河地区高出许多，一遇大水，洪滔奔腾而下，淮扬二府顿时成了泽国。

根据历史文献记载，在淮水泗水交汇之处，曾经有过许多小的古城，譬如泗口城，甘罗城，小青口的古清河县城，这些古城因为洪水的缘故，已经深深地埋入了地下。最著名的应该是韩信城，据专家考证，它应该位于现在的清浦区大运河南侧，是当年汉将韩信的封侯之城。对于淮安人来说，韩信是一位他们要常常提到的历史名人，这不仅仅是因为他出生在这里，而且因为与他有关的一系列故事早就深入人心。韩信从食于漂母，受辱于胯下，萧何月下追韩信，韩信为刘邦确立了楚汉战争胜利的根本方略，率军出陈仓，定三秦，灭赵，降燕，伐齐，直至垓下全歼楚军。虽然已经两千多年过去了，如今淮安与韩信有关历史遗迹仍然很多，有淮阴侯庙，有韩信钓鱼台，有胯下桥，有漂母墓。

很多人都搞不太清楚淮安与淮阴的关系，它们既可以是同一个城市，又可以毫不相干。今天的淮安市早在秦朝的时候就有建置，因其地在淮河南岸而被命名为淮阴县。汉时淮阴属下邳国，西晋时曾为广陵郡郡治，到魏晋南北朝时期，这里是南北对峙的前沿，建置紊乱隶属多变。南宋时这里是抗金前线，曾一度废淮阴县为镇，并分县西北境置清河县。元朝时又废淮阴入清河，从此，元明清三代淮阴均称清河县。到民国三年，清河县因为与河北的清河县同名，又改名为淮阴县。1951年设清江市，县与市分治。1958年市县合并为淮阴市，1964年市县再次分开，又复称清江市。1983年清江市改称淮阴市，为省辖市。2001年淮阴市正式定名为淮安市，而在这之前，离淮阴市不远的地方，有一个县级市也叫淮安市，它归淮阴市管辖，淮阴市把“淮安”这两个字拿去用了，原来的淮安便改成了楚州区。

这样的变化就是当地人也有些头疼，楚州区自古以来就是有来头，譬如说周恩来是淮安人，这个淮安就是现在的楚州，和淮阴市区并没有什么瓜葛。楚州在古时候也曾经属于淮阴县，后属射阳县，又属山阳县，南齐武帝时曾分山阳县百户置淮安县，淮安一名从此开始。隋朝的时候设楚州，南宋时改淮安州，元时设淮安路，明清时均设淮安府。民国三年，废淮安府为淮安县，1948年曾与淮阴县合并为两淮市，时间很短，很快又分开。在这以后，淮安县曾经属于盐城专区，后来又长期属于淮阴专区，1983年正式属于淮阴市，1987年撤县为县级市，2001 年改名为楚州。

不能说淮阴市改名淮安市，是为了将国家历史文化名城的桂冠据为已有，这个荣誉本来只是颁给过去的淮安今天的楚州区。事实上，淮阴的历史要比淮安更悠久，一个城市的命名，总是会有这样那样的道理，也难免会有这样那样的欠缺，譬如连云港，放着现成大气有历史渊源的海州不用，偏要用更狭隘的港口来命名。退而求其次叫连云市也比加一个“港”字好得多，不妨想一想，大连如果叫大连港该是如何的煞风景。究竟应该是叫淮阴还是淮安,显然是有过一番激烈的争论,而且很可能在未来还要继续争下去。

日进斗金的洪泽湖

洪泽湖是淮安的生命之湖,有"日出万金"的美誉,如何善待洪泽湖,不仅与淮安人民的切身利益有关,而且关系到整个里下河地区的安危。历史上的洪泽湖就从来不曾太平过,公元616年隋炀帝下江南,春风举国裁宫锦,时值大旱,行舟十分困难,当龙舟经过此地时突降大雨,水涨船高,舟行立刻变得顺畅起来,隋炀帝一高兴,取"洪福齐天,恩泽浩荡"之意,为此地取名叫"洪泽"。

自从黄河改道入淮,洪泽湖逐渐成为中国最大的人工湖,淮安人沾足了它的光,也吃尽了它的苦头。淮安是江苏境内水运资源最优越的城市,共有73条可供行船的航道,通航总里程有1485公里。虽然已经通了火车,高速公路也四通八达,船运以其低廉的成本,在当地仍然有着不可替代的优势。位于淮安西部的洪泽湖是我国五大淡水湖之一,也是整个淮河流域最大的湖泊,是我国最大的平原型水库,它西纳淮河,南注长江,东通黄海,北连黄河,湖水面积1597平方公里。

如果说淮安是水资源较为贫乏的地区,大家一定会感到十分意外,然而残酷的事实就是这样,淮安是一个水资源"人均占有量少,过境水丰富而利用率低"的城市。资料显示,淮安全市多年平均地表径流量为21.55亿立方米,人均占有量不到全国平均水平的1/4。降水虽然丰富,却存在着时空分布差异较大和与上游来水同步的特点,换句话说,这地方洪水来时就泛滥,平时真正可利用的饮用水源并不多。水污染正变得日趋严重,据调查,淮安市80%的人都饮用河水,而近二十多年来水质被严重污染,饮水中有许多有害物质,人民群众的身体健康深受影响。由于无锡的蓝藻事件,江苏政府正在加大对太湖的治理力度,相对于太湖,淮安地区的水污染治理有可能更加艰巨,因为此地是多条河流的集散处,污染源头主要是来自上游的河南和安徽,很多难题绝不是靠一省之力就可以解决。明朝的一位皇帝曾经说过,古代治理淮河只是为了"除民之害",而"今日治河,乃是恐妨国道,致误国计"。现在,运河的畅通已不是问题,传统的水患譬如洪涝与干旱,也对淮安人构成不了什么威胁,但是新的恶魔之剑却又一次高高悬起。

多少年来,淮安人为了国家利益牺牲巨大。为了治淮,在水利工程方面,作出了卓绝的贡献。被称为"水上长城"的高家堰大堤,古称"捍淮堰",可以追溯到公元199年,是省级文物保护单位,正在申报世界文化遗产。人们漫步在这可与长城媲美的大坝上,欣赏着湖光山色,不能不感叹淮安人1800年的奋斗历史。如今,大运河的水上立交可以让水在不同水位,按照人的意愿流向不同方向。这里的水利枢纽是国内最壮观的水利工程之一,它充分地体现了淮安人的智慧,在不到3平方公里的范围内,有30余座大型的水利工程建筑,密集度如此之高实属罕见。江淮之水在这里重新分配,可以北上,可以南下,涝可排旱可灌,长江淮河大运河苏北灌溉总渠被串通起来,洪泽湖白马湖高邮湖等水系也因此连成一片。

范公堤烟雨

范堤烟雨是江苏古盐城最负盛名的八景之一。范堤又名范公堤，以知名度而论，或许还不足以与杭州西湖的白堤苏堤媲美，但是说到它的气势，它对民生所起到的巨大作用，却远比白堤苏堤更为出色。这是一条非常古老的锁海大堤，北起阜城，南抵海安，纵贯南北15个市县，全长462.6公里，其中绝大部分都在盐城境内。如今，范公堤沿线是盐城经济最发达的地带，这一线人文资源集中，古迹名胜众多，驱车从堤上走过，思古之情油然而生。

宋朝在盐城的东台西溪设立了盐仓监，朝廷曾经先后派过三任负责盐务的官员，这三位盐官都是干才，被誉为“西溪三杰”，他们不仅在任上的成绩突出，而且最后都当了大官，都是官居参知政事。这个例子也足以见证当年盐政的重要，三位盐官中最后一个是范仲淹，公元1021年，范仲淹来到西溪接任盐仓监。这时候，盐城东台一线，与大海的直线距离，不过是一里路光景，滔滔黄海汹涌澎湃，每逢海潮泛滥，“远听如天崩，横来如斧斨”。原有的海堤因为年久失修，根本经不起风浪的侵袭，堤堰倒塌潮水漫浸的悲剧经常发生，盐亭农田遭淹，庐舍牲畜漂没。范仲淹看着当地老百姓苦不堪言，遂决定上书重新修筑大堤。

1023 年，范仲淹被任命为兴化县令，主持修筑海堤工程。第二年秋天，大规模的修筑堤堰终于正式开始动工，为此范仲淹共征集了通州泰州楚州海州的4 万民工。民间传说这一浩大工程还与范仲淹的宝贝女儿有关，当时建造堤坝的地址迟迟决定不了，于是范仲淹便采纳了女儿的建议，亲自率领一批民工，将数以万担的稻壳倒进沿海，入夜涨潮了，稻壳随着海浪涌向岸边，等到海潮退后，稻壳留在了海滩上，出现了一条漫长而明显的标志，范仲淹随即率领民工沿稻壳线打上树桩，堤址就此而定。大堤施工历时4年多，最终修成堤座10米，堤顶宽3.3米，堤高5米，全长181华里的大海堤。

从此，沿海一带的海潮之患被遏制住了。范公堤建成之后，堤东煮海为盐，堤西麻桑遍地，盐城的老百姓受益显著。堤内良田万顷，稻浪千重，堤外海涂纵深，风光旖旎。很多人熟悉范仲淹，都是因为他留下的名句“先天下之忧而忧，后天下之乐而乐”，但是对于盐城人来说，却是“海水有时枯，公恩何日已”。“前后筑堤非一人，至今群口推仲淹”，后人为了缅怀这位造福于民的父母官，在盐城境内修建了多处“范文正公祠”，而在老车站附近还修建了纪念范仲淹的“景范亭”。

多少年来，范公堤被一再修筑扩建，随着时光流逝，海岸渐渐东移，堤身已远离海边，至清道光年间，范公堤终于完全失去挡潮作用。1932年，范公堤被改为通榆公路，再后来就是204国道，时至今日，古老的范公堤仍然还是贯通苏北东部沿海交通的大动脉，它进一步被拓宽，经过盐城市区的路段已为宽阔美丽的开放大道。

东方湿地之都

说起江苏经济，有一个江南的苏锡常，还有一个江北的徐淮盐，两者相对照，江南的经济明显占据优势。江北的发展却有着重大差别，过去是南高于北，改革开放后，沿陇海线的发展一度比较快，结果便出现了两头高中间低的形势。这些年形势又在改变，大家都在使劲提速，位于中间低的盐城已大有后来居上的趋势。

盐城的最大优势便是它长长的海岸线，甚至超过了江苏从南到北直线距离，总长有582公里，占全省的56%。它拥有着一望无际的滩涂，总面积是4550平方公里，占全省的67%。潮涨不淹的叫滩，潮落才出水的叫涂，在过去年代不是什么值钱的地方，现在都是大可利用的宝地，滩地去碱之后即成沃土，因此盐城拥有了江苏最大也是最具有潜力的土地后备资源。

事实上，盐城的滩涂现在仍然以每年3万—5万亩的规模继续增长，对于人多地少的江苏来说，土地资源是一笔巨大的财富。南宋时的黄河夺淮，彻底改变了整个苏北的格局，由于黄河最终是在盐城北部入海，沿海的泥沙堆积作用大大增强，海岸线迅速东移，唐朝的时候，盐城就在海边上，到了宋朝，仍然是“去海不过一里”。到明嘉靖年间，海岸线东移了15公里，到清乾隆年间，又增为50公里以上。清咸丰年间黄河再次改道，由山东境内入海时，盐城离海已达70多公里。其后，由于泥沙来源减少，射阳河口以北海岸侵蚀严重，废黄河三角洲已蚀去1400平方公里土地。好在河口以南的海岸还保持着淤涨速度，尤以东台和大丰两个县级市为最。

从煮海利兴，到废灶兴垦，盐城基本上都是靠天吃饭。相对于南通，同样是苏北沿海城市，盐城的工业基础要薄弱很多，但是近年来，盐城开始大打工业的招牌，已成为国内重要的汽车制造基地。贫穷的帽子正在被摘掉，时至今日，江南的鱼米之乡桂冠，当仁不让地戴在了盐城头上，这里的农产品资源优势突出，是江苏最大的农副产品生产基地，粮棉油禽蛋鱼的种养规模和总产量，均居全省的首位。此外，已探明的石油天然气蕴藏量高达800亿立方米，预计总储量达2000亿立方米，是中国东部沿海地区陆上最大的油气田。在沿海和近海还有约10万平方公里的黄海储油沉积盆地，居全国海洋油气沉积盆地的第2位，有着广阔的勘探开发前景。

盐城人似乎厌倦了落后，这些年来，他们跟在富庶的江南后面亦步亦趋，不知疲倦精耕细作发展农业，大张旗鼓招商引资致力于工业。另一方面，盐城人也开始意识到了湿地的重要性，意识到自己不能简单地重复别人走过的成功之路。海侵和淤涨是盐城地区同时面对的两个现象，随着全球气温变暖，环保形势恶化，海平面每增加1公分，都会给沿海地区带来十分严重的影响。盐城拥有了太平洋西岸最大的一片海洋性湿地，在以往的历史里，盐城总是没完没了地向大海索取，人们获得无数的盐，开垦了数不清的土地，因此只要一提到盐城，人们首先想到的就是如何开发，如何尽快得到更高的回报。

一个社会进入到了高速发展时期，那些偏远的经济欠发达地区要想改变贫穷落后，并不是最困难的事情。困难的是如何在促进当地经济发展的同时，保护好人类赖以生存的自然环境。对于盐城的人来说，湿地差不多是一个全新的概念，只是在最近的这几十年才被专家提出来，但是很可能因为这个全新概念，会彻底改变未来盐城的历史进程。如今，盐城已经将自己定义为“东方湿地之都”，它一改当年只知索取不思保护的传统，将蓝天大海滩涂森林草原，与珍稀动植物等生态旅游资源融为一体，未来的盐城将拥有一个国内领先，在国际上也是一流的国家湿地公园。

也许，过不了太久，随着经济水平的日益提高，在生态学观点的指导下，享受和认识自然将成为一种必然。到那时候，盐城将成为江苏境内最为时尚的城市，去湿地尽情享受自然风光，看仙鹤飞舞，看麋鹿奔跑，将自己置身于相对古朴和原始的自然区域，将成为一道独特的生态文化景观。

海之东，江之阳

江苏的南通是一个相对年轻的城市，与省内同等级别的城市对比，它似乎没有那么多的辉煌历史可以炫耀和卖弄。秦始皇统一中国，汉王朝威震海内，所有这些历史课上的家常话，与古老的南通似乎都沾不上边。四海之内，莫非王土，这话也只能是说说而已。凫雉栖飞獐狐窜走，南通的先民生活在草丛荒滩之上，置身远离大陆的世外，沉浸在打鱼和狩猎的活动中，远比当时还没有大开发的江南更加原始。

唐宋之前，今天的南通大都还是一些大海里的沙洲。沧海变桑田的故事，让南通人来叙说最为生动。根据史料记载，南通的前身，也就是一些大大小小的沙洲，大约在公元7世纪，才开始与大陆东端的扬泰岗地相接，到10世纪的五代之初，已出现在长江口外几百年的胡逗洲，终于与长江北岸相连接，这就是今天的南通城区。

历史上的南通曾经属于泰州管辖，在城区开始与大陆对接的一百多年后，东边大海中的古海门岛又开始与大陆相连。形象地说，南通的地盘就是这么一块块拼起来的。只要你有心，只要你愿意往深处挖，在整个南通地区，到处都有可能找到一条古船的遗骸。20世纪70年代，南通管辖的如皋境内，几个小孩在一个小池塘里玩水，居然从河底摸出一块很大的木板带回家。村民觉得这事不可思议，于是接着探索下去，结果发现淤泥下面是一条古船。专家们闻讯赶到，用起重机将古船吊起，那时候正好是“文化大革命”，做事有些粗糙和欠考虑，吊起时船身还很完整，到放下时古船就散开了。据测量，这条古船长17.32米，宽2.58米，舱深1.6米，船上有日用瓷器9件，都是唐代制品，此外还发现了3枚唐代的制钱“开元通宝”。

发现这艘古船的地方，离长江有几十里，离大海有上百里。在南通地区发现“陆地海舟”从来就不是什么稀罕的事情。1985年，如东汤家园的农民在挖河藕时，发现了一块“古木”，经博物院专家研究和鉴定，竟然是一艘东汉晚期的“独木舟”。到了1987年冬，如东掘港的农民挖鱼塘，又挖到了一条元代的海船，船上有一只陶香炉和两只陶罐。

所有这些发现，足以证明南通在古时候是个很偏远的地方。南通人编了一本《历代文人咏南通》的小册子，根据这本书上的记载，似乎找不到什么宋以前的文字记录。在写诗词歌咏南通的古代文化名人中，最早的也就是王安石了。一生好入名山游的诗仙李太白没到过这里，与江浙大有缘分的苏东坡没到过这里，动不动就喜欢“下江南”的康熙和乾隆皇帝，也没有到过这里。与李白和苏轼相比，初唐四杰的骆宾王名气要小一些，但是南通人相信自己与他的关系十分密切。骆宾王的《讨武曌檄》当年把武则天本人也给惊呆了，连呼“宰相安得失此人”。关于他的下落有着不同解释，《资治通鉴》说他当时就被当作乱党给杀了，《朝野佥载》说是投江而死，《新唐书》说是“亡命不知所之”，而孟启《本事诗》则说他落发做了和尚，“遍游名山，至灵隐，以周岁卒”。南通人坚持认为骆宾王最后躲在了“邗之白水荡”，这个白水荡又名白水窝，就是今天启东的吕四。明朝的时候，有人在吕四发现了“骆宾王之墓”，到了清朝，这个墓被移到狼山东南山麓的峭壁前，现在已成为供人游览的一个景观。

同样，为纪念文天祥南归修建的“渡海亭”，不但是很好的旅游景点，同时也可以作为当年这里是边远蛮荒的见证。1276年，文天祥在被押随元军北上的途中脱逃，几经磨难，在通州卖鱼湾附近渡海南下，与惊恐逃亡中的小朝廷会合，重举义旗，最后虽然没有能够完成挽救南宋的大业，但是南通人永远忘不了这位忠贞不二的民族英雄。

天补之地

一提起今天的滨海城市，人们首先想到的会是旅游度假胜地，想到一片片金黄色的沙滩，想到一栋栋建筑风格迥异的别墅，想到衣着鲜丽的男女游客，想到温暖的海风和绿色棕榈树，这些海边常见的旖旎风光，显然不是南通的真实写照。地处长江入海口北岸的南通，三面临水，一面靠陆，状如菱形半岛，与上海和苏州的常熟张家港隔江相对，境内拥有江海岸线 364.91公里，是长江入海口的第一个河口港口。作为长江流域进出物资的转运枢纽，作为长江三角洲地区的重要港口，南通已在1984年被国务院列为沿海对外开放城市。

这里完全有可能发展成为一个像上海那样的国际化大都市，但是历史并没有把这美好的机会留给南通。让人不得不感到遗憾，或许与大上海挨得太近了，南通不仅不能与它相提并论，与其他省份著名的滨海城市相比，也要逊色许多，起码到目前为止，南通还不具备大连青岛宁波厦门深圳那样的综合实力。一个城市的发展，通常都是可遇而不可求，滨海城市能够成为亮点，也就是在近代特别是改革开放以后。事实上，只要稍稍考察一下中国城市的发展，就可以发现在历史上海边不是一个什么了不得的好地方。在闭关锁国的政府眼里，一个滨海小县城，并没有太大的价值。很长一段时间，南通只是伸向大海深处的一个拐角，是犯人藏匿的好地方，天高皇帝远，老百姓自得其乐。

南通又被称之为“崇川福地”，虽然滨海临江，位于长江口岸绝佳的地理位置，把守着进出中国内陆的大门，这里自古就不是兵家必争之地。偏安于江海三角洲之间，境内地形平坦气候温和，土地肥沃河网纵横，因为少有战乱，人民的生活相对安定和富足。离南通不远的江面与沿海，有确切记录的大小战斗共发生了40余次，这些战斗一般都跟改朝换代有关，对当地老百姓的日常生活影响并不太大。明清时代的海禁，抑制了南通的对外发展，譬如清政府就严格规定，如有打造双桅五百石以上的船只出海者，不论官民，俱发边卫充军，文武官员及地方甲长同谋打造者，判三年徒刑，明知打造而不举报者，官要革职，老百姓要杖一百记屁股。

真正影响生活的是大自然，在生产工具极其落后的条件下，南通的先民只能是看老天爷的脸色吃饭。这里的地理环境，与地处莱茵河入海口的荷兰十分相似，不同之处在于，荷兰人的航海业发达，敢于出外探险，到处去寻找殖民地，南通人干不了这个，他们只能老老实实地在家里待着，煮盐为业或者开垦荒地。千百年来，围海造田是南通人最可歌可泣的事情，在这一点上，他们所做的努力，完全可以与荷兰人相媲美。自13世纪以来，勇敢的荷兰人向大海填土争地，为其国土增加了7000多平方公里的面积，相当于其领土的1/5，南通人历年从大海所争得的土地，已经接近这个数字，因此，南通也被誉为东方的“荷兰”。

当然，向大海争土地从来就不是一帆风顺，星转斗移天道无常，人类在和大自然做斗争的时候，并不是总占上风。唐宋时期，南通土地面积不断增加，到了元朝末年，全球气候变暖，海平面上升，长江主泓北移，江水海浪开始发威，冲刷着已成为平原的南通。整个明朝期间，南通的海门都在不停地崩溃之中，无数村庄沉入了大江大海，无尽哀号响彻了数百年，海门县衙一次次搬迁，结果清朝康熙皇帝接手这个烂摊子时，不得不含恨撤消无土而治无民而抚的海门县治。今天的人站在狼山前，望着山下滚滚的长江，难以想象这里曾是良田万顷，随处可见炊烟缥缈的村庄。好在海门很快从海底冒了出来，在取消县治的几十年后，海水又一次退去了。新的沙洲再次被改造成了大片良田，大规模的移民又一次从江南和崇明涌过来，筑堰修圩开沟排水。南通人向大江大海要地的不屈精神让人敬佩，事实上，如果没有几代人的前仆后继，栉风沐雨历尽艰辛，就不可能有今天的南通。南通的这些神奇土地，既可以说是老天爷的恩赐，也可以说是南通人靠自己的奋斗获得。

长征，众所周知的故事

1

二十多年前，一个美国老人心血来潮，风尘仆仆跑到中国，沿当年红军长征走过的路，走马观花考察了一番。这一路很辛苦，历时三个多月，对于一个已经七十多岁的老人来说，实属不易。他此行的目的，是想再现长征的历史。这个愿望由来已久，但是直到1984年，压抑在心头的愿望才得以实现。很快，一本关于中国红军长征的书，在美国出版了，又在很短的时间内，引起轰动，销量极好，上了排行榜。

这本书的名字叫《长征，前所未闻的故事》，写书的美国老人叫索尔兹伯里。20世纪80年代中国开始改革开放，历史总是和现实紧密相连，凡事都讲究水到渠成，早了不行，晚了也不行。假如再晚十年八年，显然也不行，首先是索尔兹伯里自己已于1993年去世，而他采访过的许多老红军也都相继离开人间。

索尔兹伯里是美国著名的记者，在他的书里，我们看到了一名职业记者所特有的优秀素质。大多数中国人的心目中，长征众所周知，用不着再唠叨，小学中学大学课本一再提到，各式各样的回忆录连篇累牍。偏偏是这本书悄悄地改变了人的既定观念，引起了大家的重新思考，让众所周知的故事，开始变得前所未闻起来。

我不得不佩服索尔兹伯里的写作效率，佩服他具有的独到眼光，对资料的把握，对第一手资料的看重，最后令人心服地写出这本好看的读物。事实上，我们从来就不缺少这方面的文字，在我的少年时代，读到了太多的长征故事。长征是一出英雄传奇剧，红军是我崇拜的偶像，爬雪山过草地一直为我所向往。如果重新回到那个年代，我会毫不犹豫地加入到红军的行列。

2

今年初夏，一个女孩子打来电话，问我愿意不愿意爬雪山过草地，重走当年的长征路，我犹豫了一下，答应下来。犹豫的原因，是我知道在今天的背景下，爬雪山过草地，注定只能是象征性的，货真价实地进行，自己身体状况不允许，主办单位也不可能来冒这个险。

事实也是如此，我并没有因为这次亲历现场，置身于雪山和草地，就感受到更多新的东西。一切都像预料的那样，蓝蓝的天，白白的云，青青的山，绿油油的大草原上点缀着黄色的小花。到处是一片美景，静静的柏油路伸向远方，鸟儿在天空上飞翔，藏民在草原上放牧，一只黑乎乎的大藏獒在驱赶羊群。事过境迁，雪山草地已完全没有了应该有的狰狞。这完全不是我想象中的情景，跟记忆深处的那些往事画面丝毫不搭界。

英国作家德波顿去法国旅游，在普罗旺斯寻找凡高的踪迹，情不自禁地想起了前辈作家王尔德评论另一位画家的名言，“在惠斯勒画出伦敦的雾之前，伦敦并没有雾”。德波顿感慨地意识到，根据同样的道理，凡高没有画出令人惊艳的美景之前，普罗旺斯的美丽风光也不存在。美需要一双特殊的眼睛去引导，毫无疑问，红军经过的雪山草地，作为一个早已存在的自然景观，它们只有沾上了红军的足迹，才有了后来的特定意义。我琢磨着草地的威力，想象着它无言的巨大能量。据说对红军造成最惨重伤亡的，就是这看似温柔，却到处隐藏着陷阱的大草原。茫茫大草原对红军的消耗打击，既是肉体上的，也是精神上的。沼泽地软得像豆腐一样，随时随地会吞噬战士的生命，很多人就是在这里消失了，然而致红军死亡的原因很多，远远地超出被沼泽地所吞噬。天阴雨湿声啾啾，事实上，在草地上冻死的，饿死的，绝望而死的要更多。万里长征接近尾声的时候，很多人已经彻底地失去了走出草地的信心，索尔兹伯里从一位幸存的医生那里探听到了当时对杳无人烟的恐怖：

没有人，一个也没有。你要了解我们中国人的习性。我们从来没有过这样的经历：看不到人的影子，听不到人的声音，也没有可以谈话的人。没有人从这条路上走过，没有房屋，只有我们自己。就好像我们是地球上最后一批人……道理就在这里，这就是人们死亡的重要原因。

这是一个容易被忽视的史实。我们常常要提到的，是国民党几十万大军的围追堵截，是国军的无能，是地方军阀的钩心斗角。长征制造了中国的历史，完成了一段胜利者写就的神话。结果远远地大于了过程，我们已经习惯于说红军是宣传队，是播种机，可是我们往往忽视了它曾经陷入的绝境。

几年前的秋天，我曾经路过这片大草原，那次留下的记忆要深刻一些。突然变天了，转眼间大雪纷飞，天低云暗，绿色的大草原顿时改变了颜色。然而，即使是在这样恶劣的气候条件下，我仍然无法沉浸到过去的岁月中。坐在舒适的豪华大巴里，享受着空调，座位上放着一件可穿可不穿的羽绒袄，我知道自己纯粹是一个观光客。满车的惊叹声，男士和女士的说笑声，不时地在提醒着我自己只不过是一个旅游者。尽管手上拿着一张历史的门票，作为局外人，我永远也回不到过去。

3

爬完雪山，过了草地，有幸在三大主力会师的甘肃会宁，聆听一位老红军做报告。我们遇到的只是当年的一个红小鬼，一名长征已宣告结束后在甘肃境内招募的新兵。他津津有味地说着自己的故事，言谈中不乏一种胜利者的得意。

毕竟过去七十年了，长征的幸存者已所剩无几。夸大这次行程的收获是不真实的，虽然见到了雪山，见到了草地，看到了一些宣传材料，听了无数解说，我不得不承认，自己的这次行万里路，没有任何可夸耀之处，远不及读过的几本书。

我读过形形色色关于红军长征的书，由于阶段不同，作者身份不同，获得的信息也不完全一样，有时甚至是完全对立。我已经习惯了不同的文字，从全相信，到不再轻信。毕竟红军的故事在我成长过程中，起着一个不可忽视的作用。我们这一代，是在红色的教育下长大成人，最好的励志书，就是红军长征。苦不苦，想想红军二万五。长征总是用一个可以预见的美好未来激励后人，在现实生活中，我们以长征为例，以红军为榜样，看重的不是那个漫长过程，而是强调它苦尽甘来的结果。

作为一个众所周知的故事，长征的意义更多的也是因为结果。现实中的长征十分残酷，回忆中的长征却永远美好。还是在会宁，红色旅游的口号已经十分响亮。这里新开辟了一个红军公园，花费不小的一座座微型景观，构成了一幅二万五千里的长征画卷。瑞金，遵义，腊子口，娄山关，雪山和草地，一个紧挨着一个，最后是革命圣地延安。当地政府相信，红色旅游会给本地的贫穷带来机会，而在新世纪，放过了这样的好机会将不可原谅。

忘不了少年时代对红军的入迷，一段时间内，我相信自己知道许许多多与长征有关的故事。我曾经是那样的投入，搜集着方方面面的史料，仔细比较鉴别，兴致勃勃地研究着地图，幻想着有朝一日，能像红军那样脚踏实地，把长征路重走一遍。

我终于如愿以偿，获得了这样的机会，可是这次旅行，只增加了不少新的感慨。

俄罗斯印象

时间之差

不出远门绝不会想到时差问题。有机会去莫斯科，知道要坐八个小时的飞机，心里就打小算盘。飞机一小时飞很远很远，八个小时的距离多少，一时算不出来。我这人在算数字方面有障碍，飞机下午六点钟起飞，掰手指算半天，怎么算，到莫斯科也该是晚上，是半夜。

飞机向西飞，先往内蒙方向，然后进入蒙古，然后俄罗斯的境内。苏联虽然解体，今天的俄罗斯仍然是世界上领土最大的国家。我的年龄已经过了四十岁，只要登上飞机，就忍不住产生一种观看舱外风景的童心。正是斜阳西下之际，天上浮云似白衣，斯须改变如苍狗，放眼望去，一片金黄，脚下是大朵大朵不同颜色的云彩，往不同的方向看，便有不同的效果。

夕阳无限好，只是近黄昏，人们印象中，黄昏所以美好，和它的短暂分不开。我们在飞机上用了两次餐，喝了许多杯水，自然也上了几次厕所，还看了两部半电影，两部好莱坞，半部张艺谋的新片《有话好好说》，正放到一半，飞机已到莫斯科上空。我不喜欢飞机上的投影电视，也许眼睛不太好的缘故，总觉得不清楚。为了打发时间，我没完没了地观看舱外的景色，透过淡淡的云层，可以看见下面光秃秃的大地，是草原还是沙漠，说不明白，也许是成片的麦子。飞机飞得太高，看什么都隔着一层朦胧。朦胧有时候有一种朦胧美。凭着自己那点半通不通的地理知识，下面是西伯利亚，随着湖泊水面的增多，是西西伯利亚。

记得自己第一次在地图上看到西西伯利亚几个字时，产生的错觉是印错了，多印了一个“西”字。

让我惊叹不已的是，直到飞机降落，天仍然没有黑。从北京出发，太阳准备落山了，空中飞行了八个小时，红日还挂在西边。过去的八个小时，我们一直在和太阳比速度。这是一种非常奇妙的感觉，坐地日行八万里，巡天遥看一千河，熟读毛泽东诗词的一代人，想来还能记住这两句诗。也许平时不在乎时差，真和时差发生了联系，才突然意识到宇宙的无穷，时间的无情。从飞机上往外看，不止一次看到别的飞机从旁边飞过，闪着银光，仿佛射出去的炮弹。时间之差只是个简单的时间问题，坐在家里，不太会想到时光正在飞快流逝，我们以为自己静止不动，其实错了。

俄罗斯的中国人

俄罗斯有多少中国人，说不清。仅仅是莫斯科，说出来就吓人一跳，有人说了一个最新的统计数字，我当时惊叹了一下，转身就忘，反正是多少万多少万。在莫斯科街头遇到黑头发黄皮肤的中国人，不是什么稀奇事。我们乘坐的是中国国际航空公司的班机，差不多都是中国人，有很多老油条乘客，一上飞机，就忙着到后排去找空座位睡觉。飞机不客满，空着也空着，在天上享受卧铺，何乐不为。

住的宾馆叫“人民宾馆”，号称三星级，很高，所谓“人民宾馆”，是指中间的两层楼，由精明的中国人做二房东包下来，然后专门做中国人的生意。办法确实不错，你住在这儿，说中国话没问题，记住电话号码，在大街上丢了自己，打电话回来，接电话的小姐也和你说中文。每张床位二十八美金，不贵，也不能算便宜。莫斯科有很多这样的二房东。二房东的存在，说明中国在俄罗斯流动人口之多。在彼得堡也是这样，有些二房东互相间还有连锁关系，想去别的城市旅行，他很乐意帮你联络。在火车站，二房东们也会拉客，而且互相说别人不行，说自己的旅馆有什么什么优势。我们住的宾馆最大的优势，是离跳蚤市场近，步行走过去，十分钟就可以到。

俄罗斯的中国人，对观光客来说，是一个完全陌生的部落。在莫斯科待了许多年的朋友说，要想了解这里的中国人，起码得生活一年，故事太多了，说出来，绝对比《北京人在纽约》更精彩。朋友的话让我不敢冒昧奢谈，要说也只能谈一些粗浅的印象。中国人在哪还是中国人，譬如嗓门大，在地铁里，听见有人大声嚷嚷，十有八九是我们成群结队的同胞，可能说上海话，可能说北京话，忘情忘形的声音，常引得同车厢的俄国人回头。大约国内噪音污染的缘故，平时说话扯嗓门，习惯成了自然。中国人在这儿住久了，看不惯刚从国内去俄罗斯的中国人，他们独来独往，一个个非常乖巧，在街上走路极快，仿佛怕别人打劫。毕竟生活在别人的地盘上，很多中国人都想在这做生意发财，但是机会远不像想象的那么多，竞争也难免激烈。俄罗斯的中国人在街上走得快，还有一个原因，可能是俄罗斯太冷，寒冷是一条很凶恶的饿狗，中国人不像老毛子那样抗冻，在大街上想不快走也不行。

地铁世界

莫斯科的地铁据说在世界上还不能算老大。记得电视上曾看到一则报道，多少年以后，北京的地铁将达到三百公里长，这数字已经很惊人，已经超过南京到上海的距离。和莫斯科的地铁相比，北京的地铁就算真有了三百多公里，也是小巫见大巫，算不了什么，我这人不记数字，与不能记住在俄罗斯有多少中国人一样，莫斯科的中国朋友给我说的几个数据，诸如每天多少流动人口，运行量最大时可以达到多少多少，到晚上写日记的时候，已经全忘了，就知道一个多，差不多天文数字。

说莫斯科的地铁是一个世界，绝对不过分，四通八达的地铁，把巨大的城市有效地联系在一起。不认路的中国人上大街，只要记住自己住的地方，靠哪个地铁出口处近，就不愁找不到家。莫斯科和中国大城市的区别在于，中国讲究东西南北，天圆地方，城市的格局基本上是方正的，如果是都市，这种特征尤其明显，而莫斯科则是呈环形状，它的特点是以一个基本点为圆心，向四处环形放射，不断地开拓扩张，它的道路有些像射出去的阳光，不像中国要么东西，要么南北。

莫斯科的地铁像一张巨大的蜘蛛网。这是城市建设一步到位的典型范例，很多地铁线，早在二次大战爆发之前就已经完工。莫斯科地铁建成的历史，可以写一本很厚的书，这里有苏联社会主义的义务劳动，也有劳改人员的辛勤血汗，在当时既是城市发展的需要，也和战争来临前的备战分不开。经过很多年持续不断的努力，莫斯科终于拥有了世界一流的地铁网络。地铁是一扇了解平民生活最好的窗户，在这儿，见到的是真正的莫斯科市民。地铁是城市的血管，人流在这样的血管里涌动，正是因为有这样的涌动，你感觉到了城市的心跳，感觉到了它的生命活力。地铁还是最好的公交专用线,因为有地铁,老百姓的生活得到了极大的方便。莫斯科人拥有一辆小汽车,算不上什么奢侈,但是就算有车,也不如坐地铁实惠。地铁是地道的为人民服务的产物,俄罗斯很冷,地铁冬暖夏凉,不经意地就能在这遇上乞丐。

俄罗斯是一个喜欢阅读文字的民族,在地铁车厢里,几乎每次都能看到有人在阅读,读报,读小说,莫斯科人在公共场合总是显得很有文化。

俄罗斯人的肾

莫斯科街头很少看到公共厕所。我对厕所有一种特殊的兴趣,熟悉的朋友都知道我为此还专门写过一篇小说。心里有疑问,忍不住就要提出来,我向生活在俄罗斯的中国朋友进行咨询,得到的答案是俄罗斯人的肾比中国人好,换句话说,老毛子憋尿的能力比我们强。在街头闲逛的时候,我反复琢磨着朋友的话,俄罗斯人个个身高马大,或许真是肾好的缘故。

我不知道老毛子做不做回春壮阳药之类的广告。中国人说一个人的肾好,暗藏着一层别的意思。不过,按照我的傻想法,与其说肾好,还不如说大家的饮水习惯不一样。中国是茶叶的故乡,喝茶是人生中大事,早晨起来皮包水,灌了一肚子的好茶下去,不频频上厕所根本不可能。事实也证明俄罗斯人的肾并不比中国人好到哪里去。世界上的人其实都差不多,我注意到了一些不是很雅观的镜头,在莫斯科的航天纪念塔广场,一个老头光天化日之下,就站在马路边堂而皇之撒尿,一辆接一辆的汽车从他身后呼啸而过。莫斯科人就地解决个人问题,看来从来就不是什么问题。只要细心观察,常常可以看见有人从路边的树林里钻出来,男男女女,老老少少,什么样的人都有。

想一想就明白了,莫斯科差不多四个北京那么大,到处都是绿地,是树林或森林,是国家公园。莫斯科人要比我们思想解放得多,在公园里划船,心血来潮,女孩子脱去外衣,穿着胸罩和三角裤便下河游泳。在路上走,听见路边的树林里有女人说话的声音,或者看见年轻漂亮的小姐刚刚方便过,慢慢地走出来,完全用不着大惊小怪,没有人会觉得这样做有伤风化。说穿了只是一个简单的环保问题,在莫斯科,由于绿地太多,人口密度小,人的秽物不仅谈不上什么污染,而且可以直接成为肥料。我们有时候会自以为是地讥笑城市像农村,有时候真能像农村反而是好事。

在我们可爱的国度里就不行，大家动辄抱怨街头的厕所太少，但是换个角度想想，厕所太少的根本原因，还是人太多。人多会带来一连串的处境为难。满大街造厕所毕竟不是事，厕所少了人又不方便。真羡慕莫斯科人，天高任鸟飞，海阔凭鱼游，人家是有本钱，禁得起糟蹋，换了我们的城市，如果是地方就放肆，后果不堪设想。

俄罗斯人的自信

俄罗斯人似乎有充分的理由自信，他们打败了希特勒，把自己的坦克一直开到了柏林。第二次世界大战的胜利足够他们回味好几百年。一个俄罗斯老太太谈到反法西斯战争，总是说我们怎么样怎么样。一位中国的学者套近乎插嘴，说中国在第二次世界大战中，也属于反法西斯阵营，老太太愣了愣，撇嘴说你们不一样，我们牺牲了四千万男人，都是战死的，你们呢。

中国学者绘声绘色地描述老太太的说话，我心里感到一种说不出的滋味。在俄罗斯，作为过路的一个中国人，不难发现这个国度里显然的不景气，卢布在不断地贬值，到处可以见到乞丐，大街奔驰着破旧的国产车，一路开，一路丁零哐啷乱响。俄罗斯人对现实的不满，不加掩饰地都写在脸上。一位出租司机在聊天中说，今天的俄罗斯男人，平均寿命减少了五岁。

我不知道减少五岁的数据如何得到，从出租汽车司机身上，不难感受到他的怨气。从经济状况看，他的收入还不算最糟糕，他告诉我们，很多俄罗斯男人因为看不到前途，都酗酒。中国的人口问题是太多，俄罗斯却相反，人口正在减少，不育率明显增加。俄罗斯究竟怎么了，这是很多人忍不住要提出的问题。一个世界上能源最丰富的超级大国，一个在20世纪中曾经那么有作为的社会主义国家，何至于一下子就潦倒到了这一步。看到成片荒芜的土地，没人耕耘，再联想到欧洲和美国竟然要向俄国人提供食品援助，很多事真想不明白。

但是说俄罗斯人就此失去了自信心，却不对。就算到今天这一步，俄罗斯人仍然放不下超级大国的架子。在国际事务中，他们不会放过任何一个指手画脚的机会，在国内，对外国人也谈不上多友好。俄罗斯人对开放旅游显然不像中国人那么热心，外国人办入境护照非常麻烦。有一种说法，是中国的劣质商品，严重伤害了俄罗斯人，因此对中国人特别不喜欢，请教了有关专家，才明白深层次的原因并不在这。俄罗斯人看不起亚洲人由来已久，现在的年轻人，很容易受当年的纳粹影响,据说街头的光头党就崇拜希特勒。

一个人自信受到挫折的时候,容易产生一些不太健康的东西。经济萧条是个病态的脓包,常会淌一些让人作呕的汁水。针对中国人和亚洲人的暴力时有发生,受伤害的不仅是中国的商人,而且还有访问的中国学者。以此为鉴,俄罗斯的安定繁荣,对自己对世界,都显得至关重要,对于年轻的一代人来说,只有自信没有机会,远远不够。

婚姻神圣

中国人对婚姻的态度,在一开始就和西方不同。我们的婚姻是父母之命,媒妁之言,西方却归结为上帝的意愿。从婚礼的态度上也可以看到差别,虽然我们也是学西方,穿西服披婚纱,有伴郎伴娘,拍很贵的一套结婚照片,然而结局大都是老一套,人凑齐了猛吃一顿。中国式的婚礼永远离不开"热闹"两个字。

在俄罗斯见到的婚礼,留给我印象最深的,是它的庄严和神圣。俄罗斯人在性观念上面,要比中国开放得多,电视台到了十二点以后,便播放那种我们称之为色情的节目。据说俄罗斯人在婚前比较随便,未婚同居,认识不久便上床,算不了什么大事。俄罗斯是一个介于西方和东方之间的国家,对于婚姻的态度,是纯西方式的。我们去俄罗斯显然是一段好日子,只要出门,天天都能遇到婚礼。阳光灿烂晴空万里,在蓝天的背景下,一对对的新人不时地出现在面前,使得我们在俄罗斯的旅行变得喜气洋洋。

俄罗斯人把婚礼看得很隆重,很神圣。婚礼通常在人多的广场上进行,譬如在红场,在彼得堡夏宫的草坪上,新娘披着洁白的婚纱,新郎穿着黑颜色的西服,一尘不染。我们通常理解的隆重是热闹,可是俄罗斯人的隆重是安静。远远地,新娘新郎在人群的簇拥下走了过来,静静地,听不到一点喧闹,大家停下来,站在有纪念意义的地方准备拍照留念。人很多,新人和亲朋好友不急不慢等行人散开,然后取景,然后闪光灯噼里啪啦闪亮,从开始到结束,一切都显得非常平静从容。俄罗斯人的婚礼宁静庄重,让我联想起电影上见到的西方人的葬礼,共同点都是突出一种无声效果。不像我们中国人,最怕别人当自己是哑巴,逮着了机会,不管高兴还是悲哀,一定喊上几嗓子,把声音弄得很响,很过分。

我们曾有幸和一对新人合影留念,翻译表达了这种愿望,他们很高兴,对我们频频点头示意。人逢喜事精神爽,喜庆气氛最能打动别人,很多不相干的路人,见到我们站在一起准备合影,纷纷拿出照相机。这些画面都是无声的,在这时候,如果大声说话,便是一种极大的无礼。入境随俗,我们受其影响和感染,要说话都是耳语,就是向新人以及他们的亲朋好友表示祝贺和谢意,也是压低了喉咙。

红 颜

俄罗斯的姑娘几乎都是美女。把女人比喻成鲜花,最平庸最偷懒,但是一时真想不到更好的形容。俄罗斯的姑娘像春天里的鲜花一样盛开,在这个国度里,选美显然失去意义。

钱锺书先生在《围城》中说到俄罗斯女人,说她们要么非常漂亮,要么特别难看,这评价眼见为实,还真是那么回事。无论美和丑,俄罗斯女人身上都显得淋漓尽致,美也极端,丑也极端。一方水土养一方人,也许食物的缘故,在俄罗斯街头行走,常有一种说不出的感叹,俄罗斯女人年轻时倾国倾城,上了些岁数,一个个就成了水桶。年轻的俄罗斯姑娘即使身上肉多了,也只是丰腴,可是年龄大了以后,一肥就走形,跟吹过气似的,你甚至会觉得那些俄罗斯胖大婶是在横着走路。

俄罗斯姑娘是一团火,燃料就是她们的青春,生命之火炽烈地燃烧。危机感仿佛根本就不存在。中国有句俗话,红颜薄命,或许太美丽的缘故,俄罗斯姑娘的美丽,让你会产生一种稍纵即逝的感觉。青春是美丽的,美丽却又是短暂的。我忍不住要拿中国女人和俄罗斯女人相比较,她们身上的不同,实在太明显。同样是一把火,中国女人的火力要小得多,换句话说,中国女人虽然不像俄罗斯女人年轻时那么光彩夺目,抗衰老的水平要高出许多。

俄罗斯的中老年妇女的境遇,看上去多少有些不幸。和世界上所有的女人一样,俄罗斯女人不仅美丽,而且吃苦耐劳,非常贤惠。俄罗斯的中国男人,一提到俄罗斯男人,难免流露出羡慕之色。俄罗斯男人是天生的大丈夫,在家里除了看报看电视,不做任何家务事。妻子开始变胖,不像过去那样美丽,他们便溜出去追逐更年轻漂亮的女人。这一点正好与中国妇女的先苦后甜相反,我们习惯于好日子在后头这种思路,多年媳妇熬成婆,很多农村妇女终于随着丈夫进了城,丈夫离休退休,她们闲着没别的事,不是打麻将,就是寻小保姆的错。年轻时,留在农村守活寡,没风光过,年纪大了,这世界便是她们的。

翻译说起俄罗斯女人，说她们其实很苦。苦当然指的是结局，有些感叹，也有些心酸。流行歌词中有一句话："我拿青春赌明天，你拿真情换此生。"青春是一把火，火很快烧完了。能潇洒走一回多好，然而人生不是三步两步，就可以走完。这问题细想下去，有些煞风景。

跳蚤市场

莫斯科的跳蚤市场只在周日才开放。中国人出门，总希望买便宜货，听到跳蚤市场就眼睛发亮。

跳蚤市场很乱，很像20世纪80年代初期的中国沿海地区，一个小摊接着一个小摊，用卢布或美元成交。美元作为国际流通货币，在跳蚤市场得到充分体现，所有的摊主都知道美元的发音，不会俄语没有丝毫影响，具体的阿拉伯数字，可以在摊主的手掌计算机上按出，至于如何还价，就看各人的本事。俄罗斯人很实在，要价不会太离谱，倒是你砍价太过分，他们会作出抹脖子的样子，表示如果这个价格，他只好去死了。

在跳蚤市场偶然会碰到能讲几句中文的俄罗斯小伙子，这些人大都在东北边境上做过生意，受中国同行影响，老毛子身上的憨厚实在，顿时减了不少。态度固然不错，滑头也就在所难免。俄国小贩从总体上来说，还是应该拜中国的小贩为师傅，我留意了一下跳蚤市场，人虽然多，场面虽然热闹，真正的成交量小得很，无论买方和卖方，到这来的目的，更好像是为了玩。

我们住的地方离跳蚤市场很近，因为近，就去了两趟。两趟的共同印象，是俄罗斯小贩身上颇有诗意。这显然不是一个善于做生意的民族，其实和顾客打交道，非要有中国小贩的面善心狠手辣才行。要价不妨高，折扣也可以高，人到跳蚤市场上来干什么，不就是想买便宜货吗。折扣是个巧妙的陷阱，做生意不设置陷阱，发不了财。大多数俄罗斯小贩，没什么商量余地，一个个很和气，但是也更傲气，对于他们来说，能否做成生意，不太重要。跳蚤市场上品种的贫乏，同样说明俄罗斯人经商方面，缺乏想象力。巨大的露天市场，转来转去，始终那么几样东西，骄阳似火，小贩在酷日的照射下，显得无精打采，完全是落魄者的形象。

让俄罗斯人做生意，真是委屈了他们。俄罗斯人似乎注定成不了商业时代的英雄。汽车在路上奔驰，我注意到很长的一段公路，每隔五十米，就有一个西瓜摊，不多的几个大西瓜放在那里，摊主坐在一边发呆，等待过路的司机停车买瓜。这种守株待兔似的做买卖，一天能卖出去几个瓜，显然很可疑。俄罗斯的国产车看上去非常粗糙，速度却很快，我们曾经好几次从这条路上经过，看着车窗外的西瓜摊，一个一个空空荡荡，接连闪过，不由得为小贩着急。皇帝不急太监急，生意做成这样，也太惨了一点。

列宁墓和名人公墓

到莫斯科肯定会去红场。你可以想象那些电影镜头上的阅兵仪式，大雪纷飞，斯大林站在寒风里，检阅胜利之师。你也可以想象病歪歪的勃列日涅夫，注射了强心针，在斯大林曾经站过的地方，瑟瑟发抖。事实上，红场不像想象中那么大，气派远不如天安门广场。现在红场的路口，已被一座教堂似的建筑物拦断，曾经熟悉的那些阅兵仪式再也见不到了。

红场有列宁墓，无论东方人，还是西方人，既到了红场，就会排队参观。列宁墓也不大，和中山陵相比，和北京的纪念堂相比，它都有些逊色。起码外观上是这样，因为我从来没进过毛主席他老人家的纪念堂内部。

在俄罗斯可以见到许多青铜雕像。这是一个喜爱雕塑的民族，一个人只要值得纪念，就能在墓地上找到他的铜像。俄罗斯人把死看得很庄重，自从列宁的遗体被安放在红场，能陪葬在这儿，便是最高的评价。参观了水晶棺，看过了灯光照射下的列宁遗容，从大厅的后门走出去，迎面是成片的墓地，由于不懂俄文，只知道几个最熟悉的名字。譬如作家高尔基，对于一个文化人来说，这待遇很了不得。我们都知道，在苏俄时期，许多优秀的作家被流放，甚至被枪毙，高尔基的脾气并不好，据说屡屡不听斯大林的话，结果仍然可以在红场占一席之地，说明斯大林还有些气量。

各民族对死亡的态度不尽相同。中国人习惯百年以后，和家属葬在一起，最牛B的是孔子，他老人家身边不仅有儿子孔鲤，还有规模庞大的孔林。我们的烈士陵园无疑是向外国人学的。在莫斯科和彼得堡的名人公墓，很容易遇到来参观的中国人。晋谒名人公墓是旅游活动中的重要项目。换句话说，名人公墓是非常重要的旅游资源。到了这儿，会发现俄国历史上的名人汇聚一堂，死亡的恐惧已经不复存在，那些熟悉的文化名人，柴可夫斯基，斯特拉文斯基，陀思妥耶夫斯基，马雅可夫斯基，一个个都静静地睡在棺材里，等待着别人的拜访。太多的文化名人让你目不暇接，真恨不得捧一本花名册在手上才好。

托尔斯泰庄园

去托尔斯泰庄园不是太方便。有些中国文化人在莫斯科待了很长时间，一直没机会去托尔斯泰庄园。我们花二百美元租了一辆面包车，天气很热，俄罗斯的汽车只考虑防寒，玻璃厚而且密封，真把人热得够戗。距离二百多公里，一路暴晒，想到是去晋谒托尔斯泰，受些罪也值得。

我这个年龄的人，一听到庄园，小时候受过的阶级教育，就会作怪。受传统思想的影响，庄园主似乎都不应该是个东西，譬如四川的刘文彩，记得当年看“收租院”群像雕塑，对剥削阶级咬牙切齿。托尔斯泰庄园据说有三百多平方公里，看着成片的白桦林，看着一眼望不到尽头的林间小路，看着岸边长满绿色植物的碧清水潭，看着保存完好的马厩，看着照片上托尔斯泰曾经使用过的农具，看着他曾经伏案工作过的书桌，联想到他的作品，我的思绪一下子变得很乱，很惘然。

为什么提到托尔斯泰便会肃然起敬？首先因为他创造的文学形象，感染了我们，教育了几代人。托尔斯泰不仅是俄罗斯人的骄傲，也是整个人类的骄傲。多想想托尔斯泰，有利于我们重新审视作家这个行当。诺贝尔文学奖没有颁给托尔斯泰，这是一件很丢人的事。托尔斯泰的伟大毋庸置疑，他老人家本来可以免费为诺贝尔文学奖做广告，起码有十次这样的机会，但是评奖委员会始终走了眼，结果后来没有得奖的优秀作家，一想到托尔斯泰再也不会生气。

托尔斯泰的意义，还在于他把写作当做一种个人的修行活动。众所周知，托尔斯泰年轻时是一个浪荡子，与《复活》中的聂赫留朵夫相比，有过之，无不及。他用自己的行为证明，写作既是为了拯救人类，为了教育人民，也是为了拯救自己，教育本人。说托尔斯泰作品对世界发展没有影响不对，夸大这种影响也不对。文学只对那些接触作品的读者才有意义。

在这远离了莫斯科，差不多是无边无际的私人庄园，在这墙砌得异常厚实笨重，到处留着宽大烟道的故居，托尔斯泰完成了一系列重要的作品。他想通过作品使世界得到完善，而事实上，只是完善了自己。过去的八十多年，人类并没有因为有了托尔斯泰，就避免了两次世界大战的杀戮。时至今日，愚昧，落后，贪婪，不平等，所有这些在托尔斯泰看来不应该的东西，依然存在，依然生机勃勃。托尔斯泰只不过是以作家的方式，喊出了“不”的声音，这声音是人类不屈精神的一部分。

世界文学研究所

莫斯科的世界文学研究所,非常名不副实。作为作家代表团,这样的地方值得来一下,来了以后才知道,它的主要任务并不是研究世界文学。其实准确的名称,应该叫高尔基纪念馆。这里的一切都和革命文豪高尔基有关,包括故居,事迹陈列,以及大量的手稿原件。

世界文学研究所的命名,带有大国沙文主义的自说自话。毫无疑问,十月革命以后,苏联文学对世界文学的格局,产生了重大影响。从事文学史研究的专家,不会忘了"红色的三十年代"这个词。资本主义社会在20世纪30年代遇到大危机,在那个特定的年代里,全世界的进步作家,思想上都左倾,譬如在中国有左联,又譬如一些法国作家,后来干脆参加了共产党,像海明威和福克纳这样的美国作家,也不可避免地成为红色三十年代主流文学的一部分。

今天的世界文学研究所显得很尴尬。工作人员向我们报怨经费问题,在厕所里,我注意到这么一个细节,印得花里胡哨的过期彩色报纸,被裁成小碎纸片,放在小盒子里当作共用的手纸。一切看上去都那么拮据、寒酸,昔日的辉煌一去不返,世界文学中心的理想也差不多破灭。过去,国家拨给研究所很多经费,财大气粗,而研究项目的重点,显然只放在苏联文学对世界的影响上,今天,这样的课题连俄罗斯人自己都不太感兴趣。时过境迁,如今解说员总是忘不了提醒参观者,强调当年高尔基和斯大林之间如何不和,而这种提醒,只要是对历史有所了解的人,都能感到是一种对斯大林的落井投石。

谁都明白高尔基的地位和斯大林分不开。世界文学研究所的工作人员,力图把高尔基重新塑造成一个持不同政见者。高尔基是研究所的金字招牌,他的地位不保,研究所的前景就不容乐观。研究人员在高尔基的私人信件中,探矿似地搜寻对斯大林不满的蛛丝马迹,一个全新的反斯大林的高尔基,正在被热情地推荐出来。这是一个让人哭笑不得的事情,因为苏联的历史上,没有一个作家的待遇能与高尔基相比,以他名字命名的高尔基城,是仅次于莫斯科和彼得堡的第三大城市。高尔基生前声名隆重,死后举行国葬,遗体就埋在红场。

苏联时代,许多有思想的作家被流放,被剥夺了写作的权利。历史可能会有一些新的发现,但是历史不可能被改变,这一点千真万确。世界文学研究所面临的尴尬,恐怕也是许多俄罗斯人回避不了的难题。

总统的自诩

克林顿的运气

气温高了，酷暑来势汹汹，躲进空调房间读克林顿和奥巴马的自传。厚厚两大本，正好对付漫长炎热的夏季。闲着也闲着，好在名人回忆录都容易读，当了总统，无非正面宣传和粉饰，无非大言励志和说教，不兑水几乎不可能。

因此所谓阅读，也以寻找好玩为乐。两位都是民主党人，不妨以一种共和党的眼光阅读，拉开适当距离，带点批判和挑剔。先说克林顿的书，开头就有意思，说母亲在医院当护士，父亲携女友来看病，医生为女友治疗，父母初次见面，迫不及待地便调情吊膀子。第二天，见异思迁的父亲给女友送了一束鲜花，宣告结束恋爱关系，然后开始猛追母亲，又过两个月，父母结了婚。

克林顿是遗腹子，在出生前，父亲遇到了车祸。有什么样的爹，就有什么样的儿子，他显然继承了父亲的风流，很会讨女人喜欢。成功男人往往是最好的春药，像他这样风度翩翩的酷哥帅男，能迷住希拉里与莱温斯基两个完全不同类型的女人，一点也不奇怪。

克林顿当过州检察长，当过州长，又干了两届总统，政治才干十分了得，太极拳打得非常良好。他难免要和愚蠢打交道，而如何应付官僚，却必须要有不同一般的智慧。好的政治家都是天才，刚踏上仕途，有人提议在任何地方播放X级电影都属违法行为，即使播放给成年人观看也不行。初掌大权的克林顿并没有批准这个提案，因为他发现这位提案议员，完全是出于自己看不到这种电影的忌妒。

道德感有时只是肮脏心理的遮羞布，法制社会应该以法律为准绳，克林顿知道该捣糨糊之际，就一定得大捣特捣。治大国如烹小鲜，说老实话，他并没有什么太了不得的政绩，却是罗斯福之后民主党中第一位获得连任的美国总统。作为总统，他的运气不要太好，正赶上了经济最景气，满大街都能挣到钱。早也不行，晚也不行，像“9·11”这种又倒霉又悲惨的场面，还是让小布什去应付吧。

性丑闻让克林顿大大蒙羞，美国人可以原谅，妻子和女儿可以饶恕，可是他自己永远没办法释怀。尽管欲说还休，有关莱温斯基的文字，仍然是本书不错的看点。这毕竟是克林顿最不光彩，却又是最具有生命张力的一页。记得当年也是我第一次上网浏览，第一次知道网络上会有那么多好玩的东西，总统也可以成为色情小说中的人物，真是太有意思。

克林顿是历任美国总统中最有争议的一位，他不是最好的领袖，也不是最糟糕。他给美国带来了一个非常好的发展机会，离任时的民意调查显示，支持他的民众，竟然创下了之最。

奥巴马的梦想

同样是总统自传，奥巴马的这本更好看。读克林顿是回首，是与传主一起重温过去，读奥巴马是期待，看他今后如何领导美国。显然当了总统后再写，跟当总统前动笔，起点不一样，结果肯定也不一样。

克林顿自传有大把捞银子之嫌疑，在美国当总统并不挣钱，很长时间内，希拉里挣钱要比从政的老公多得多。可是一本书就可以改变一切，现如今克林顿的演讲身价，一场相当于总统的一年收入，而出版这本自传的版税更是天文数字，恐怕当一百年的总统都拿不到这么多钱。

奥巴马写自传的时候，并没有想到很多年后，他将成为美国总统。虽然纪实，还是可以当做小说来看，年轻的奥巴马曾对这本书寄予厚望，同时又不无遗憾，因为它根本谈不上成功。两本书放在一起比较，名利双收的克林顿自传不仅琐碎，而且难免摆功，到处是口述和别人捉刀的痕迹。奥巴马却更像一名纯粹的作家，默默无闻耕耘，悄悄写字，他当时的身份还不足以找人代笔，也用不到在书上供出一长串的人名，感谢谁谁谁为自己提供了帮助。

事实上，奥马巴自传发表后反响平平，书的销量很小，他太稚嫩了，已经足够杰出，毕竟还是个年轻的雏。作家梦很轻易地就破灭，书出版了，奥巴马的职业写作生涯也就到了尽头。耐人寻味之处在于，如果奥巴马因为这本书引起轰动，如果这本书在经济上给他带来丰厚回报，如果他碰巧获得了诺贝尔文学奖，今天的美利坚合众国是否还有一位黑人总统，真的就很难说。

2009年对于美国人注定不寻常，严重的经济危机来了，像洗扑克牌准备换换手气一样，他们不得不面对总统的抉择，要么选一位黑人，要么选一位女人，无论是谁，都将成为美国历史上的第一位。“草根”这词汇正在世界范围内变得越来越时髦，奥巴马的快速崛起与基层平民支持有关，大财团不再是最重要的决定因素，千万不要再小看民间低于100美金的小额政治捐款，民意不可违，人心重于泰山，差不多有130万的民众捐了钱，支持奥巴马的竞选口号“改变”，强大的美国太需要改变，最终，是改变完成了奥巴马的梦想。

想起了杜鲁门

大学时代读的唯一一本英文原著是《杜鲁门自传》，而他恰巧又是20世纪美国唯一一位没上过大学的总统。大约是选修历史系的课，每次上课老师讲个十多页，着重讲解难点。读完了克林顿和奥巴马自传，情不自禁又想到这位民主党前辈，文风当然完全不一样，以今天的眼光看，确实有些古典，却又记忆犹新。

杜鲁门生于1884年，真是个很老的老头子。中国作家中岁数最接近的应该是周作人，周还小一岁，印象中却要苍老太多。杜鲁门下令在日本投放了两颗原子弹，这种强硬态度，不太像是个老家伙的作为，他也是冷战的始作俑者，是中央情报局的创始人，大家一度十分熟悉的马歇尔计划，其实应该叫杜鲁门计划，因为马当时只是国务卿，在美国绝对总统说了算，马从来也没强势到总统必须听他话的地步。

克林顿和奥巴马都属于国家领导人应该年轻化的好例子，可是杜鲁门并不年轻。给我留下深刻记忆的是他为女儿打抱不平，当时朝鲜战争正打得如火如荼，一位音乐批评家对登台表演的杜鲁门女儿横挑鼻子竖挑眼，十分刻薄和恶毒，勃然大怒的杜鲁门写信给这位批评家，威胁说要是让他抓住，他会敲掉他的下巴，踢出他的肠子。

一位年轻气盛的父亲说出这种狠话，并不奇怪，杜鲁门当时是美国的大总统，而且已经66岁。他的手下担心会引起风波，然而很多做父母的都站了出来，强有力地声援杜鲁门，尤其是做母亲的，她们认为一个合格称职的父亲，就应该这样。

杜鲁门从政前，在家乡密苏里州当过十二年农民。干了不到七年的总统，任满以后，没有谋求连任，而是告老还乡。如果恋栈，舍不得总统宝座，他有充分的理由，因为前任罗斯福就干了四届总统，杜鲁门只是在罗死后替补，即使按两届的惯例，再当一届总统也是名正言顺。结果占便宜的是艾森豪威尔，杜鲁门想把无党无派的艾氏拉进民主党，并推举他为下一任总统竞选人，他却火线入了敌党，以共和党身份干了两届总统。

从总统位置上退下，杜鲁门又活了二十年，直到1972年逝世。退也就退了，既没什么新闻，更没有绯闻，重新成为“密苏里的小人物”。倒是他那宝贝女儿，其演艺生涯并不辉煌，歌也不唱了，令人意外地成了一名畅销书作家，写了一连串的推理小说，有几十本“谋杀案”。名字都很吓人，譬如《国会山庄谋杀案》，《最高法院谋杀案》、《五角大厦谋杀案》、《国会图书馆谋杀案》，曾被誉为“美国的阿加莎·克里斯蒂”，可惜这些小说我都没看过，好坏不敢评价。

关于略萨的话题

去上海的列车上，断断续续一直在想，今天的活动应该说些什么。略萨先生到中国来了，最新的诺贝尔文学奖得主闪亮登场，将和中国的热心读者见面。媒体上早已沸沸扬扬，我从来就不是一个擅长言辞的人，尤其不喜欢公开场合说话，今天既然专程赶过去捧场，肯定要说几句。

我知道将会遭遇一个非常热闹的场面，外面下着雨，忽大忽小忽冷忽热，典型的江南梅雨季节。在会场上，活动正式开始前，我见到了很多朋友，安忆来了，陈村来了，小宝来了，诗人王寅来了，李庆西夫妇从杭州赶来。这些熟悉的朋友让人感到亲切，我突然意识到，即将开始的文学聚会将成为一段文坛佳话，是文学的名义让我们又聚集一起。

我几乎立刻意识到，大家在这里碰面，并不是意味着某位诺贝尔奖得主要大驾光临。毫无疑问，如果没有这个大名鼎鼎的奖项，我们这些人肯定也会赶来，因为我们都读过他的小说，我们喜欢这个作家。事实上，这个活动早在一年前已经开始筹办，那时候，没有人会想到略萨会得诺贝尔文学奖，出版方也没有在赌他会得这个奖。

如果有人不相信我的说法，可以上网搜索。一年半前，新版的略萨著作刚推出，我曾写过推荐书评。也就是在那个时候，出版社告诉我，他们不仅出版了略萨的一系列作品，并且将邀请他来华，为他做一连串的宣传。有关略萨将来中国的消息，早在那时候就有报道。

很显然，如果没有诺贝尔文学奖，今天这活动仍然也会按期举行。很显然，如果没有这个奖，活动的热闹会大打折扣。

略萨先生出场了，掌声，灯光，呼唤，一切都没有出乎意外，完全像个大Party。计划中，我和甘露将作为嘉宾，上场与略萨进行对话。在这样喧嚣的场合，甘露显然比我老练，他与略萨一样穿着西装，没有系领带，又正式又休闲。

对话前是朗诵，大段的中文朗诵，地点在戏剧学院的一个小剧场，标准规范的普通话，声情并茂抑扬顿挫。不能说朗诵得不好，应该说很好，很科班很学院，可是总有点格格不入，也许盗版碟看得太多，我已经习惯了配字幕的原声带，更喜欢原汁原味。

接下来，终于轮到略萨，终于听到了他的声音，真人的声音。略萨开始为听众朗诵《酒吧长谈》，我们听不懂他在说什么，懂不懂并不重要。我们更愿意听这声音，这也许就是大家今天来这里的目的，毕竟这才是原汁原味。毫无疑问，略萨的朗诵是今天活动中，最精彩的一个片断，有幸耳闻，有幸目睹，足够了。

我已记不清自己说了些什么，有些紧张，不是因为面对大师，更不是因为诺贝尔奖。在公众场合，我都是这样没出息，大脑会不听使唤。准备了很多话，有的忘了，有的突然不想说了。也许，写作的意义就在于此，因为借助笔，或者说借助电脑，我们可以把思想的火花用文字固定下来，让白纸上落满黑字。很显然，作家能够成为作家，不是他会说，而是他能写。

我向略萨表达了感激之情，我告诉他，中国作家面对世界文学，向来是谦虚的，我们的父辈，父辈的父辈，对外国文学中的优秀作品，始终抱着一种虚心学习的态度。我没有说，他是我见到的第一位活着的诺贝尔奖作家，尽管事实就是这样。我也没有向他表示祝贺，吹捧和赞美，说他是多么了不起。作为最新的一届得主，他正处在花丛和掌声之中，会在中国获得非同寻常的礼遇。作为一个写作者，他获得的荣誉已经太多了。

我觉得应该告诉略萨，与他一样，我们这一代作家，都是世界文学的受惠者。跟他一样，我们也读雨果，读托尔斯泰，读海明威和福克纳，读萨特和加缪，读博尔赫斯，读鲁尔福，一本接一本地读称之为文学爆炸的拉美作家。对于我们来说，略萨代表的这一代拉美作家，对我们这些刚走上文坛的青年人，有着不一样的意义。当然，并不是说他们就一定比前辈更出色，而是因为他们对于我们来说是活生生的现实，是与我们同时代的当代文学一部分。虽然相差了二十多岁，我们面对着同一个太阳和月亮。

必须承认，拉美文学爆炸的一代作家，是我们学习的榜样，是我们效仿的楷模，是我们精神上的同志。我们的目标很明确，既想继承世界文学最精彩的那些部分，同时也希望像拉美的前辈一样，打破既定的文学秩序，在世界文学的格局里，顽强地发出自己的声音。

拉美文学的爆炸，影响了世界。我们是被影响的一部分，我们是被炸，心甘情愿地被狂轰乱炸，因为这个，我们应该表示感激之情。

文学对话开始前，主持人对我说，因为话筒不够，待一会儿话筒到了你手上，就由你来控制局面，最好不要冷场。几乎在第一瞬间，我便想到有甘露，既然主持人可以把话筒推给我，我当然应该毫不犹豫地推给他。结果，当我和甘露各说了一段话以后，我们竟然哑场了，一时不知道说什么好。

幸好甘露临时想到了一个话题，让略萨的演讲源源不断地说下去。略萨显然是有备而来，大谈他的文学影响和传承，大谈他的文学同行，说博尔赫斯，说鲁尔福，说马尔克斯。事实上，这些都是我们熟悉的话题，是我们已经知道的文学史，说是课堂上的老生常谈也不为过。类似的演讲肯定不是第一次，众口永远难调，略萨的表现非常得体，大度，谦虚，同时又十分自信。

略萨的谈话洋洋洒洒，说世界文学的影响，他报了一大串名字，轻轻带过了中国文学。为了担心进一步的冷场，我不得不准备了一个近似八卦的话题，真要是无话可说，就逼他谈谈对中国文学的印象。好在已经用不到了，我们的对话很快到了尾声，到了听众的提问时间，话筒又回到了主持人手上。

客随主便，到人屋檐下，不能不低头，就算是再尊贵的客人，略萨也必须继续老生常谈，不得不回答，重复那些自己或许根本不愿意说的话题。诺贝尔文学奖对他有什么影响，对人生有什么改变。既然是第二次来上海，对上海的印象怎么样，上海有了什么样的巨大变化。对专业写作和业余写作有什么样的观点，一个作家究竟是应该业余写作，还是成为全心全意的专业作家。

和大多数演讲者一样，略萨对这些老套话题，很有耐心，友好，真诚，掏着心窝。

略萨回答听众提问的时候，几个学生模样的人开始退场。你可以说这些青年人很无礼，也可以说他们特立独行，非常自信，应该有这个自由，根本不在乎演讲者的诺贝尔奖光环。我不知道略萨是怎么想的，他无疑也会吃惊，会略微有些不爽，但是还在继续回答，仍然继续发挥。我却感到很羞愧，这就是今天的文学现实，无论你是多大的腕，都可能只是突然热闹一番，一下子聚集了许多人，灯火辉煌掌声四起，大家更可能不是奔文学而来，更可能凑个热闹抬腿就走。我的女儿也在现场，作为一名父亲，她此时此刻做出这样的无礼行为，我一定会事后教训。同样，如果我是学校的老师，肯定会告诫学生，你们可以不去听某人的演讲，中途三三两两退场，既是不尊重别人，也是不尊重自己。

略萨说起自己刚开始文学创作的艰辛，那时候他太年轻，为养家糊口，一下子兼着好几份工作，在图书馆打工，当记者，最让人吃惊的，还有一份活儿竟然是为死人作登记。他讲述了一个写作者最可能面对的悲哀现实，为了喜欢写，为了能写，你也许必须先找一个管饭吃的工作，这份工作很可能是你非常不愿意干的。

略萨也许是小说家中最关心政治的人，他关心政治，投身政治，竞选过总统。这不代表所有的写作者都应该向他学习，事实上，绝大多数作家根本不擅长政治，政治跟文学从来都是两回事。略萨的幸运在于他被政治戏弄，玩耍，最后翻然醒悟，不得不叹着气远离了这个该死的泥潭。

略萨的意义，不是因为他曾经是极端的左派，后来又成为坚定不移的右派。拉美作家皆不太甘于寂寞，血管里盐分多，力比多也强烈，坚决不回避政治。马尔克斯喜欢古巴的卡斯特罗，为抗议智利政变，文学罢工五年。略萨有过之无不及，年经时参加共产党，学习马列著作，研究毛泽东思想，后来思想右倾，成为政党领袖，参加总统竞选，一度还处于领先，眼看就要黄袍加身，最后输给了那个日本人藤森。

略萨的意义，在于写出了优秀的文学作品。因为一连串优秀的小说，我们这些热爱文学的人，有幸聚会在此，愿意走到这里来。政治上的失败成全了他，同时也给了我们这次愿意相会的理由。

带了一本初版的《青楼》赶往上海，让略萨在上面签名留念。这是我很多收藏中的一本书，这么做既表示对作者的崇敬，更是对一个逝去的阅读时代的怀念。三十年前，略萨的这本书第一版就印了五万册，如今虽然有诺贝尔奖的光环罩着，新版印数并不乐观。

美好的阅读时代离我们越来越远，文学的生存处境越来越糟糕。不止在中国，在世界范围内，差不多都这样。阅读已不重要，已处在边缘的边缘，今天的大众更关心话题，更喜欢浮光掠影的报道，更愿意看网上犀利的议论。略萨来了，略萨很快就要走，如果我们没有因此去触摸他的文字，年长者没有重温历史，年轻人还是不愿意阅读，他或许就真是白来了。

现实中的书房

印象中，真没写过什么书房。有哥们儿搬进新居，一年以后，大谈书房如何如何，我听了就笑，说这有什么稀罕，说来说去，不就是多了间房子，打一圈铺天盖地的书柜，专门用来放书，唬别人蒙自己，结果呢，真要用时，却找不到想要的书。

哥们儿大笑，接着我的话，说自从有了书房，不但苦恼找不到书，干脆没了读书的兴致。又说自己读书最多，最穷凶极恶的年月，恰恰是没钱买书，那年头，看书生吞活剥，什么书都读，什么书都想读。没书读的时候，光棍想老婆，叫花子惦记肉包子，现如今家中美女如云，天天山珍海味，也就只剩下一个藏书的爱好了。

不由得聊到我们共同认识一个朋友，这位仁兄是做生意的大老板，喜欢收藏各种签名本。书房十分豪华，却让人有种不寒而栗的恐惧，他的藏书是按照签名者地位和名气排列，稍稍有些身份的人，不仅会配上他亲自收集的黑白小照片，还要附一份打印的小传，有出生年月。这书房更像是纪念馆，黑色的红木书橱，感觉阴森森的。当年他也曾向我讨要过签名书，因为早有所耳闻，狠了狠心，硬是没送书给他。

我一直觉得，通常情况下，一个人的家里，根本不需要一个专门的书房。有一两个书橱，放自己想读的书就已经足够，自从懂事以来，我面临的问题总是书太多，多得没地方放。小时候，经常听见母亲抱怨，现在又轮到听太太唠叨。家里到处都是书，要那么多书干什么。

“文化大革命”中，我们家的住房面积缩小一半，结果我只能和书睡在一起。那是一间真正的书房，堆满了书，到处都是。父亲害怕刚上中学的儿子中了“封资修”毒素，不让我看小说，可是实际环境根本就控制不了。我只要一伸手，总能捞到一本书。

我的房间里一直都是有书，自小到大，书已成了家的一部分，到处侵占空间。因此也无所谓专门的书房，反正能搁书的位置，不该搁书的地方，都是书。我的家就是书房，新家装修，客厅两面墙皆是书架，还有一间房间也都是书橱，有人便问我，你们家怎么到处是书，卧房里也有，甚至女儿的闺房还有很多。

书多了确实让人很烦恼，想扔，舍不得。父亲曾经是南京的藏书状元，他的书如今都在我手上，加上这些年不断添加的新书，究竟有多少书，也说不明白，谁又会真犯傻去计算。中国面临的具体难题是人口太多，我面临的是书太多。人满为患，书满为患，都不是好事，怎么办呢，没办法。书多了必定种种烦恼，床头总是一大堆，每隔一段时日，便要被老婆痛骂一顿。书之乱会造成家之乱，藏书多的人常被别人羡慕，不知道书满为患，又会生出多少不愉快。

父亲在世，隔些日子便处理掉一批书，太多了，没地方搁，书橱塞得都快散架。自我记事，家中五个大书橱始终爆满，小时候偷父亲的书看，最担心拿了书，再也放不回去，因为塞得太紧，小孩子手上没劲，根本不可能恢复原样。为此常被当贼抓，青春期的毛孩子难免喜欢性描写，父亲为了安全起见，有这内容的书一律放在书橱后排。要想找到这些读物，基本上是大海捞针，付出代价非常巨大，成功概率其实很小。

好在那年头父母要下乡体验生活，他们一走，天高任鸟飞，海阔凭鱼游，剩下我和保姆在家，想看什么就看什么。不敢说只是为了性描写才去阅读，但是如果不承认当年看书非常关注这个，便有些不诚实。遗憾的是家中书太多，要翻很多本书，要翻很多很多页，才能看到一点点这样的味精和调料。老版图书都有内容梗概，一看到后面小括号里的“供内部参考”，精神立刻为之一振。凡是写明了“要带着批判的眼光阅读”，往往是最好看最有趣的小说。

父亲晚年，对整理藏书已感到力不从心，最后一次搬家，让我吃足苦头，从运输到整理，基本上都是我在操作。当时还没有搬家公司，喊了几次朋友，一趟一趟，一橱一橱，终于收拾停当，是很大的一个工程。父亲只是运筹帷幄，指挥这本应该放这儿，那本应该放那儿，看我累得满头大汗，他忍不住感叹，说人这一辈子，要那么多书干什么。

我继承了父亲的藏书，这些年又凭空添了很多，怕别人借书的痛苦已不复存在，发愁的还是书太多没地方搁。书到用时方恨多，因为多，真想用什么书就往往找不到。在整理图书方面，我远没有父亲的耐心，他能闭着眼睛，就说出某书的位置，我永远是随手乱放，刚看过的一本书动辄石沉大海，为了找不到而放弃，早就习以为常。

平心而论，书橱里的很多藏书不仅无用，而且非常糟糕，坏书永远会比好书多，书满为患早已成为很多家庭的现实。读书是一件很快乐的事，藏书则未必让人高兴。真相有时候戳穿不得，坐拥书城可以让人得到满足，弄不好就是一种虚荣，书香门第也更可能是骗人的鬼话。

作为一个过来人，真不赞成年轻人去收藏图书。能够认真或者随意阅读一些书，这就足够了。当土财主没什么意思，藏书再多，你还是不能和书店相比，更不用说图书馆了。我是电子图书的拥护者，如果能把家中的藏书都集中在电脑里，又何乐不为。什么读起来不方便，什么抓在手上的感觉不好，不能躺在那舒舒服服阅读，都是扯淡，世界上最愉快的阅读，就是你想读什么，就立刻能读到什么。一台电脑等于一个书房，这才真是件好事。

前些日子上海《外滩画报》要报道我的书房，稀里糊涂地答应了。我向来不是个有原则的人，对于采访，通常能推就推，躲一次是一次，可是仍然避免不了记者上门。结果为了这次预约的采访，我妻子花了好几天时间收拾残局。因为书太多，因为到处都有书，家里混乱不堪，我曾开玩笑地说过北京当年风行黄色小面的出租车，它的数量之多，给人一个最滑稽的印象就是，你站在大街上，无论往哪个方向看，都能够看见那些黄色的影子。在我家里也一样，你往哪儿看都是书，没有什么专门的书房，任何一间房间都是书房。

前来采访的记者感到很遗憾，因为他见到的是已经收拾过的现场，经过几天整理，原本堆在地上杂乱无章的书籍，上架的上架，打包的打包，实在没地方放，就暂时塞进一间小屋。已经说过了，在我家中从来没有纯粹的书房，现在混乱被短暂地掩盖了，记者非常失望，一个混乱的现场更符合他的想象，也更有利于他的书写，然而它已经不复存在，结果记者在报道中只能泛泛地写道：

叶兆言不喜欢把书房整理得森然有序，也不喜欢让书房变得乱糟糟以显得很有“学者派头”，他只是已经对书房“无能为力”，任其滋生消长。有时他妻子实在看不下去，就会“出手相救”。书架的书大多是古旧外国翻译小说，可以看出他的家学传承。里面的书非常有条理，从里到外，依次为苏俄文学、法国文学、英德文学。

叶兆言用“恶贯满盈”来形容自己的书房。书太多变得累赘、占用了起居室的地板、难以归类整理，都成了书房的罪状。

记者无奈地问最近在读什么书，我告诉他因为眼睛老花，现在已经看书很少，更多的时间都花在字大一些的书法字帖上面。没想到就这样一句简单的话，竟然引起了读者的不满，一位女生在微博中发牢骚说：

叶兆言不过55岁就因为身体原因不怎么读书，更让人无奈的是否定了阅读的意义，这种虚无比单纯身体之陷更让人扼腕。于是我想，创造力的丰沛，在当代作家里能保持多久。

也许藏书带来了太多烦恼，一说到阅读，总是忍不住会说些过头的话。或许也与家庭教育有关，关于阅读，我被告诫要坚持两个原则，第一不能卖弄读过的书多，第二不能指责别人不读书。因此，谈到读书话题，我不愿意刻意强调它有什么好处，有什么用，有什么必要。读书是一件很有意思的事，很美好，就跟美食一样，爱吃和嘴馋又能算什么呢。一个人喜欢阅读并不值得夸耀，我一生中读了太多的书，大家都知道，书读多了未必是什么好事。

百无一用是书生，说到底，还是喜欢阅读，偶尔说几句不想再读书了，也跟领导说怕开会一样，多少有些矫情，有些违心。至于那什么书房呢，当然也希望有，也希望大，但是说白了，它就是个摆设，是阅读的负担，真要是没有也无所谓，没有书房照样可以读书。

圆霖法师的回忆

我对佛法一窍不通，这是门很深的学问，始终敬而远之。读旧书常会遇到“妄谈禅”三个字，知之为知之，不知道就是不知道，因此总是提醒自己，虚心使人进步，低调是一种美德。见了菩萨要先磕头，这是表达敬意，我虽然不懂佛教，无缘进入法门，但是敬仰几位修行的法师，也见过一些很好的和尚，他们给我的基本印象，都是认真，都是不打诳。大家都习惯用俗世的目光打量那些信佛的人，习惯以小人之心，度君子之腹，其实我们什么也不知道。

我的祖父很喜欢李叔同，受他影响，父亲经常会跟我讲弘一法师。父亲的叨唠无非两个意思，第一，法师是特殊材料做成的人，干什么都出色，都是第一流，绘画，写字，英文，国文，钢琴，填词，当和尚，他只要是做了，就一定要做好，做到最佳状态。第二，法师是最最认真的人，他的出色，究其原因也很简单，就是认真认真再认真。

祖父写过一篇《两法师》的文章，很容易找，有兴趣的人上网一搜就可以看到。在这篇文章中，记录了两个人的对话，写过一本《人生哲学》的李石岑向弘一法师请教人生，问他对这问题有何看法。李叔同很虔诚地回答：“惭愧，没有研究，不能说什么。”一个学佛法的大师，对人生问题竟然不肯发表自己的看法，这很出乎大家的意外，甚至可以说是一个笑话。然而这就是祖父亲眼所见的弘一法师，看着他殷勤真挚的神情，你会觉得他不可能没说真话，你会觉得自己有这样的怀疑都是罪过。

在祖父的记忆中，弘一法师没有谈人生，可是另一位大师印光法师却对他们说了许多。弘一法师是印光法师的皈依弟子，对师父敬礼甚恭，屈膝拜伏，动作严谨而且安详。印光法师在佛教界的地位非常高，祖父对两位法师的心情都是敬，对弘一是敬而近，对印光是敬而远，他以非常恭敬的文字写道："弘一法师与印光法师并肩而坐，正是绝好的对比，一个是水样的秀美，飘逸，一个是山样的浑朴，凝重。"

我生也晚，自然无缘遭遇这样的大师，加上整个青少年时期都"文化大革命"，对寺庙，对和尚尼姑，基本上是不正确的认识。1982年的一个春天，一位大学同学在火车上结识了一位和尚，两人聊了起来。和尚说，你的面相很有佛缘，不妨到我的小庙里来看看。于是同学便拉着我一起去拜访，小庙叫兜率寺，在江浦老山的丛林中，现如今要去很方便，当年绝对不容易，骑自行车，摆渡过江，要翻山越岭，得大半天时间，去了，不在庙里住下是不行的。

这位和尚就是兜率寺的主持圆霖法师，见了我，也说面相有佛缘，说如果与佛学有兴趣，应该是很有前途。当时我正面临大学毕业，那年头，大学生青春气盛，牛得很，对前途并不担心。况且他说的那个前途，差不多是要让人出家，这当然更不靠谱。圆霖法师说，修行最好是能够出家，不过你只要有心，在家当居士也是可以的。我不记得对他说了什么，反正有些心不在焉，胡乱敷衍。为了表示自己对佛学也有一知半解，随口提到了李叔同，一听到这三个字，圆霖法师顿时满脸红光，问我是如何知道弘一法师的，说这个人可了不得，能知道这样的高僧，太有缘了。

在今天，知道弘一法师的人太多了，在20世纪80年代初期，年轻人大都不知道这人是谁。我只能回答说曾听祖父提起，又说李叔同的至交夏丏尊先生是我们家远亲。圆霖法师满脸红光的样子让我不知所措，显然是对李叔同非常敬仰，他实在太真诚了，跟这样的人敷衍你会感到心中不安。总之一句话，他的认真态度，让我想到了祖父文章中的弘一法师，而接下来他的喋喋不休，似乎就是印光法师的再现。我们一直是在听说教，他并不在乎听众是不是真心听讲，不厌其烦，不断地举例子。

圆霖法师喜欢书画，他的卧室就是画室，四壁皆字画，迎面一张很大的林散之，看内容，原来与林老也是有交往。圆霖法师的字很有弘一法师的味道，很淳厚，我看了喜欢，开口问他要字，他就把刚写给弟子的一幅小字递给我看，说你先拿着这张吧，我待会儿再给你写。这事情后来没了下文，因为我们一直在听他说，除了吃饭睡觉，他始终都是在开导我们，写字的事搁在了一边。

这次会面，印象最深不是圆霖的字画，而是刚吃过就肚子饿，不管吃多少，一会儿便饥肠辘辘。这是非常奇怪的事，你可以说是庙里的食物不扛饿，总之，所有的注意力不知不觉地都集中到了自己胃上。我读过李叔同的断食日记，形容饿的感觉有“腹中如火焚”和“腹中熊熊然”，当时就想，我注定是个俗人，不说别的，就这一个“饿”字的门坎便迈不过去。坦白地说，我们完全是因为饿逃下山去，想不明白为什么会突然饿得这么夸张，这么忍无可忍。让人百思不得其解，一到山脚下，我们竟然就不饿了。

若干年以后，占鸡鸣寺重修，形神兼备的罗汉画像都是圆霖法师所绘。一位女居士听说我见过绘画的法师，非常激动，说人生有四个幸运，你已占据其三。有幸成为人，没当畜生，有幸成为男人，而不是做女人，有幸遇到明师，这是很了不得的缘分，圆霖法师是当代最出色的法师，在佛教界有着很高地位。十全十美只剩下最后一个，那就是有幸进入佛门，女居士的话让我感到惭愧，同时也没太往心上去。

又隔了若干年，我太太学会了开车，心里便琢磨周边可以去的地方，很自然地想到了兜率寺。于是开车过去，太太觉得这地方很美，很幽静，适合隐居，我便告诉她当年更美，更幽静，更适合隐居。当年没有通往山上的公路，连山门都没有，就几间破房子，柱子都是歪的，比现在要小很多很多。当然了，即便是到现在，兜率寺还是一座小庙，一点都不金碧辉煌，还是没有几位和尚，但是圆霖法师的名声早已传出去。坊间有徐悲鸿的马，齐白石的虾，圆霖法师的观音菩萨，他的名声之大完全出乎意外，据说有许多藏家都喜欢他的字画。不少寺庙挂着他画的佛像，看到这些佛像，我心中不免一阵涟漪，情不自禁会想到当年的会面。

再次见到圆霖法师，老人家快九十岁，由于画名传开了，想见他一面并不容易。我远远地看着法师的寮房，门前挂着牌子，上面写着“师父休息”四个字，心里便不忍打扰。带着太太四处看，向她介绍这地方原来的样子，告诉她哪些字是圆霖法师写的，分析他的字与弘一法师的区别。盘桓许久，走着走着又绕回到圆霖法师的寮房前，师父休息的牌子还在，却看见不时有人进出。太太知道我非常想见法师，说人家不是照样进去，你干吗不试一试呢。

还是鼓不起这个勇气，我对太太说，就算了，凡事都是缘，今天能来到这里，与圆霖法师隔墙相望，已经心满意足。这时候，一名老和尚从里面出来，太太便上去搭讪，说我先生二十多年前来过这里，与老住持有过交往，今天旧地重游,很想再见一见圆霖法师。老和尚说这还不简单,你们直接进去就是了。太太指了指门上的牌子,老和尚摇摇手,意思是说别理这个,进去吧。

圆霖法师居然还能记得我,他确实老了,完全不是二十多年前喋喋不休的模样。反应略显迟钝,说话要慢上半拍,很安静地坐在那里,慢吞吞地回应我的问候。我突然发现自己只是非常地想见圆霖法师,真见面了,却不知道说什么好,一时间,感到非常羞愧。穷巷唯秋萍,高僧独坐门,二十多年,法师还是那个法师,隐居在此山中,依然一尘不染,我再也不是当年的那个幼稚的学生,早已满头华发,一身尘土。

圆霖法师为我写了一张字,这是对当年许诺的一个了结。回去路上,既高兴,又若有所失,很想与太太讨论,如果真有缘进入法门,一直隐居此山之中,又会是一种什么样的人生。然而这话说不出口,我爱我的太太,我们在一起无怨无悔,事实上从未有过真正的出家念头,偶尔会想到隐居,想过几天与世隔绝的清静日子,也无非以退为进,一闲对百忙,自己依然还脱不了那个俗字。

有　病

有病是件不大不小的事，关键要看有什么病，要看何人得病。大病要命，最好躲远远的，越远越好。小病养人，也养性情，偶尔像养宠物一样玩玩，打个喷嚏流点眼泪，女人招男人疼，男人惹女人爱，其实是笔多赚少赔的好买卖。

民国女作家苏青说到人生的理想境界，就是要无事生非，不断地有点小恙。小毛小病无伤大雅，不动筋骨，却可以增加风雅机会，西施常常心口疼，林黛玉到底什么病谁也说不清楚，反正是有病，多愁多病的身，结果就是倾城倾国的貌，真没有一点病，林妹妹大约也不那么叫人难忘了。

我有个铁哥们儿，对有病的认识十分深刻。他讲述的丈母娘故事很经典，一步到位非常传神。首先，这丈母娘确实是位美人，美人者，天生可爱，有点病更可爱。年轻时十分漂亮，步入中老年，风韵犹存，雌威不减当年。这哥们儿的太太已是个美人坯子，随便往哪儿一站，光彩照人，回头率极高，可是按照他的说法，与老丈母娘一比，无论他太太，还是大姨子小姨子，立刻逊色很多。

与丈母娘初次见面，哥们儿印象最深不是有姿色的徐娘半老，也不是她说了什么话，而是有病紧锁的眉头。因为有病，丈母娘在一开始就有几分神秘。在以后的很多年里，他始终没有弄清楚自己的岳母大人究竟有什么病，反正身体从来都是不好，健康永远会有问题。不说话也罢，只要谈起自己，她就是这里不适应，那里不舒服。她就是永远苦着脸，一副不胜痛苦的模样。老丈人解释说她有病，女朋友也就是未来的太太，也解释说她身体不好。一瞬间便成了永恒，于是今后的漫长岁月，有病和身体不好，成了丈母娘的金字招牌，成了她生存方式的主旋律。

丈母娘是老丈人的第二位夫人，前夫人也是知识分子，而且是高级知识分子，离婚后就没来往过。关于这个有点神秘的前夫人，我这哥们儿唯一见到的一次，是在老丈人葬礼上，还带了个儿子过来，也正是通过这次见面，他才知道太太还有个同父异母的哥哥。这件事，他太太隐约也知道一点，家里从来不说，不让说，谁都不敢捅破这层窗户纸，她确实也弄不太清楚，姐妹三人互相不提此事。

丈母娘一生中最大的杀手锏就是有病，有病是她最大的护身符，因为有病，老丈人借个胆子，也不敢与前妻联络，有儿子就跟没儿子一样。因为有病，谁都得没原则地让着她，她可以肆无忌惮，想说谁就说谁，想骂哪位就骂哪位，别人都得天经地义地让着她。保姆经常要换，女儿天天要责怪，个个都是忘恩负义。当好她的女婿更不容易，事实上谁也当不好，有出息要抱怨，没出息更要抱怨。

我这哥们儿正经八百闹过一阵离婚，原因就是忍受不了这个总是有病的丈母娘。一个有病的母亲，培养不出一个健全的女儿，往往也会有同样的病态，同样的折磨人。姐妹三人，两个已经离了婚。大姐夫原先是一家军工厂的工人，三个女婿中家族背景最差，当年也曾反对，不过在“文革”中，工人阶级是领导阶级，反对无效也就算了。到后来，大女婿下岗了，没事可做，便成了这个家不拿钱的男保姆，用大姐的话说，成了这个家的骆驼祥子，什么事都得他干，吃多少苦全白搭。

大姨子和小姨子都不愿意离婚，大姐夫和小妹夫成了这大家庭中的革命党，坚定不移要分手，不管结果是好是坏，仰天大笑出门去。小妹夫是一家上市公司的老总，他终于混好了混阔了，拿出一笔钱来打发丈母娘。丈母娘不高兴地说，我不缺钱，我就是身体不好，就是需要有人关心，就是希望你们能惦记，心里要有我。小妹夫不吭声，回去撂话给小姨子听，就你那妈，除了给钱，我什么都不会给她。小姨子很无奈，说我妈她有病。小妹夫愤愤不平，说你妈就是有病，你妈他妈的永远有病。

老丈人过世，丈母娘怨天尤人，骂医生，骂领导，骂三个女儿，骂所有能骂的人，忍不住还要骂死去的老头。发泄完了，又说自己太寂寞，晚上发心脏病也没人知道，要求女儿轮流回家陪她。三个女儿背后商量，打算花钱为母亲请个全工保姆，可是谁也不敢去对她说，谁说谁挨骂，谁说谁找没趣。最后就推我这哥们儿去说项，谁让他是现存的唯一女婿呢。丈母娘说老二有男人，不愿意陪我，还有个说法，她们两个为什么不愿意，为什么。

我这哥们儿最后并没有与太太离婚，是不愿意成全他的丈母娘。这个有病的女人，大半辈子都是在用自己虚虚实实的病，折磨身边每一个人。她自己不痛快，也永远不会让别人痛快。一转眼几十年过去了，过去有病，现在还是有病，眼看着就要九十岁，这病那病，照样吃照样睡照样埋怨。三个女儿没一个是她的对手，吵起来，她也可以不吃，也可以不睡，硬生生地把别人拼得不能不让步。离休以前，她长年累月地泡病假，离休后，三天两头去医院。在过去的几十年，仅仅陪她去医院，一趟接一趟，便是一场场挥之不去的噩梦，得罪医生，惹恼护士，和病人口舌谩骂，一桩桩不堪回首的往事，三个女儿回想起来，都有一种快要发疯的感觉。

见过折磨人的，没见过这么折磨人。人都会生老病死，有病本来很正常，很平常，而且绝对难免。但是有病成了病态，让别人受罪，让别人遭殃，成为别人的末日和灾难，便有些莫名其妙。因此，有病不可怕，可怕的是变成病态。俗话说，有什么不要有病，这还得看是什么人，有时候，有病也可以和有房有车一样，变成炫耀的资本，变成以守为攻的利器，变成杀人不见血的小刀。

多少年来，我一直想就这件事写一篇小说，迟迟没有动笔，因为太像张爱玲笔下的故事，太像旧社会，太像《金锁记》里的那个七巧。平扁而尖利的喉咙四面割着人像剃刀片，黄金的枷角劈杀了几个人，没死的也送掉了半条命。这故事非常真实，一旦写出来，会变得太夸张，真实也突然不真实了。

我这铁哥们儿还说了另外一个故事，也和有病这两字有关，算是额外赠送，因为他知道我要写这篇文章，再提供一个小素材。有一次，他和单位的女同事一起出国，一路也还算谈得来。女同事比他年轻，姿色也相当不错，谈吐基本上说得过去。两个寂寞的人，一个有老婆，一个有老公，都是结婚多年，都是平淡无奇没有任何绯闻。都有一些暧昧的心，都没有进一步的胆，眼看着行程就要结束，在返航的飞机上，两人有一搭没一搭地说话，说累了，就歪着脑袋睡觉，那位女同事甚至把头枕在了他肩膀上睡了一觉。

飞机降落以后，还没停稳，还在跑道上滑行，身边一位中年人迫不及待打开手机，急猴猴地拉行李架，差一点摔倒，害得空姐大惊失色，连声喊请大家在座位上坐好，系好安全带。

女同事很愤怒，脱口而出："这人真是有病！"

一时间，机舱里很安静，大家听得清清楚楚，哄堂大笑。被说的这位下不了台，回过头来吵架。于是两个人口角起来，有病有病没个完，各不相让，都指责对方有病。我这哥们儿看不下去，一个劲地劝女同事犯不着跟这样的人斗嘴。女人要听劝很不容易，终于把她劝好了，没想到这边不吭声，那家伙还是没完没了，而且因为别人不说话，机舱重新变安静，反倒有了几分占上风的得意，嘴里仍然不干不净。

我这哥们儿火了，真火了，板着脸说："你他妈就是有病，有病，有完没完！"

冷不丁一嗓子，把那个很嚣张的家伙给镇住了，顿时不再吭声。我这哥们儿一点不威武，个子不高，脸皮白净，头发梳得很整齐，成日西装笔挺，是个非常斯文的绅士。自小就是乖孩子，从来也没打过架，他妈的这种国骂，从他那有教养的嘴里突然冒出来，仿佛是别人的声音。事后想想有些滑稽，更有些后怕，其实真吵起来，或者真正像两个男子汉一样动起手，对方人高马大，会有什么样的一个难堪局面，谁也说不清楚。

寻找潘德明

1

潘德明是谁,我居住城市的媒体跟大家开玩笑,故意这么发问,报纸上一连推出了几个大问号。这是一次别有用心的策划,人们比较熟悉电影演员潘粤明,通常情况下,娱乐明星总是更容易被记住。报纸上接二连三发问,一场"寻找潘德明"的活动,已在南京悄悄开始。

都在问,潘德明是谁,是何方神圣。有人拷问我,南京的事你写过不少文字,骗了许多稿费,能不能给我们说说这个潘德明。被问糊涂了,心中立刻有愧,事实上,我真想不起来潘德明是谁。问的人便坏笑,提示说是否还能记得当年有个人从南京出发,骑车漫游世界。

一提醒便想起来了,模糊的印象还真有一些。我是个贪玩的人,曾几何时,也动过骑车旅游的念头。20世纪80年代初,有过一天骑车二百二十公里的纪录,与潘德明先生相比,显然算不了什么。毕竟这个比我父亲大得多的前辈,曾经周游了世界。当然硬要说自己学过潘德明,从配合媒体炒作的角度出发,也没有什么太大不妥。

早在20世纪30年代初,有个上海小伙子突发奇想,跑到南京来开西餐馆。这时候的南京是民国首都,很有一点生机勃勃。与今天的大好形势相仿,全世界经济都不景气,都来中国找机会。在南京的洋人多,学习洋人派头的也多,与时俱进开家西餐馆,正好大赚特赚。不过西餐馆生意如何,已不重要,因为小老板潘德明好高骛远，更有兴趣的事是周游世界。

放着好端端生意不做，忽然想到要出去看看世界，这让很多人想不明白。俗话说玩物丧志，有钱不赚，非要惦记着走出国门，把玩天下，算不上什么大出息。好在中国人还有句古话，可以拿出来壮大门面，那就是读万卷书，行万里路，见多识广总是好的，只要玩得得法，游山玩水也一样能够抬到相当高的地位。

潘德明在当年也该算是个知名人物，先是步行，后来骑自行车，成为靠自己脚力行走世界的第一人。他的壮举曾经惊动了海内外，前后大约七年时间，游历了四十多个国家。我仔细研究过他的行路图，查看他留下的足迹，平心而论，如果搁在今天，对于那些喜欢步行或者骑车旅行的驴友来说，并不稀罕，甚至可以说算不上什么。

关键还在于捷足先登，宁为鸡头，不为牛后，凡事都讲究一个早，都要占一个先。

2

20世纪30年代是地道的乱世，世界经济大萧条，中国想独善其身，根本不可能。帝国主义蠢蠢欲动，法西斯大行其道，我们昙花一现的小繁荣，显得微不足道。

正是在这背景下，潘德明周游世界，才会引人注目。不管怎么说，这个世界第一，是由当时国际地位并不高的中国人创造，它起码可以有两个解读。首先，证明中国人不再甘心自己是东亚病夫。其次，暗示着东方的睡狮正苏醒过来。

潘德明决定周游世界，其实是受一段广告词的忽悠。几个年轻人组织了一个“中国青年亚细亚步行团”，在《申报》上发表宣言，大声疾呼：“背负了五千余年的文明和创造的中华民族，不幸到了近世，委靡和颓废，成了青年们普遍的精神病态，我们觉得时代的精灵，已在向我们欢呼，我们毫不客气地把这个伟大的重担肩负起来，我们决定以坚毅不拔的勇敢精神，从上海出发，逐步实践我们的目的。在每一步伐中，我们要显示中华民族历史的光荣，在每一个步伐中，给社会以极深刻的印象，一直到我们预定的途程的最终点。”

一开始，潘德明只是活动的追随和参与者，步行团出国不久，刚进入越南，由于各种原因，团员们纷纷放弃，只剩下潘一个人。如果他也放弃，故事就没了，口号就真成了口号，好在他没有退缩，而是买了一辆兰翎牌自行车，独自上路，改步行为骑车，继续旅行。

从此，一个人的旅行开始了。从此，提起他的周游世界，离开不了上面两个解读。潘也特别喜欢强调政治意义，说自己一往无前，正是为了“表现我中国国民性与世界，使知我中国是向前的，以谋世界上之荣光”。他的理想就是到处留下足迹，1932年是奥运年，中国宣布不派运动员参加，在公元前四世纪的希腊古运动场遗址石柱上，他很愤怒地用中文和英文留下了记录：“中国人潘德明步行到此。”

潘德明的故事总是与爱国主义和为国增光分不开，多少年来，也代表着中国一种持久不变的体育精神。鉴于南京即将召开青奥会，本地媒体旧话重提，发起“寻找潘德明”的活动，无疑别有用心。事实上，南京喜欢骑车旅游的人不在少数，早在前些年，就有“老年体协骑游总队”，最新的“南京青奥自行车壮游团”也拟定明年出发。

3

周游世界的七年中，中国发生了一系列大事，最著名的莫过于震惊世界的“9·18”。发誓要在世界各地留下足迹的潘德明，毅然放弃去日本，以示对日本帝国主义的愤怒。

他一路向南，从越南去柬埔寨，又去泰国，然后马来西亚，渡海到达新加坡。当地巨商胡文虎是第一个在《名人留墨集》上题词的人，潘德明是个有心人，随身带了个本子，四处请名流签字留名。胡不仅题词，写下“希望全世界的路都印着你脚车的轮迹”，还赞助了一笔旅行费。

接下来往回走，潘德明去了印度。拜谒诗人泰戈尔，受到圣雄甘地及尼赫鲁的接见。今天想起来，这些经历真的很酷，很给力很给面子。泰戈尔与前来拜访的潘德明一起合影留念，他老人家对中国和亚洲的未来充满了信心，对潘德明说：“我相信，你们有一个伟大的将来；我相信，当你们的国家站立起来，把自己的精神表达出来的时候，亚洲也将有一个伟大的将来——我们都将分享这个将来带给我们的快乐。”

圣雄甘地则送了一面亲手用粗麻布织成的印度国旗和一张签名照，他流着泪对潘德明说：“中印两国山水相邻，又都是人口众多、饱受列强欺负的国家，这一方面是由于近代政治的腐败，一方面是由于经济的落后，希望我们两国迅速地自强起来。”

再下来，开始西游，去伊朗，去伊拉克，去叙利亚，到达耶路撒冷，渡过苏伊士运河，踏上了非洲大陆。潘德明没像中国古代的旅行家徐霞客那样写下详细游记，他太忙碌马不停蹄，又渡过地中海去希腊，开始欧洲之旅。在法国，潘德明拜见张学良，此时的少帅刚丢了东北数省，正是最声名狼藉之时，听说潘到了法国，很乐意跟他见上一面，并为他题写了“壮游”二字。

再下来，从英国去美洲大陆，去澳洲大陆，漫漫长途，潘德明基本上是步行和自行车，遇到跨海才借助其他交通工具。七年之后，他终于回到了久违的上海。不久抗战爆发，与当初出国时相比，中国没变得更强大，反而陷入到了更严重的危机之中。

国难凸现和强化了潘德明的意义，此后提起他的壮游，都会在无意中淡化其他。说到底，这只是一个旅行者的故事，历史发展从来不以个人意志为转移。潘德明希望以行动影响国人，改变中国形象，最终所能改变的，只是渺小的自己。因此今天重提旧事，我们与其信誓旦旦，叫喊着要去改变别人，改变别的什么，不如先脚踏实地从我做起。

童子军的回忆

1

黄埔军人的楷模是谁呢，说出来吓人一跳，是桂永清。这话据说还是蒋介石长亲口说的，他评价黄埔学生，仿佛爹妈说自己孩子，常常不靠谱。不过有一点可以肯定，桂永清非常听蒋的话。军人以服从命令为天职，考察20世纪黄埔军人，叛变和起义将领太多，因此这个楷模，无非听不听话，对蒋是否死心尽忠。

今天恐怕没多少人知道桂永清是谁，跟少男少女们说事，要先说台湾地区80后演艺界女明星桂纶镁。当然，这也是起哄，桂纶镁究竟是谁，演过什么戏，我也说不清楚。说她，是因为有人说是桂永清的孙女。把演艺界明星与黄埔军人联系，是个有趣话题，譬如秦汉，黄埔一期生孙元良的公子。国难当头要打仗，明星算不上什么东西，搁和平年代，就是腕了。以明星为坐标介绍人说明人，并不好，却十分有效。

譬如关之琳，都说是关麟征的孙女。英雄不问出处，英雄一定会有出处，到底明星沾先人的光，还是先人借尸还魂，靠明星重新闪耀，说不准。事实上，关之琳并不是关麟征孙女，桂纶镁与桂永清也无关，偏偏大家都爱这么传这么议论，小报上一次次这么写。

话题回到桂永清身上，一说起他，便想起老作家汪曾祺的故事。那是抗战前，汪读中学，在南京举行全国童子军大检阅，汪曾目睹桂以标准的军人正步，走上中山陵。桂当时是学生暑期军事集训总队总队长，是评阅长，能这么雄赳赳气昂昂，一路踢大腿踏步，向上几百级台阶，让童子军们目瞪口呆。因此汪曾祺提起当年，回忆少年时光，对桂永清，仍然有几分赞许。

还有很感人的一幕，值得一说，各地的童子军有上万名，来自东北的满洲代表队，只有稀稀拉拉几十人。桂永清看到这些孩子，想到了失去的东北数省，想起了我的家在松花江上，想起"9·18"，想起从那个悲惨的时候起，不禁泪流满面，顾不上军人之威武。那些从东北出发的孩子，含辛茹苦流浪到此，此时再也按捺不住，一个个号啕大哭起来。

2

我父亲小时候就是童子军中的一员，大他八岁的伯父也是，作为经历者，他们知道的事，显然与我小时候接受的教育不一样，可是从来没告诉过我们真相。

父母对孩子的教育，往往不如学校，甚至不如同学。看过父亲穿童子军服装的照片，真是很好玩，比现在的学生校服好看得多。想当年，不仅男孩子是童子军，女孩子也是。不由得想起我们小时候，当红小兵，穿绿军装，动不动军训，也很有童子军的遗韵。晚清以来，说中国人不尚武，恐怕要打个问号，许多时候，我们尚武不擅武，光嘴上厉害，调子唱得高，专做表面文章。

我们小时候的训导，与旧时有很多相似。20世纪30年代，政府提倡新生活，童子军义气奋发，到南京街头去宣传，监督行人，不让随地吐痰，不许乱穿马路，走进餐馆检查客人点菜，不允许铺张浪费，只准四菜一汤。差不多的举动，我们少年时同样经历，在1969年，我12岁，也曾站在马路边，举着纸筒喇叭，一遍遍高喊"行人要走人行道"。

童子军是泊来品，欧风美雨的产物，最早出现在英国，始于1907年，很快就传到了中国。1934年，中国童子军总会在南京成立，蒋介石亲任总会长。我一直想不太明白，这个老蒋大权在握，为什么还那么喜欢兼职，吃了碗里，眼睛又要看着锅里，黄埔军校校长不说，国民革命军总司令不说，当过国民党总裁，当过行政院长，当过四川省政府主席，当过中央大学校长，当过三民主义青年团团长，当过导淮委员会会长，当过全国禁烟总监，当过新生活运动总会会长。

无论战争时期，还是和平年代，童子军教育，实行军事化管理，说白了，都是训练服从，为了听领导的话，这和童子军的本义并不完全符合。想当初，大英帝国表面上强盛，气势汹汹，年轻一代道德堕落，体质衰弱，有识之士为防止重蹈罗马帝国覆辙，创建了童子军，目的是让孩子们在游戏时得到锻炼。

要知道，孩子毕竟还是孩子，野营、侦察、露宿、住帐篷，这些玩意儿才是童子军的最基本项目。

3

突然想到父亲写过一篇关于童子军的文章，标题是“露营·帐篷和胖子要人”，兴致勃勃找出来重新温习。这是他当中学生时写的，才华横溢写得真好，搁在今天，绝对可以拿个新概念作文奖。

童子军的服装十分精神，胸前写着智仁勇。父亲印象中，记忆最深的不是智仁勇，是童子军的第一条守则，诚实。时间是抗战期间，在大后方的四川，当时所有中学生都是童子军，都必须是。童子军有指定的教官和课程，有一章专谈“露营”。

一想到自己照料自己，可以出去侦察，可以亲自生火做饭，晚上夜宿在荒野，孩子们非常激动。这实在太好玩了，可是要露营，必须得有帐篷，战时的条件十分艰苦，学校不可能出这个钱。于是孩子们做梦都想得到一个帐篷，童子军的教官便开始忙碌。他是一位很热心的年轻人，还在军校读书，作为孩子王，他想到了一个好点子，让学校的董事长赞助帐篷。

这位挂名的董事长是位要人，据说是伦敦的第六大富翁，很有钱，正好要来学校视察。我想不明白，一个中国的富豪，为什么可以排名伦敦第六。父亲的文章很会形容，虽然还只是个中学生，语气已开始刻薄，说大人们都在纷纷议论，在背后说要人的坏话，说他太有钱，说整个大后方都因为要人变穷了，又说他的钱都是浑水摸鱼得来。

孩子们才不理会这些，只希望要人能够捐帐篷。大家一致认为父亲的文笔最好，公推由他来写请求书。文情并茂的请求书终于写好，胖胖的要人也如期而至，来了先做演讲，大讲礼义廉耻，大讲诚实的意义，笑呵呵地说他早已知道孩子们对露营的向往。

要人微笑着收下请求书，对捐帐篷的迫切要求，一口答应。孩子们奔走相告，心仪已久的露营，眼看成为现实。接下来的日子，盼星星盼月亮，一直是在等待，都觉得马上就要有帐篷了。大家都相信，像要人这样有身份的人，说话自然算数，一定说到做到。事实却是一盆冷水，希望的心情仿佛爬山，山越爬越高，顶峰越来越近，一旦达到最高点，便开始往下掉，越走越低越来越远，最后完全没了踪影。

过去读这篇文章，总觉得当年的中学生幼稚，贪玩，把露营太当回事。现在重读，突然想到他们用不着为高考玩命，国难虽当头，中学生童心未泯，毕竟还是孩子，该游戏还是得游戏，而不诚实的欺骗，不管过去现在，都会对孩子们的心灵造成伤害。

枕边的书之一

《卡拉马佐夫兄弟》

我最早见到的《卡拉马佐夫兄弟》，是那种装在硬匣子里的小本子，厚厚的四本，比通常的小32开还要小一号，这是过去年代里的精装书，其形式有些像线装书的装帧，译者仍然是耿济之。耿先生是老资格的“文学研究会”的主要成员，应该属于我祖父那一代的人物。放在我床头的是人民文学出版社1981年新版的《卡拉马佐夫兄弟》，睡觉前，觉得没什么书好看，忍不住会把这书抓起来翻上几页。在外国小说中，这应该是最重要的一本书，只要用心看，每次多少都会有些体会。我一向反对教科书和必读书，不过，只要有可能，最好能读一读。

陀思妥耶夫斯基对现代小说家的忠告，是用不着玩什么雕虫小技。技巧这个词在《卡拉马佐夫兄弟》面前，显得十分小家子气。小家子气差不多是当代小说家的通病，有的作家喜欢说非常“大气”的豪言，可是自己干的活，仍然非常小家子气。最让人咽不下这口气的，是那些动辄呼吁大家气的某些评论家，他们其实比小说家更糟糕，对小说压根就没感觉。把“大作家”挂在嘴上，本身也成了一种雕虫小技，根本戳穿不得。

陀思妥耶夫斯基对世界文学的影响巨大。有一点让我始终想不明白，时间上，《卡拉马佐夫兄弟》的英译本，比中译本早不了许多，影响力度却不可同日而语。作为20世纪的一座高峰，西方作家真正模仿陀思妥耶夫斯基的人并不多。本世纪文学的主旋律是疯狂创新，有作为的西方作家在保持对陀思妥耶夫斯基的一份敬重之外，求新上不遗余力，各种流派粉墨登场，然而万变不离其宗，总能在精神上找到对陀思妥耶夫斯基的神似。中国的情况并不是这样，我们的小说中，很少能见到陀思妥耶夫斯基似的悲天悯人，和大多数西方对东方的影响大同小异，除了形似，很少见到神似的东西。我们总是一茬又一茬地学习模仿最新最时髦的玩意儿，世界文学流行什么，就学什么。人家是创新，我们是仿新。过去的年头里，我们学批判现实主义，学两结合的创作方法，学现代派，学意识流黑色幽默存在主义，学海明威学博尔赫斯学昆德拉，总是虚心地在学，然后很狂妄地觉得自己很新潮很牛B。

《卡拉马佐夫兄弟》是那种读了让人哑口无言的作品。读了这本书，说什么也多余。

《卡拉马佐夫兄弟》 耿济之 译

人民文学出版社1981年版 定价：3.55元

《驳圣伯夫》

喜欢这本书是缘于偷懒，我不得不承认，普鲁斯特的《追忆逝水年华》是一本很难读完的大书，实在是太长，长得让你不知不觉便中断了阅读。好书并不意味着必须从头至尾老老实实一字不漏地读完，对于我来说，阅读《驳圣伯夫》，乐趣并不亚于《追忆逝水年华》。

不妨把《驳圣伯夫》当做《追忆逝水年华》的简写本来读，这是一位优秀作家两本并列的书，存在着互文的关系。我喜欢《驳圣伯夫》，理由在于它既不是地道的小说，也不是纯粹的理论著作，它介于两者之间，既是又不是。这是一部小说家展示理论才华的书籍，把它放在写作的同行面前，《驳圣伯夫》难免炫技，到处闪烁着思想的光芒，正是这些发光点使得普鲁斯特有别于其他的小说家。普鲁斯特漫不经心地举起了长矛，向当时法国最著名的理论权威圣伯夫进行挑战，我不能说普鲁斯特在战斗中大获全胜，但是就仿佛观赏精彩的足球赛一样，我无疑已经成为普鲁斯特最忠实的啦啦队成员。

出远门之际，我常常把《驳圣伯夫》放在身边。有了这本书，旅途的寂寞和会议的无聊，都会变得可以忍受。真金不怕火炼，好书不怕反复读。《追忆逝水年华》显然是本世纪最出色的一本书，而《驳圣伯夫》的意义在于，它证明普鲁斯特不仅是优秀的小说家，同时还是卓越的理论家。并不是所有的小说家都具有理论素养，但是普鲁斯特用他的这本小书，无可争议地说明了一个事实，第一流的小说家，他是而且必须是第一流的理论家。

换个角度想一想，说《追忆逝水年华》是一部理论著作，丝毫不过分。作为后来的作家，这部巨著的指导意义，不在于说了什么样的一个故事，在于怎么样说故事。普鲁斯特只不过是用小说的方式，表现对小说理论的看法，正如一些优秀的理论家，以理论的方式来描绘小说。小说创作和小说理论之间，从来就不存在着鸿沟，创作和理论都是为了更接近真理。《驳圣伯夫》虽然说的是理论问题，同样可以当作一本小说来读，阅读本身就是一门艺术，没有阅读的革命，也就没有小说自身的革命。

《驳圣伯夫》 普鲁斯特著 王道乾译
百花洲文艺出版社1992年版 定价：5.60元

《纪德文集》

纪德是记忆中谜一般的人物。他的书总是读着读着就放下了，我想读不下去的原因，或许自己不是法国人的缘故。从译文中，我体会不到评论者所说的那种典雅。一位搞法国文学的朋友安慰我，说这种感觉很对，有些优秀的文字没办法翻译，譬如《红楼梦》，翻译成别国的语言，味道已全改变了。

大约只是个借口，我想自己面对纪德感到困惑，更重要的原因，是不能真正地走近他。早在我还是一个初中生的时候，就知道纪德了，那是在“文化大革命”中，这样的文化背景下，一个同性恋者的纪德很难成为我心目中的英雄。有趣的是，纪德在中国人的阅读中，始终扮演着一个若即若离的左派角色，早在20 世纪20年代，他就被介绍到中国来，到抗日战争期间，更是当时不多的几个走红的新锐外国作家之一。打个并不太恰当的比喻，纪德对于我们父辈喜欢读书的人来说，颇有些像这一代人面对马尔克斯和昆德拉，即使并不真心喜欢，也不敢不读他们的东西。

很难想象普鲁斯特竟然要比纪德小三岁。普鲁斯特是公认的现代派大师，可是在当代读者印象中早就古典了，《追忆逝水年华》已成为文学经典的一部分，说普鲁斯特老态龙钟并不夸张。纪德的小说无愧于名著之列，可是怎么读，都摆脱不了那种年轻的感觉。也许我的印象是错误的，纪德的小说似乎专门为年轻人而准备，因为无论我怎么阅读，都摆脱不了两个最原始的印象，他小说的主题，颠来倒去就是叛逆和说教。

这就是我常常要读纪德，又常常读不下去的重要原因。年轻人迷恋这两者是最正常不过的事情，叛逆让我们勇往无畏，说教使我们找到叛逆的理论依据。考虑到纪德的一生，发生叛逆的行为也是事出必然。纪德出生在一个很富裕的家庭，一生不用靠写作来谋生。他是一个蔑视道德的道学家，禁锢的传统教育在他身上物极必反，产生了巨大的反作用力。纪德会走上“背德者”的道路，是因为他所接受的教育中，有着太多的道德约束，不摆脱这些约束，他就不可能寻找到真正的“幸福”。这和当代的许多作家不一样，当代人的叛逆有不少都是无本之木无源之水，是为叛逆而叛逆，是利用叛逆来谋取利益。叛逆只不过是通向成功的捷径，是获得利益的有效手段，换句话说，这些人本来就是乱臣贼子，是穷山恶水中的刁民。他们的成功和利益，与纪德追求的打破枷锁镣铐有本质区别，正是因为这两者的区别，纪德才会孜孜不倦地说教。叛逆的本义并不是想把人引向歧途，而这一点，恰是纪德他老人家最担心的。

《纪德文集》 [法]纪德 著 桂裕芳等 译

人民文学出版社2002年5月初版 定价：68.00元

《无名的裘德》

说起英国文学的现当代作家，印象总是从康拉德开始。康拉德是波兰人，英国人在这一点上绝对不排外，过去这样，现在也这样。相比之下，哈代无论生前还是死后，待遇明显不公。对于古典作家来说，他现代了一些，在现代派眼里，他又老了一些。

《无名的裘德》是我念念不忘的一本书。说起阅读经验，说到打动这个字眼，记忆中并不是那些刻骨铭心的爱情故事。有两个场景我永远忘不了，一是雨果《九三年》郭万最后的被处死，一个就是《无名的裘德》中小裘德杀死弟弟妹妹然后自杀。这个孩子临死前，给裘德留下了这样一张字条，上面只有这么几个字：

我们太多了，算了吧。

这是一个缺少爱的孩子发自心灵深处的呼声。小裘德爱父母，爱弟弟妹妹，可是父母成天心情不好，根本就没时间爱他们。他渴望爱，偏偏又不能得到爱。他不理解父亲为什么老是出走，不理解父母既然觉得小孩已是累赘，既然都不想要他们了，还要继续添孩子。小裘德相信父亲的不幸，是因为他们这些不该来到世上的孩子造成的，他爱这个家，因而采取了一个最极端的行为，决定自己毁灭自己，于是，一个人世间最惊心动魄的惨剧就这么发生了。

《无名的裘德》在哈代的小说中，是最愤怒最有力也是最绝望的一部作品，以上提到的只是其中一个小细节。大家可能更熟悉《苔丝》，更熟悉《还乡》，更熟悉《卡斯特桥市长》，但是以个人的阅读感受而言，我更喜欢《无名的裘德》。喜欢有时候不需要理由，记得最初读的还是曾季肃的译本，出版于1948年，是父亲从旧书店淘来的，在这本书的最后一页有一行字，注明最初的购买日期是1949 年5月23日，地点是南京。也就是说，在解放军攻占南京后的一个月，一位文学爱好者在书店里买下了这本书，后来又由于其他的原因，这书进旧书店，落到了父亲手里。

我想说自己喜欢裘德，当然和父亲的推荐分不开。新版《无名的裘德》距我最初阅读这本书已有二十多年，与曾季肃译本相比是整整五十年。哈代是以写诗歌开始，因为别人总是读不懂他的小说，愤而又回到最初的创作状态，他在晚年告别了小说，又重新成为一个诗人。对于诗歌界是好事，对于小说界，不能不说是个损失。哈代曾被誉为结构大师，今天再读他的小说，并不觉得“结构可说是精密完善几乎到了无可疵议的境界”，以一个小说同行的眼光来看，现代小说要比他精致得多。哈代的小说胜在有力，胜在有血有肉，他的故事实实在在，令人过目不忘。在过去的十多年中，他的作品被屡屡搬上屏幕，如果愿意去淘碟，根据《无名的裘德》改编的《绝恋》是一部很不错的电影。

《玖德》 [英]哈代 著 曾季肃 译
生活书店1948年4月初版 定价：基本国币十七元

《无名的裘德》 [英]哈代 著 洗凡 译
译林出版社1998年12月版 定价：18.00元

关于《罗本舅舅》

格非电话里让挑一篇印象深刻的短篇，我几乎立刻就想到《罗本舅舅》。最初读这篇小说，还是二十多年前的中学时代，收在《雪人》里面，是那种很旧的封面，暗红色，封面的字是手写，这次搬家整理书籍，怎么也找不到，可能是先父处理掉了，因为他已经买了新版的《茅盾译文选集》，新书中既然旧的都有，再留着旧的也没什么意思。

重读《罗本舅舅》，全然没有当时的震动。也许我今天是以一个职业小说家的眼光重新审视，作为短篇，它显而易见的过时，篇幅太长，容量太小，而更大的问题是议论太多，喋喋不休。一百年前的人写小说，难免怕人看不懂的毛病，于是，今天重温那个时代小说，都有一种过于直露的感觉。

但是我没有办法否认二十多年前曾有过的激动，事实上，正是这类小说，奠定了我对短篇小说的认识。就其个人影响的力度来说，《罗本舅舅》和海明威福克纳没什么区别，和博尔赫斯鲁尔福如出一辙。我不得不承认对这篇小说念念不忘，一个朋友谈起他对金庸小说的观感，曾说过最先看到的那一本，往往是最好的。这道理就仿佛初恋情人总是最好的道理一样，情人眼里出西施，人是感情动物，免不了感情用事。

如果让今天的写手来处理，《罗本舅舅》只需一半篇幅就足够。重读这篇小说，有两个感想可以说。首先，必须承认短篇小说的进步，并不是说今天的作者，就比过去高明。事实是，读者阅读小说的能力提高了，作者是船，水涨必然船高。我们今天对短篇小说的概念，都是前人的作品熏陶出来，今天的进步，是过去作家共同努力的结果。不能因为发现诺贝尔文学奖得主也有这样那样的不足，就误认为自己已经成了大师，踩在别人的肩膀上，讥笑别人矮，这是很可笑的事情。

其次，不得不承认《罗本舅舅》有过人之处。它说到了一个永恒的话题。小说既是个故事，也永远不只是个故事。故事必须有，却根本不重要。艺术只对永恒的话题感兴趣，它反映了人类对自身命运的思考。短篇小说是什么，它是人类思考时的一个表情，如何生动地表现这个表情，将是所有短篇小说作者努力的方向。

枕边的书之二

《情感的迷惘》

“文革”后期，父亲被抄的书归还了，一时间，借书的人多起来。父亲一生中最心痛书，别人借，不好意思红脸，心里总不愉快。当时借书的，有尚未恢复工作的省长和省委副书记，有知青，有中学老师，有油漆工，有人很爱惜书，也有人借了不还，今天回想起来，那时候借书的，还真都是读书人。

有一天，来了一个陌生人，自称父亲的熟人介绍，来了就吃饭，吃了饭，父母去上班，由我陪着聊天，聊到后来，我也得去上班，来人还是赖着不走，只好关照他走时别忘了把大门锁上。第二天，父亲发现书橱里的书少了，吃准了是这人拿的。母亲害怕冤枉人家，可是父亲犯了书呆子脾气，立刻用商量的口吻写信给熟人，过了一阵，在熟人的督促下，窃书者乖乖地将一大包书寄了回来，中间夹了一封信，没有一句是检讨，用词愤愤不平，大意是你们这些有书看的人，根本不知道没书的同志的苦处。

这一包书中，我印象最深的是一本《译文》，上面刊载了茨威格的《一个女人一生中的二十四小时》，我那时正好十八岁，已记不清将这部小说看了多少遍。这是祖父向我推荐的不多的几部中篇之一，记得自己曾老气横秋地对祖父说，他没骗我，这小说果然不错。祖父晚年，曾写信给父亲，想重读一些作品，这本《译文》便是其中之一。

转眼二十多年过去，祖父已过世，父亲也不在了，回首成长岁月，再也没什么比书的启迪更重要。茨威格显然不是最出色的德语作家，但是即使不算是挺尖选手，他留下的文化遗产，也仍然足够后人咀嚼。茨威格留下的优秀中短篇，差不多都收在了新版的《情感的迷惘》中，重读这个新选本，情不自禁感慨万分。这位与鲁迅同龄的德国犹太作家，最让人耿耿于怀的是不幸的晚年。茨威格流亡在外，没有被纳粹送进集中营，然而却失去了他的母语环境，对于作家来说，这是最残酷的一件事。

茨威格最后是自杀的。每想到这一点，我的心就忍不住颤抖。本质上看，茨威格是一个古典意义的作家，他的小说以细腻见长，能很好地进入女性的心灵深处，对女性的了解甚至超过了女人自己。他小说中女人的爱，让读者难以忘怀，这也是他的小说至今仍有销路的原因。现在的书太多，大家都有书看，不能代表大家都看书。不过，茨威格的作品还能卖，怎么说也是好事。

《情感的迷惘》 茨威格 著 高中甫 等译
译林出版社1998年版 定价：18.00元

《冠军早餐/囚鸟》

也许美国人喜欢用早餐做书名，印象中，起码有两部好小说和早餐有关，一本是卡波蒂的《在蒂法尼进早餐》，另一本就是冯内古特的《冠军早餐》。《冠军早餐》和《囚鸟》是冯内古特不同时期的两部长篇小说，或许不太长的缘故，出版社将它们合二为一，变成了一本书出版。冯内古特的作品，对中国当代文学有非常广泛的影响，尤其对年轻人，我读大学的时候，黑色幽默被列在西方现代派文学的最后，人们谈完了超现实主义，意识流，存在主义，法国新小说，拉美文学爆炸，总忘不了说说黑色幽默。黑色幽默在当时，有些像今天的新生代，或者说70年代作家群，最新，因此似乎也最流行。十几年前，写作心态不好的人，一夸他作品中有那点黑色幽默，立刻觉得很时髦很得意。

我喜欢《冠军早餐》的叙事风格。男主人公科幻作家屈鲁特，居然得了诺贝尔医学奖。如果不是译误，就是黑色幽默，一个从事文学创作的人，最终获得了医学奖。在得奖的七年前，屈鲁特住在纽约州科荷斯地下室公寓里，以安装铝合金防暴门窗为生，没有人知道他是谁，同事和老板根本不能想象他会是作家，已经写了170部小说和2000个短篇，这些作品都登在那些乱七八糟的色情刊物上。屈鲁特不是色情作家，他的科幻作品和色情无关，出版商不过是利用了他的文字,为了赚钱的目的,包装成了淫秽作品。很多人买屈鲁特的作品,不是因为书的内容,而是书中的色情图片。

屈鲁特的文字生涯正好走过了这么一段路程。他开始写作的时候,色情图片很有销路,淫秽两个字,是最好的包装,可惜到了后来,随着性的开放,色情的价格一落千丈,读者再也不会为了春宫图片去买一本书,当年,人们去买屈鲁特的书,因为里面有这样的图片,现在,屈鲁特的书已经变得很不值钱,过去要花十二块钱才能买到的一本书,如今值一块钱,这一块钱就是屈鲁特小说的真实价格。对于作家来说,这是个十分尴尬的现实,然而情况就是这样,又有什么办法。

冯内古特的想象力丰富,他小说中的细节,是黑色幽默最好的例子。看他的小说,总是忍不住要笑,阅读中的笑也是一种被打动,即使笑之后仍然是悲伤,是莫名的绝望。美国人的幽默实在值得学习,我们很多文章都喜欢板着脸写,然后让读者板着脸看,仔细想想,有什么必要。

《冠军早餐/囚鸟》 冯内古特 著 董乐山 译
译林出版社1998年版 定价:19.00元

《词语》

见过好几个版本的萨特自传,三联版《词语》最有特色,正文后附有"萨特著作目录及提要",由国外的萨特研究者编撰,具体编排方式,有些像中国的年谱,言简意赅,对进一步深入了解传主极有帮助。

和许多有名的自传一样,《词语》也是一本没有完成的自传。说白了,只是萨特的童年自传,和常见的自传不同,它并不以有趣的轶事见长。正如译者潘培庆先生说的那样,这部自传的意义,只是在于它的文化性质。它注定不是一本轻松的书,中间夹杂了太多的议论,跳跃也比较大,从写作到出版,《词语》经过了整整十年,充分反映了作者的矛盾和重视心情。以萨特的名声,这本书随时随地可以问世。

萨特把自己的童年,或者说是把自己的一生,分成两个不同的部分。一部分是读,另一部分是写,无论是阅读是撰写,都是在和词语这个人类文化的符号打交道。萨特早年丧父,他的童年是在"一个老人和两个女人中间"度过,这个老人是他的外祖父,一位家里拥有许多书籍的语言教师。萨特在书的环境里长大,阅读是他童年生活中的一个重要场景,在字还没有完全认识的时候,便在书的海洋之中航行，此后，他的一生都在水里挣扎，书海无岸苦作舟，阅读成了他无法摆脱的宿命。童年过分孤独的生活，没有小伙伴，已故的作家们便成了他的朋友。萨特在书本中开始了自己的生活，对于他来说，词语的世界才是真正的存在，而现实的世界只是词语世界的“摹本”。

撰写成了萨特的另一种生活。他为写作同行们下了定语，“干我们这一行的都一样，都是苦役犯，而且还文了身”。在词语的宫殿里，他既是自己的主人，又是词语的主宰。早在还是一个七八岁的孩童时，萨特就发现了运用词语的奇妙魅力，在他最初撰写的故事中，“作为英雄，我与各种暴政作战，而作为造物主，我又把自己变成了暴君”。想象给了萨特最大满足，而用词语把想象固定下来，便成了他征服世界最有效的一种手段。

有些事实说出来可能会很尴尬，是读和写这两种简单的生活，使萨特成其为萨特。纵观萨特的一生，或许多少也能找到一些“体验生活”的影子，当过兵，打过仗，做过俘虏，参加过抵抗运动，有过很多女人，但是与阅读和撰写相比，其他种种经历都显得微不足道。

《词语》 萨特 著 潘培庆 译

三联书店1988年版 定价：5.60元

《猫和鼠》

格拉斯起码有两个理由，让目前的中国人知道他。首先是诺贝尔文学奖，这是文学界的大事，不管你是否喜欢他的作品，这是一位文学最高奖得主，是新科状元，媒体饶不了他。其次，他的小说《铁皮鼓》被拍成电影，在欧洲反响不错，获得戛纳电影节的金棕榈奖，又获奖奥斯卡最佳外语片，影响更了不得。只不过当年的媒体不像今天这么热闹嚣张，因此至今还见不到盗版的VCD，事实上，我一直在地摊上留心这部电影，很多年前曾看过录相，真是一部不错的片子，很值得收藏。

格拉斯本来还有一件事可以使得他在中国流行，这就是小说中的性描写。1961年，《猫与鼠》出版不久，引发了一起“艺术和色情”的争论，这是继《铁皮鼓》之后，格拉斯最有影响的一本书，但是攻击者为他扣上“色情作家”的帽子，认为《猫与鼠》在“道德方面毒害儿童和青少年”，因此应该列为禁书名单。出面要将其列为禁书的是一个州的劳动、福利和卫生部，这是个一本正经的政府机构。格拉斯不服气，拉着出版社一起抗辩，专门聘请了五位专家，对《猫和鼠》进行审读，这种审读带有一定的喜剧色彩，结果以格拉斯胜利结束。但是仍然有好斗的评论家揪住他不放，于是闹上法庭，双方针锋相对，各不退让，最后法庭做出裁决，禁止评论家“在文学批评以外的场合，将原告称为‘色情作家’”，格拉斯对判决很不满意，不满意也没办法。在法制国家里，法庭说了算，要生气也只好回家生气。

事隔多年，回头看这件事，大家都觉得那位揪住格拉斯不放的评论家很蠢，法庭也糊涂得够戗。时至今日，无论是西方的读者，还是东方的中国读者，都不会觉得《猫和鼠》有什么过分的色情描写。性是一个说不清楚的事，我们总以为西方人一向开放，其实20世纪60年代初期，劳伦斯的《查泰来夫人的情人》的再版，也曾在英国发生轩然大波，而此时，这部以性著称的书，距离初版本已经有三十多年的历史。另一本美国作家纳博科夫的《洛丽塔》也是屡遭禁止，它在美国出不了，先在法国出版，然后才出口转内销，成为美国人的畅销书，据董鼎山介绍，到20世纪80年代末，美国的城镇的图书馆里，它仍然还是禁书。

《查泰来夫人的情人》和《洛丽塔》在中国出版，都遇到不同程度的麻烦，麻烦成全了两本书，使它们成为事实上的畅销书。《猫和鼠》就不会有这样的运气，尽管它是一本很出色的小说，完全可以和戈尔丁《蝇王》相比美，经过改革开放，那一点“性”已算不了什么，因此它的畅销也注定不可能。现在能支撑这本书的一个卖点，是诺贝尔文学奖，迟早一天，这奖也蒙不了人。见怪不怪，《猫和鼠》最后将遭遇那些真正的读者，他们不是奔性而去，也不是因为诺贝尔奖，而是其他的一些别的什么。

《猫和鼠》 君特·格拉斯 著 蔡鸿君 石沿之 译
漓江出版社1999年2月第1版 定价：8.50元

《杜拉斯传》

在好几本杜拉斯的传记中，还真有些犹豫，吃不准该为哪一本说几句话。杜拉斯成为一种热门，是预料之中的事情，作为一个作家，话题至关重要，进入传媒时代以后，反客为主的情形愈演愈烈。现代读者对作品本身，常常不如对作家本人的轶事兴趣更大，杜拉斯身上的事太多，对于传记作家来说，这是一个很好的卖点。中国读者眼里，法国人最浪漫，而法国女作家中，最敢胡闹的也许就是杜拉斯。早在还是一个女孩子时，她便是个问题少女，到了晚年，已是66岁老太太，又为年仅27 岁的扬·安德烈亚打开了家中的大门。这个看上去一脸忧郁的年轻人，成了杜拉斯最后的情人,他们一起生活了十六年,交往的众多异性中,他和她在一起的时间最长。现在,老杜拉斯死了,报纸上正在连载扬的纪念文章。

1960 年, 法国阿尔戈电影公司的创始人多曼想拍一部关于广岛核爆炸的电影,打算让一位女作家执笔,最初考虑的两位作者是萨冈和波伏瓦,萨冈18岁成名,是个神童似的人物,而波伏瓦则是萨特的终身伴侣。两位才女的知名度当时都在杜拉斯之上,制片人约萨冈见面,这位心高气傲的女作家竟然忘了时间,让人家白白地等了好几个钟头。机会最后落到了杜拉斯身上,制片人抱着试一试的心情拨通她家的电话,杜拉斯一口答应,并主动邀请导演喝茶,两个倾向于电影革命的人谈得很投机,喝茶最后变成了喝酒。

杜拉斯的一切,都从反叛开始,反叛是个很重要的姿态,与众不同是她追求的目的。在一开始,她绝对不会想到自己日后会成为媒体的宠儿,因为媒体总是媚俗于大众。她绝对不会想到自己会因为拒绝而走得更近,因为不想媚俗又真正地媚俗。是电影成全了杜拉斯,还是她成全了电影,将是一个纠缠不清的话题。对于大众来说,人们更多的只是知道电影,知道《广岛之恋》,知道由梁家辉主演的《情人》,毕竟看场电影要比看小说轻松得多。杜拉斯写过的电影剧本多达十九部,影响最大的电影《情人》剧本恰恰不是她亲手改编,这是一个意外。刚和电影打交道的日子里,她的作品在书店中滞销,小说集《树上的岁月》印三千册,几年后才卖了九百多册。《情人》出版后,印数很快高达百万,换句话说,在一开始,是电影拉动了作品的销售,到后来,她的作品本身就是畅销书,是电影导演的抢手货。最初是小说借助于电影,后来已是电影沾光于小说。

杜拉斯写的电影剧本《情人》被拒绝了,她已经名成功就,因为这种拒绝可以获得很大的一笔钱。她后来挣了很多钱,多得有些离谱,导演需要杜拉斯的故事,她需要电影带来的丰厚回报。不管怎么说,她是一个优秀的小说家,这一点至关重要。同时,她也是不多的玩电影的作家,在某种程度上,电影便意味着大众,杜拉斯是个很不错的玩家。

《杜拉斯传》 [法] 劳拉·阿德莱尔　著　袁筱一　译
春风文艺出版社2000年版　定价:36.00元

《杜拉斯生前的岁月》 [法] 弗莱德里克·勒贝莱　著　方仁杰　译
海天出版社1999年版　定价:22.00元

枕边的书之三

《中国问题》

最初认真阅读罗素的文章，是读研究生上外语课。当时就感到很震惊，那种明白流畅的文体，时间过去十几年，至今仍然让我向往。诺贝尔文学奖颁发给罗素，说明评奖委员会这一次，还真没看走眼。和其他得奖者不一样，罗素不是小说家，也不是诗人，更没有写过剧本，但是他侧身其中，丝毫不比别人逊色。罗素的著作很多。从学术上看，最重要的作品，应该是《数学纲要》。这是一本大多数人不太明白的书。对于中国的读者来说，罗素的影响在于他的哲学随笔，从五四时期开始，罗素的各种小册子，常常在书摊上畅销。一个有趣的事实是，就我个人的读书经验，在文体上，中国作家真受罗素影响的并不太多，而从中悟出些道理的人，比较突出的也就算是王小波。

我完全出于偶然，在书店里发现了《中国问题》，很大的一个书店，这已经是最后一本。新版的《中国问题》初版于1996年12月，印了一万册，一个月以后就加印，总印数达到三万。中国具有巨大的图书市场，我是一个经常逛书店的人，发现这本书，竟然是在一年以后。

当年坐大学图书馆的冷板凳上，曾翻阅过中华书局版的《中国之问题》，是这本书的初译，可惜那时候只是匆匆而过，并没有认真拜读。现在重读《中国问题》，感慨很深，一些话不知道应该怎么说。罗素的这本书写于七十多年前，其中涉及到的一些问题，现在也许仍然还是问题。社会的进步显而易见，然而阻碍社会进步的力量,却不会因为社会已经进步,就完全退出历史舞台。罗素始终是一位对人类进步事业十分关怀的人文学者,具有深刻的历史感和全球意识,他对于中国寄予的希望和理想,甚至比我们中国人自己还要远大。在二十世纪,东方想摆脱西方的影响绝无可能,然而中国文明,如果完全屈服于西方文明,将是人类文明史的悲哀。在某种意义上,罗素应该成为知识分子的楷模,因为他直接涉身于许多社会和政治问题,满怀热情地将绝大多数问题写了出来。对于知识分子来说,问题的发现,和问题的解决,几乎同样重要。

罗素注意到了中国在西方文明冲击下的窘境,知道中国人那种急于改变的心情,但是并没有自以为是地开出一张什么药方。中国的问题,还必须靠中国人自己解决。必须指出的是,罗素不仅仅要嘴皮弄笔杆,他曾两次入狱,第一次世界大战中,因为反战,被监禁六个月。还有一次是在四十多年后的1961年,由于参与百人委员会的民众反抗运动,刑期由两个月,减至七天。

《中国问题》 [英]罗素 著 秦悦 译

学林出版社1997年版 定价:10元

《叫 魂》

这本书的副标题是“1768年中国妖术大恐慌”,作者孔飞力是一位地道的美国人。20世纪70年代后期,著名的汉学家费正清教授从哈佛光荣退休,顶替空缺的正是孔飞力,在西方的中国史研究中,哈佛大学的权威性不容置疑。

中国人对汉学家的态度一直很暧昧。对于某些从事文学事业的人来说,汉学家手上似乎捏着诺贝尔奖的生杀大权,也许太当回事,结果一些所谓汉学家简单地成为了二道贩子,吃香喝辣,其实一窍不通。难怪前一阵新生代作家们搞调查,把汉学家一顿糟踏,骂得狗血喷头。平心而论,汉学家并不都是文化掮客。西方人研究中国,很多优势我们无法具备。不识庐山真面目,只缘身在此山中,熟视往往无睹,不得不承认,有时候借助洋人眼睛,可以轻而易举地看到我们鼻子底下常常忽视的东西。观点不同,看的也就不一样,此外,方法的不同,得出的结论也会不一样,必须老老实实地承认汉学家的学术地位,换句话说,我们得学人家的观点和方法。

《叫魂》是一本非常出色的历史著作。中国治学的传统,向来有文史不分家之说,从这一点看,《叫魂》也是一本很好的文学作品。孔飞力先生一共只有两本汉学专著,此前的一本是《中国帝制晚期的叛乱及其敌人》,两部专著都被认为是开学术研究风气之先的作品。正如译者在后记中写的那样:“《叫魂》则表现出了一种更为宏大的学术视野,在构建以‘叫魂’案为中心的‘叙事’的过程中,在方法论的层次上将社会史、文化史、政治史、经济史、区域分析、官僚科层制度分析以及心理分析等研究方法结合在一起。”

应该感谢孔飞力先生为读者提供的这次阅读机会。两百多年前,一场并不存在的妖术恐慌,在中国大地蔓延,上至帝王,中间是各省官员,下至平民百姓,都搅得不得安宁。规模浩大的除妖运动因此展开,因为无中生有,所以一切变得非常荒诞。为什么会对无中生有的东西,产生那么大的恐慌,这是中国大历史中最耐人寻味的一个章节。剖析“叫魂”这一点,可以接触到社会生活的全面,在精彩生动的叙说进程中,孔飞力对中国各阶层人的心理状态,进行了最有说服力的分析。

《叫魂——1768年中国妖术大恐慌》 [美]孔飞力 著 陈兼 刘昶 译
上海三联书店1999年版 定价19.80元

《文明的历史脚步》

买这本书完全是因为韦伯的名气,现在很多中国学者写文章,情不自禁地就会拉出韦伯撑腰。引用他的语录正在成为时髦,记得在大学读研究生,一位美籍华人学者来讲座,提到国内新出的某本专著,开头的第一句话,是马克思教导我们,不要迷信一切权威。这似乎是一种幽默,是迷信不要迷信,不由得想起二十多年前的学风,那时候写文章,总是马克思怎么说,动不动引用《资本论》,要不就是异化,就是存在主义。

我不觉得《文明的历史脚步》是一本多么了不得的书。韦伯生于1864年,卒于1920年,因为对东方的深入研究,他的一系列作品,在西方产生了广泛影响。为什么西方的资本主义文明不能在东方漫步,为什么东方产生了资本主义萌芽,不能正常孕育,结果总是胎死腹中,韦伯的意义在于他比别人更早地想到了这些问题。这些今天已经变得很流行的问题,在韦伯苦苦思索的那些年代,甚至于在他死去的很多年里,并没有多少人在认真思索研究。

我对韦伯知道得还是太少,就他谈到东方的一些文章来看,或许结论是正确的,然而从举证的角度来看,多少有些勉强。韦伯的文章在西方有很大反响十分正常,东方是一个谜,西方人想了解东方,韦伯的分析判断,很自然地就成了解谜的钥匙。韦伯毕竟不是我们常说的那种汉学家,和同样是德国人的马克思、恩格斯一样,韦伯是社会学家,是历史学和经济学家,他的思想是大学里的必读课本,而关于他的讨论,最合适的地方,也是大学课堂。

中国人一度对资本主义恨之入骨。资本主义是一个学者绕不开的课题,不论用什么样的态度对待它,资本主义文明作为历史必然,正活生生地展现在人类面前,并没有因为对它的憎恨,因为一次次的经济危机,就走投无路,就日暮西山,恰恰相反,资本主义仿佛刚抽足了鸦片一样,方兴未艾,比以往任何时候更神气活现。无法预测资本主义的回光返照究竟有多长,韦伯当初感兴趣的,或者只是想考察一下资本主义文明,研究它在东西方的不同境遇,它走过了什么样的道路,留下了什么样的足迹,更重要的,是还可能走多远,最终走向何处。这些问题并没有完,仍然值得今天的人去思索,去讨论。

《文明的历史脚步》 马克斯·韦伯 著 黄宪起 张晓琳 译
上海三联书店1997年版 定价:8.00元

《狱中记》

看过王尔德传记的人,再读《狱中记》会很有意思。我不喜欢艺术中的唯美主义,总觉得这四个字是句骗人空话。王尔德的小说从未真正打动过我,他才华横溢,离经叛道,放在中国文化中,应该属于金圣叹一类的人物。我对王尔德的兴趣,更多的是他耐人寻味的人生经历。小说家的创作有两种方式,一是用笔,一是用自己的生活。王尔德最著名的理论,是艺术不应该模仿生活,生活反而应该模仿艺术,因为有虚拟的艺术作模仿和参照,王尔德的一举一动都十分艺术,特别有情调。

少年成名,有很多钱,挥金如土,过着众人眼里的放荡生活,临了声败名裂,锒铛入狱,客死他乡。王尔德只活了四十六岁,死于中耳炎,据说是坐牢时留下的病根。作为同性恋者,在那个时代,他显得非常不道德,是该死的鸡奸者。王尔德在狱中写了这篇很长的文章,我曾经见到过取名为《惨痛的呼声》的片断,那是他最优美动人的散文,远比年轻时的名作更出色。不知道这本《狱中记》是不是在国内首次出版,反正完整地见到这篇长文,对于我来说还是第一次。

我一度很想搞明白王尔德和道格拉斯之间的是非恩怨，把这两个男人的文章放在一起研读,会发现很多有趣的东西。他们总是在别人面前恶毒攻击对方,不惜使用最下流的语句,王尔德把道格拉斯说得一无是处,而道格拉斯则干脆说他是"老男妓"。仇恨也会让人感到震惊,他们之间反目为仇,喜欢窥探别人隐私的人因此大饱眼福。1891年,36岁的王尔德被21岁的道格拉斯吸引住了,深深地爱上了对方,或者说是互相倾慕。此时的土尔德如日中天,然而就是因为有了这个道格拉斯,王尔德的事业一下子走到了尽头。考虑到两人受到的种种伤害,有点仇恨是预料中的事情。

但是,最值得让人感动的,还是《狱中记》中流露出来的那种爱。王尔德对艺术的执著,那种不食人间烟火的自以为是,足以引起从事艺术活动的同行们共鸣。爱在王尔德的笔下是个不同寻常的字眼,它是人生的一种归宿,是艺术的终极目标。一般情况下,爱情发生在两性之间,放大了也只是亲情和友情。王尔德的《狱中记》除了流露对艺术的真爱,还表达了一个同性恋者惨痛的呼声,这是我们很生疏的一种情感，游离于传统的道德体系之外，既让读者感到好奇,感到困惑,更感到震动,感到无奈。也许,王尔德的艺术世界根本不存在,即使有,也不可能找到钥匙。真实在羞羞答答的掩饰中欲盖弥彰,仇恨成了障眼的戏法,也许,我们静下心来,把王尔德最后的文字认真读完,沿着他的心灵轨迹进行探险,会在不经意中走出去一大截。

《狱中记》　[英]奥斯卡·王尔德　著　孙宜学　译

广西师范大学出版社2000年版　定价:26.80元

《二十世纪的书》

一个世纪前,美国《纽约时报》邀请了一些名人,为它的"读书版"写贺辞,也许怕读者怀疑其真实性,所有签名都用了"摹本"形式。我对印刷史不甚了解,不知道摹本是否就是照相制版。有一点可以肯定,当时的"读书版"不受重视,所以要大张旗鼓造声势。那些贺辞都很有意思,是活生生的广告,"卡内基先生认为它给时报增光添彩","舍夫先生说它为提高时报的品位作出了巨大贡献”,“波特主教没有哪个星期六不读它”。时至今日,已弄不明白卡内基和舍夫是谁,他们是谁早就不重要,美国人喜欢的角色必然是阔佬,大家忘了这些成功人士,甚至也忘了那些在读书版上名噪一时的作家。

书评从来就不是可有可无,虽然“比被评的书更短暂,更容易被人遗忘”,但是它能左右文学图书市场,造成文学风气,却是不争的事实。好的书评是赤裸裸的参与者,是一种提醒,是对遗忘和忽略的恐惧。书评的自以为是和自我感觉良好在于,它希望注意到一些问题,留心某种现象,明确无误告诉人们应该读什么,应该怎么读。“书就是新闻”,《纽约时报书评》一直把对书的关注,当作意义非同寻常的事情。

好书与好书评是一种互动关系。没有好书,苛求好书评无疑缘木求鱼。一百年之后,在新世纪到来之时,一本厚厚的《二十世纪的书》被编辑出版,它是无数《纽约时报书评》的精选本,是对过去岁月的一次隆重检阅。无论写书,还是写书评,包括编辑读书版,这本书都值得翻阅和参考。遗漏是免不了的,好书评的目的无非是想告诉我们,什么样的好书它并没有遗漏。

《二十世纪的书》是一本非常好的备忘录,它再现了《纽约时报书评》一百年的目光,是在炫耀,在展示自己曾经作过的努力和贡献。很显然,被《纽约时报书评》看中,不一定都是杰作,看走眼也不奇怪,声名显赫又昙花一现的流行读物,或许正是因为它的推波助澜造成了广泛影响。然而瑕不掩瑜,毕竟有太多的好书评,集中出现在《纽约时报书评》上,这是其他读书版无法比拟的。经过一百年的努力,《纽约时报书评》已经有了点石成金的魔力,它的权威性一致共认,所谓“一登龙门,则身价十倍”,能够出现在它的版面上是所有写作者的梦想。

《二十世纪的书》是对文学历史的一次重新梳理,披沙沥金去伪存真,过去,它用自己的声音表明态度,在第一时间里,对好书的传播起到良好的推荐作用,现在,孩子已长大,那些受惠的好书又一次反过来作证,用实绩来回报“书评”的知遇之恩。

《二十世纪的书》 [美] 查尔斯·麦格拉斯　编
李燕芬 张瀞文 陆兰芝 朱孟勋 杨惠君 刘建台　合译
三联书店2001年10月初版　定价:68元

我编的几本书

《十八春》

1985年初，张爱玲还没在大陆火起来，柯灵先生的《遥寄张爱玲》还没发表，正读研究生的我突然心血来潮，向刚成立的江苏文艺出版社推荐了几本书。所谓推荐，用今天的话来说，就是策划一套“中国现代长篇小说别集”，专门选择一些看上去不错，别人又不太知道的冷门作品。

出版社方面觉得“别集”二字容易引起异议，改名为“选读丛书”。具体书目由我定，资料由我提供，那年头没什么版权之说，我觉得好，就行。当时张爱玲还健在，知道我把《十八春》列为首选，一定是火冒三丈。可惜她远在美国，隔着太平洋，对我的无礼也没办法。

《十八春》就是后来《半生缘》，作者的当时署名是“梁京”。张爱玲离开大陆以后，痛改旧作，这部小说的结尾变动最大。《十八春》出版以后，反响并不大，知道的人也不多，虽然印了三万多册，并没有多少人议论。只有一位总社领导不知道为什么大动肝火，痛骂张爱玲的小说是“淫秽”，他把“秽”读成了“岁”，我听了好笑，这事就过去了。那时候还不能算媒体时代，小报和电视都不风行，商业气氛刚刚起来，出版物是人们的主要阅读对象，很一般的作品，也能印几万册。对于出版社来说，长篇小说随便出什么，都不赔钱。

我的印象，似乎还是《十八春》比《半生缘》更好看一些。最初的阅读记忆至关重要，一位朋友谈起金庸小说，说读者读到的第一本书，往往是最好。对此我深有体会，读完了金庸的武侠小说，最喜欢的恰恰是最初看的那套《天龙八部》。武侠小说难免公式化概念化，只要看过一本，对作者的路数基本熟悉，这以后，就算是再次被打动，仍能处之泰然。读张爱玲的小说也有如此感想，最初写成的是原汁原味，中篇《金锁记》改成了长篇《怨女》，《十八春》改成了《半生缘》，多少有些得不偿失。

《十八春》有一个革命化的结尾，出自张爱玲笔下，或许有些怪异，可是我却感到非常真实。读者会认为与意识形态有关，一有关就反感。这部书是解放以后写的，曾在上海的《亦报》上连载，行文不可能脱离时代特色。问题就出在这里，成也萧何，败也萧何，正如后来的《半生缘》去革命化，同样是没有脱离海外的时代特色。平心而论，《十八春》中的革命化是很好的“新写实”，搞评论的不好好做番比较研究，真是可惜了。

我不知道《十八春》后来有没有再版过。书店中，张爱玲的书一直热销，能见到的，是各种版本的《半生缘》，风行一时的电视剧用的也是这个名字。

《十八春》 张爱玲 著

江苏文艺出版社 1986年1月版 定价：1.65元

《二十世纪文史哲名著精义》

这是我做责任编辑那几年，最吃力不讨好的一本书。时间是20世纪80年代中期，研究生刚毕业。当时野心很大，为这本书取的名字叫《当代必览》。全书150万字，选了差不多200本文史哲著作，用时髦的缩写形式汇编成册，目的是想将当代的好书一网打尽。

为了这本励志类的准工具书，我吃尽苦头。两位主编是大学的教师，他们召集了一大批青年学子，选定了书目，把繁重任务分配下去，把稿子哗啦啦收上来，再把光荣艰巨的统稿任务，一股脑儿地砸在我身上。那时候还不是电脑排版，编稿子，排版式，统一格式，改校样，要多烦人有多烦人。有的缩写还凑乎，改改就可以发排，有的实在不像话，必须退回去重来。举个小例子便能说明当时的痛苦，由于书中收集的是世界各国的著名人物，作者的名字要用原文排出来，这牵涉到好几种外文字母，英文好办，像俄文和法文字母，没有现成的字模，不停地改不停地错，改了一遍，错了，再改，还是错。光是为这些洋文字母，就跑了无数遍印刷厂。

书中收录了许多不错的好东西。因为是缩写，虽然不能做到每篇文章都仔细核对原书，但是必须有个起码的了解。对我来说，既是个编辑的过程，也是个认真学习的过程。偏偏我这人心志不高，读书不求甚解，最讨厌理论书，对喜爱的书就多读，对艰深和不喜爱的，就不想读和少读。作为一个责任编辑，又不能不读，因此陷入深深的矛盾之中。

这本书见证了文学商业大潮的到来。做选题策划的时候，想得更多的是社会效益，是想让大家多读些书，读些好书。当然，感觉中它好像也应该有些经济效益。书还在编辑之中，市场前景的不好已开始露出端倪。琼瑶热过去了，流行的是台湾的姬小苔，我所在的出版社是专出姬小苔小说的大户。出版社的黄金规则是越赚钱，越不想赔钱，人一旦尝到赚钱的甜头，仿佛误入风尘的女子，会陷入欲罢不能的境地。

等到书编好，校样清了，能不能付印成了问题。不印，如此浩大工程，半途而废，说不过去。印，明摆着要赔钱，社领导犹豫再三，拖了又拖。

等到书正式出版的时候，我已调入作协当专业作家。书名也换了。出版社以为会赔钱，结果却没有。这书曾产生过一定的影响，有好几位研究生对我提起过，说这本书对他们做学问的用处很大，我不知道是不是客气话，也没太往心上去。我从来不是个感觉良好的人，毕竟不当编辑了，隔行如隔山，对自己编的这本书真的很无所谓。

《二十世纪文史哲名著精义》（上下两册）蒋广学　赵宪章　主编
江苏文艺出版社1992年版　定价：21.50元

《名人日记》

一段时间，我非常热心地搜罗年谱和日记。这是一个莫名其妙的爱好，沉浸其中，自己都不知道为什么。中国读书人的传统是文史不分家，除了阅读外国小说，我最爱看的是历史类图书。太严肃的历史著作读起来吃力，兴趣主要是集中在野史上。年谱和日记只能算历史的一些碎瓷片，能把玩这些，我似乎已经心满意足。

日记的印数通常都很少，这又是我收藏这类书的一个小小的私心，既是据为己有，当然应该是那些以后不容易找到的东西。有的日记只印了几百册，虽谈不上什么海内孤本，隔了些年头再要想找，离“上穷碧落下黄泉，两处茫茫皆不见”的境地已不太远。

明眼人都知道日记中有很多造假,即使是当天的记录,也完全可能文过饰非,胡话连篇。好在这个假,与后来写的回忆文章相比,要真实得多。写日记的人会想到日后可能有曝光的一天，从做研究的角度来看，看看记录者如何造假,本来就是个很有趣的事情。日记读多了,尤其是读到不同的人,对共同经历的一件事有不同的记载,观点和结论都不一样,不禁会心一笑。

《名人日记》也是我在出版社当编辑时干的私活。当时社会上的名人书籍流行,出版社同仁看了手痒,趁机出几本捞它一票。除了《名人日记》,这套丛书还包括《名人演讲》、《名人书信》、《名人小品》、《名人遗言》。编这本书是自告奋勇的选择,不仅是责任编辑,而且是实实在在的编者。我觉得自己有这个金刚钻,揽下这活不费吹灰之力。

斯人不是我的笔名,是当时参与这套丛书“四个人“的共用名。

《名人日记》 斯人　编

江苏文艺出版社1990年版　定价:4.40元

《旅德的故事》

20世纪80年代末期到90年代初,文学市场非常不景气。那时候,无论你多大的腕,出本集子都不容易。打开文学市场靠两套书,一套是长江文艺出版社的《跨世纪文丛》,一套是华艺出版社的《中国当代著名作家新作大系》,提到出版史,这两套打破坚冰的丛书功不可没。

早在上述两套书出现之前,我策划过几本书,这就是“八月丛书”。承蒙出版社领导信任,我全心全意投入战斗,招兵买马,妄图把文坛上的实力派作家都网罗过来。取名“八月丛书”,寓意无非是个收获的季节,该摘桃子了。动机当然是美好,效果却极不理想。对于我来说,这是一段失败的经历,不无酸楚。或许提早了一点,早产儿通常都是不幸的,加上我的市场经营术太差,丛书一开始的印数极低。印数低,意味着没有经济效益,出版社和作者的权益便得不到体现。譬如张炜和张承志的书,只印了一千五百册,至今想到,都觉得对不住他们。

当时的设计方案，是每个作家同时出两本书，一部小说集或者别的什么书，另一部是长篇小说。排在头一位的是王安忆，一本是《旅德的故事》，一本是《米尼》。我一向佩服安忆的写作激情，做她的责任编辑很愉快，但是编书之外的话题，可以说是很不愉快。有一天，总社一位领导把我拉到一边，很郑重地对我说："你怎么一下子给王安忆出了两本书？把她的边边角角都拿来出了，还有性的问题！"

这位领导是我父亲的朋友。我向他解释应该出这两本书的理由，他听了，点头，让我注意影响，因为我毕竟也是个写小说的，一定要避免挟私的嫌疑，不能是朋友的书就拿过来不负责任地瞎出。他承认自己没有看过这两本书，只是有人已几次向他告状。

今天再也不会有人提到安忆小说中的性，有一段时间，她差不多被误解为色情作家。八月丛书成了迟开的鲜花，等到大家承认，都说这套书不错，一版再版，已到了20世纪90年代中期，那时候文学市场已形成，名作家出书不再困难。记得当时经常要对图书进行抽查，《旅德的故事》正好被查到，发现错字率超了标。我感到奇怪，很多字分明是改正过的，怎么还会错。去出版科核对，原来送印的竟然是二校样。懂点出版的人都知道，付印的应该是改正后的三校样。这是一个不可原谅的错误，责任并不在我。三校样早改完了，领导迟迟不肯最后签字，一直压在出版科。有一天，终于软硬兼施好不容易通过了，我害怕夜长梦多，又有意外，让出版科的人赶快付印，他们也真帮忙，立刻就送，没想到忙中出错，送错了校样。

《旅德的故事》 王安忆 著

江苏文艺出版社1990年版 定价：3.50元

《米尼》 王安忆 著

江苏文艺出版社1990年版 定价：3.15元

开明的旧事

开明的文章病院

前些日子聊天，话题是朋友待过的南方某报业集团，他很得意，说能进这报社大门者，都牛人，从这走出去，都前途无量。看神州大地，某日报老总，某晚报副总，数数有一大把。

这让我想起了民国年代的商务印书馆，也是标准的人才基地，那年头，只要在商务镀过金，必定吃香喝辣。商务是出版界的龙头老大，当年搞出版并不难，最简单有效的办法是挖墙脚，人才永远最重要，能在商务混的不是精英，也是妖精，你稍稍花些工夫，把他们挖过来为自己所用，很多买卖水到渠成。

从商务走出来的杰出人物，随口可以报出一大串，譬如大作家茅盾，譬如文化名人周建人、郑振铎、胡愈之，包括我祖父，都可以独当一面。还有后来搞教育的蒋梦麟和竺可桢。

搞出版，眼睛盯着商务就有饭吃。商务靠什么立足，靠教材，靠各式各样名目繁多的教材。中华书局，世界书局，开明书店，一个个不避模仿抄袭之嫌疑，紧随其后，不遗余力出版自己的教材。商务玩普及教育，办函授学校，你玩我玩大家都玩，因为竞争，反倒把教材质量搞上去了。

商务出辞典，别人也跟着照葫芦画瓢，你出《辞源》，我出《辞海》，他编《辞林》。一窝蜂地出各种外文词典，出大部头的历史著作。商务影印了《四部丛刊》，中华书局跟进《四部备要》，世界书局则出版《国学名著丛刊》。商务仗着财大气粗，一心想做的就是垄断，所谓做大做强。其他出版社跟后面，明知道斗不过，但是挑战权威，坚决反垄断，也同样可以分一杯羹。

开明书店的老板章锡琛还有个绝招，专挑商务的错。商务再牛，再厉害，它出的书有问题，就可以狠狠攻击，就可以拿出来说事。我曾听父亲说起过《中学生》杂志上的“文章病院”，在当时这是个很有影响的专栏，起因就是《辞源续编说例》。章锡琛的眼睛总盯着商务，对这个“说例”耿耿于怀，说天下竟然会有如此不通的文章，必须送医院去看一看。

“文章病院”专栏有点像后来的《咬文嚼字》，专门和文字错误过不去。《辞源续编说例》成了第一号病患者，我祖父是主刀医生，写了很长的诊断，逐字逐句批判。有了这开头，文章病院又陆续收治病人，它选择的第二位患者，竟然是国民党中央执委会的“宣言”，这是红头文件，标准的官样文章，“文章病院”也不管来头大小，没头盖脸一顿痛批。

开明的《中学生》

1931年9月18日，长江流域百年一遇的洪灾还未结束，日本兵炮轰北大营，非常轻易地拿下了沈阳。这事件非常严重，第二天，报纸上赫然登着大字标题，新闻简短又反反复复，就那么几句话，明白人都知道要出大事。

在这节骨眼上，开明有一份创刊不久的刊物《中学生》，最新一期已下厂，刚上机器准备开印，打算十天后上市。遇此重大变故，负责编辑工作的祖父立刻与同事紧急磋商，同时通知印刷厂暂停印刷。那年代的文化人，心里都有是非，都知道对“9·18”不能不有所看法，必须发出自己的声音。

事变还在发展中，祖父决定再等一等，同时盘算好了，要撤掉某一篇文章，补上一篇多少字的稿件。当时政府的软弱早在大家预料之中，口口声声要公告全世界，请国际联盟出来解决争端，偏偏日本人根本就不会手软，三天过去，大半个辽宁已经拿下，眼见着东北就要没了。

时间不等人，刊物必须准时出版，祖父在机器旁边写了《闻警》一文，替换原来的篇幅，亲自校对，看着它开印。他老人家为文一向温柔敦厚，可是这一篇非常激昂，大声疾呼青年不忘国耻，“在现今的世界上，公理是拜伏在炮口之下的”,我们不能再漠然,要努力奋发,有所作为。

《中学生》面对的是青少年,这些人的未来,就是国家未来。民国时期的出版社,最愿意在学生身上下工夫的是开明书店。除了中学生,开明还有个期刊也很有名,这就是《开明少年》。陈原先生回忆青少年所受的教育,一说起《中学生》和《开明少年》,便情不自禁地猛夸。

“9·18”事变彻底改变了时代进程,国难当头,《中学生》准备新年专号,拟了个题目,请当时社会上有名望的前辈回答:“假如先生面前站着一个中学生,处此内外忧患交迫的非常时代,将对他们讲怎样的话?”祖父将问答寄给了鲁迅先生,说“许久不见先生的文字,请务必多少写几句”。

鲁迅的回答很干脆:“我们现在有议论的自由么?假如先生说‘不’,那么我知道一定也不会怪我不作声的。假如先生竟以‘面前站着一个中学生’之名,一定要更逼我说一点,那么,我说:第一步要努力争取言论的自由。”

鲁迅不仅回了信,还将自己的这个回答,收入《二心集》,《中学生》当然是一字不改刊登。那时候,获得政权不久的国民党正步入黄金岁月,却变得越来越独裁,知识分子很不满意。

顺便说说《文心》

祖父逝世,很多人写纪念文章。吴祖光先生说,作为一个名老编辑,祖父特别尊重作者,发表文章一字不改。我的伯父笑着评论,说这表扬不太准确,你爷爷最喜欢改别人的文字,看到不通,就会生气,就要动手。

用现在的流行说法,祖父确实可以算个著名编辑,现代文学史上很多名家的处女作,都是经他之手发表。我也不太相信不改别人稿子,事实上,不仅会改内容,连作者名字都会改,譬如茅盾,原来是“矛盾”,草字头就是祖父加的。伯父说祖父有个本事,为别人改过稿子,当事人很可能都没看出来。

说白了,这就是职业习惯。祖父一生中最长的职业是编辑,后来一直与语文教材打交道,改来改去,也是很自然。小时候我写作文,父亲基本上不闻不问,偶尔看到不通顺的地方,就会说爷爷看到肯定要骂。因此我开始写小说,并不希望大人看到,害怕他们挑我的字眼。我的第一篇小说是堂哥读给祖父听的,老人家听了,说还算有点意思,文字也还算可以。

我一直没弄明白祖父为什么放弃小说创作，在当年，也算是个说得过去的小说家，基本上也是一线作者，可是突然撒手，一门心思当起了编辑。他在《中学生》这个刊物上花了很多精力，除了《文章病院》，还编过不少教材，譬如《开明国语课本》、《国文八百课》、《略读指导举隅》、《精读指导举隅》，又譬如与夏丏尊先生合写的《文心》。

《文心》是一组关于读和写的文章，用故事体裁，《中学生》上连载，当年很有影响，结集出书是1934年。我写小说后，父亲希望我能好好读读，可惜一直没那耐心，应该读的东西太多了，我早已不是中学生，过了最佳阅读年龄。

毫无疑问，《文心》这样的书，不是为立志要当小说家的人准备。小说家不读，不会有任何问题，但是中学老师教写作文，做父母的希望孩子有写作能力，《文心》却真是一本非常实用的书。文学创作和写作能力不是一回事，写作能力是现代文明人必须具备的，是从事文学创作的一个基本要求，真要是想当作家，肯定还需要很多别的东西。

祖父与夏先生是相当好的朋友，他们非常愉快地合作了《文心》，当然，更为愉快的是，这本书快完成时，竟然成了儿女亲家，夏先生的小女儿与伯父正式订婚。当时这两个孩子认识了也不过一年光景，一个十六岁，一个十五岁，刚有些早恋苗头，大人便成全了他们。

也说经典

1

贵州的何锐兄电话，每次都像地下党接头，充满了神秘气氛。总是用低沉的声音，直截了当地问:“最近在搞什么，能不能搞篇小说?”电话很突然，没有任何铺垫，我一时不知该说什么，既要琢磨这是谁，又担心会不会有人开玩笑，这年头有太多的骚扰电话，正踌躇着，就听见他声音更加低沉，语气加重了:“我是何锐！”

这年头好编辑不多了，痴心热爱编辑工作的更稀有，何锐起码还能算一个。主持《山花》许多年，说到省级刊物的全国影响，这本杂志名列前茅。用流行的话，绝对属于第一方阵。前些日子，又玩起新花样，说是新编了一本书，将自认为是经典的小说结集出版。承蒙赏脸，也选了在下一篇，选就选了，却还不就此放过，电话嘱咐，一定要写篇散文说经典。

不忍心断然拒绝，只是敷衍着。这年头，很多事采取拖延战术，拖着拖着就敷衍过去。就在觉得差不多之际，大事化小，小事化了，已忘到了九霄云外，何锐的电话又来了，说谁搞好了，谁也搞好了，你的搞了没有，什么时候交稿，人家出版社正等着，就缺你了。

一时间，我想到了耍赖，说关于经典，真的没什么好说。我知道何锐是个非常顶真的人，而我也就是看上去顶真，熟悉朋友都知道，我其实经常稀里糊涂。跟他商量，能不能不写，他立刻用了断然的口气，说“这个不可以，这个绝对不行”。根本没有商量，别人都写了，你为什么不能写，别人都可以说经典，为什么你就不能。

很多年以前，作家方方主持一本很好的刊物，也曾命令谈论经典。我这人有两个特点，一是不认真，一是耳朵根软。无论什么样的文章，只要是硬逼，总是会写的。给方方的那篇文章内容已忘光了，有个意思还能记得，就是根本不相信什么经典。经典通常是瞎胡闹，是自说自话，我只相信是非，是非很简单，一辨就明白。

每个人的心目中，都可以有经典。所谓经典，就是我们认定的好东西。是人都有向善之心，然而人各有志，有不同的人，就有不同的经典。何锐认真，也有些天真，他觉得是经典，很显然未必就是。譬如在下的文章，贸然跻身进去，很可能遭到有识之士的痛骂。

按照我的傻想法，"经典"这样会招惹是非的字眼，最好少用，最好不用。当然，也许并不是何锐的本义，他不过想编一本好看的书，无意中想到了一个抓人眼球的经典。有没有非议不重要，说不定能引起争论，正是出版方所希望。

2

何锐兄认死理，非得让人谈经典，我无话可说，强调自己从来不相信这个。他电话威逼，又来了一封信，坚决不肯放过。遇上朋友固执该怎么办，要么你更固执，装傻，干脆不理他。要么就认倒霉，还是装傻，他要求怎么样，你就顺着他说。

何锐兄认为，中国文学遭遇瓶颈，主要是缺乏经典意识，缺乏先锋意识和都市意识，以及纯文学创作的后继乏人。因此他让你必须回答下列问题："谈谈自己对经典的感受和理解，比如，你心目中的经典，为什么经典离我们越来越远，作家为何要具有经典意识，特别是一个优秀作家应当以怎样的方式对经典做出自己的回应。"

我觉得所谓经典，仿佛电视广告中的钙，给人留下一个印象，似乎只要花钱补一下，就可以十分健康。所有中国人都缺钙，所有中国作家都缺乏经典意识。按照广告商的宣传，我们都去吞服几粒文学的钙片，问题是否解决，答案当然是不可能。

事到如今，我们身边有着太多文学经典，多得甚至让人怀疑，大家不是缺钙，而是钙太多，骨骼已经老化，动不动就骨折。从稚嫩的中学生和女记者，到老辣的文学教授兼评论家，开出口来一套又一套，小说本来就一个小，现如今一张开嘴，偏偏全是大。

美国作家海伦是个很好的例子，作为一个盲人，作为聋哑人，所能接触的文字，都是最经典，因此她写出来的文章，有种一尘不染的典雅。很显然，因为这样那样的限制，她没有被糟糕的文字作品污染过。谈笑皆鸿儒，往来无白丁，取法乎上躲避糟粕，光接受经典熏陶，肯定会有好处，但是在一个世俗社会里，这根本不可能。

经典并没有越来越远，它们就在我们身边潜伏，就在身后的书架上。事实上，我并不赞成要有什么经典意识，曾几何时，作家必须写出“力作”的呼吁甚嚣尘上，充满了功利色彩，结果空喊半天，跟没说一样。写作应该从心灵深处流出，它需要我们的非凡努力，不懈抗争，与经典还真没多少关系。中国文学确实遭遇了瓶颈，然而依靠经典，肯定解决不了任何问题。

事实上，不只是写作者，包括阅读者，对经典早已似是而非。我们不是无动于衷，不识庐山真面目，就是把经典当做大棒，对着文坛一阵乱打。经典成了皇帝的新衣，成了包装的商品，没有具体分析，没有生命感受，只剩下了空洞的外壳。

不好意思，应该顺着说的命题作文，说着说着又拧了，真对不住何锐兄的苦心。

香烟往事

1

说老实话，我不赞成什么繁体字，尤其不赞成恢复。也反对再简化，错也好，对也罢，以不折腾为最好。有个朋友在台湾地区出书，题词是“献给少女××”，印成繁体字便是“獻给少女”。这个獻很像兽繁体字的“獸”，看惯简体字的都会觉得别扭。

习以为常，语言文字这玩意，有时候只能认同习惯。又譬如日常抽的香烟，大陆人很少去想繁体字应该如何，上网浏览常可以看到“香煙”，这两个字大陆人认识，港台人也认识，只是莫名其妙。香烟的繁体字应该是“香菸”，“煙”和“菸”是不相关的两个字，煙是雾状气体，菸的本义是一种草本植物。所以在香烟壳上，“台湾烟草”是“台灣菸草”，特别要注意这个“台”字，繁体的“臺”笔画多得让人绝望，连台湾同胞都受不了，只好也简化了。

我认识“香菸”是后来的事，长在红旗下的人很容易误读为“香芋”，看上去怪怪的，有股旧社会发了霉的味道。香烟二字是不折不扣的新社会产物，当年读过的那些繁体字旧小说中，“香菸”两个字并不常见，也难怪我会不认识。屡屡跳入眼中的只是“煙土”和“大煙”，偶尔还会看到“淡巴菰”，因为不常见，难免相见恨晚。

印象中抽烟是件很快乐的事，譬如我父亲当年抽烟，只要没抽过，忍不住都要尝一包。作为一个不懂香烟品质的外行，我非常怀念物质匮乏年代的抽烟，就像谈恋爱一样，那年头抽烟要淳朴得多，不像今天动辄高档天价，掏出来不是苏烟，就是中华，都是好几十大洋，给人感觉整天鱼翅海参，天天都这样，还有什么意思。

父亲在世，很怀念没钱抽烟的岁月，那时候有包好烟，甚至只是一根好烟，恨不得先跪拜再慢慢享用。我在工厂当工人，师傅们坐下来休息，掏出香烟挨个发，仪式十分庄重。饭后一根烟，赛过活神仙，当时的潜规则是轮流，这一轮我，下一轮就该你。当然也有人喜欢死皮赖脸，于是大家公开调笑，或者干脆强行搜身。记得一位师傅当众掏出香烟，取出一支自抽，然后把烟壳一捏，随手扔进垃圾箱。等大家散去，他再去垃圾箱把捏瘪的烟壳找出来，原来里面还藏着两根烟。

当年一根烟就能调动积极性，上馆子，去后堂给大师傅敬根香烟，立刻加倍努力，立刻精益求精。烟调剂了人类感情，胶水一样把烟民黏起来，因为物质匮乏，一包烟能办很多事。现在却完全不同，小区周围到处都是回收高档烟的小店，一位老烟民抱怨，说送礼把烟的品质给弄坏了。自己不掏钱买，感觉就跟着迟钝，好坏也没太大区别，反正就一个字，贵。

2

写过《香烟往事》，这篇是续。那篇文章谈到香烟价格，一个“贵”字让香烟有了许多不是。毫无疑问，烟有好坏差异，应该有价格的不同，动不动来个天价，非要区别平民贵族，起码在我这外行看来，有些岂有此理。事实上，一个渴望抽烟的人，有没有烟抽，远比烟好烟坏更要紧。

我当工人那年头，是男人都会抽烟，仿佛如今工地上的民工，歇下来你一根我一根，习惯成自然，不这样便不像爷们，不这样就不能与弟兄们打成一片。战场上老兵也这样，临阵冲锋，先掏出一包烟来，一根根发了，烟不够你一口我一口轮着吸，然后勇敢地冲出去，该死就死，该刺刀见红就刺刀见红，三军可夺帅，匹夫不可夺志。

香烟面前人人平等，只是过去，今天的好烟实在太贵，一看价格，会立刻想到不平等，想到特权阶层。很多年前去过一家著名烟厂，厂领导说，他们的支柱主要靠大众品牌，那些昂贵奢侈的香烟，不过充充样子。现在便很难说，所有烟厂都有贵得离谱的高档烟。

父亲生前耿耿于怀，想到一事就后悔。还是我在当学徒的时候，有一次，几位工人师傅来做客，和父亲一起吞云喷雾，谈得很投机，父亲不断地递烟。这期间，又来了一位什么尊贵客人，便和父亲换了个房间说话，来人正好带着好烟，随手递了一根给我父亲。那年头的好烟，也就是带个过滤嘴，具体牌子已弄不明白，不一会儿客人走了，父亲兴冲冲又来到我们面前，当着几位师傅的面，点上了那根没舍得抽的香烟。当时也没说什么，师傅们都看在眼里。事后父亲非常懊恼，觉得应该解释一下，说清楚这烟是送的，否则别人会想，他怎么可以把好烟留着自己抽，做人不能这样。

香烟会让人走近，也可能造成疏远。很显然，抽烟还是有潜规则，不过凡事皆有例外，规则也是人为，是规则就可以改变，就能打破。现如今递烟已不流行，一根烟已不容易打发人的情感，公共场所到处禁烟，抽烟越来越不自由。另一方面，抽烟也变得更加随意，没有一定之规，譬如我和余华同志就互相觉得对方的抽烟方式不可思议。

多年来，我一直是在写作时抽烟，只要有，什么牌子都能凑乎，平时基本上不碰。抽烟能不能帮助思考说不好，对于我来说，抽烟只是习惯，更是一种仪式。余华却喜欢在聊天中抽，一本正经写作之际，反倒不需要香烟。在最正宗的烟民苏童同志看来，我们这个都不能叫抽烟，都属于荒唐，都太业余。

3

很短时间内，连续两次遇到阿来。人生就是如此，好朋友，可以很多年不见面，也可以一年遇上很多次。记得与格非就有过这经历，短暂的日子里，连续在多个地方碰面，一会儿上海，一会儿北京，一会儿四川，然后又海南，弄得大家见面便笑，已经烦了，过分了。

两次遇到阿来，都为了做讲座。我本不是能说会道的人，讲座很少，前后不过十天，都遇上阿来，也太巧了。第一次是香港，我排在前一天，第二次在合肥，我上午，他下午。香港禁烟很严厉，到处不让吸烟，那天晚上一起吃饭，烟民梁文道与马家辉犯了烟瘾，坐立不安。

刚戒烟的阿来显然很从容，已经有一个多月不吸烟了，真所谓有备而来。看着想抽烟的人烦躁，他面带微笑，透露出了几分禅意。十天后在合肥，阿来竟然又复吸了，这让人很意外，真是匪夷所思。大约高人就是这样，想吸就吸了，不想吸就拉倒。阿来的解释，回家后有人给了几包非常高档的烟，于是就抽了。

在国内，很多公共场所虽然禁烟，其实允许吸，所以阿来又一次中国特色，显得很从容，继续面带微笑，继续有点禅意。在中国不让吸烟，说容易容易，说不容易真不容易。林则徐当年贸然禁了，惹下大祸。有人说这不一样，两回事，不能混谈，仔细想想，也还有相同之处。如果像香港那样禁烟，真金白银的惩罚，梁文道和马家辉只能忍着，阿来也绝对不会复吸。

抗战期间，曾经流行"爱国的人不吸烟，耕地要为抗战生产粮食"之类标语。宋美龄招待一位美国女士，餐后掏出骆驼牌请吸，女士谢绝，宋一根又一根自己过瘾。谈话很久，那女士终于憋不住，说我其实也吸烟，看到墙上标语，不好意思吸。宋美龄笑着说，那是给老百姓看的。

这位美国女士回去写了文章，美国人哗然，中国人太他妈喜欢玩特权了。其实这里恐怕也有误解，当年内地更常见的标语，是"禁烟肃匪"，这个禁烟应该是大烟，是鸦片烟。过去说到禁烟，从来都是指吸毒贩毒种罂粟，美国佬喜欢抹黑，显然也是有传统。

宋氏姐妹双雌皆抽烟，都是吞云吐雾的老枪。在网上可以很轻易地检索到她们吸烟的照片，宋美龄是美国派头，玩优雅，仿佛今天女文青。蒋介石很讨厌抽烟，老公不喜欢，宋美龄还能照抽不误，这个不容易。蒋竟然可以容忍，也不容易。

怀念中的汤山风情

1

有朋友到来,问什么地方最有南京情调。我想了想,说大约还是在怀念之中,譬如玄武湖中山陵,名气很大,来头不小,你匆匆地去看了,未必就看出什么好来。情调和调情不一样,这玩意不是说来就来,说有就有,要有些准备,要有些积累。情调也是文化,想附会风雅,没文化不行。

20 世纪90年代,在台湾的一次聚会,几位大妈冒出了一口音正腔圆的南京话,我十分惊讶。是群官太太,老公官职不大,混得不算太差,也好不到哪里。当年出嫁,总以为嫁了青年才俊,傍着前途无量的金龟之婿,没想到离乡背井,再也见不到爹娘。要说都是好人家的女儿,娇生惯养,读有名的女子学校,接受别人羡慕的贵族培养。一口纯粹的家乡音,无端透着一种自信,我们今天都觉得南京话老土,人家却十分得意,毕竟当年的首都口音。

我让朋友想象这样的场景,漫步在大街上,一不留神,你看着蒋介石拉着宋美龄的胳膊迎面走来。又看见一个人似乎脸熟,等他缓缓走过去,你才想起来,刚刚那位竟然是李宗仁先生。民国的这些大腕根本不担心暗杀,他们很悠然地行走在街上,连个保镖都没有。

然后再告诉你,这地方就是汤山,是抗战之前,距离今天七十多年。那是此地最辉煌的年代,欣欣向荣,因为有可供沐浴的温泉,就有了蒋介石和党国大佬们的别墅。周末或者假日，天朗气清，达官毕至要员咸集，游目骋怀登高望远，别有一番风情。

汤山的历史可以追忆很久，最吸引人，莫过于袒裼裸裎，沐浴小憩。三五好友走过林荫小道，浸泡在温柔乡，好掌故的会告诉你，哪栋小楼才是蒋介石当年的茅庐。别墅不稀罕，关键是洗鸳鸯浴，温泉水滑洗凝脂，蒋介石可惜太瘦了。我不知道现在对外是否还开放，改革开放初期，很长一段时间，只要你肯花点钱，就能泡在蒋介石夫妇浸过的温泉池里。

有人说，那就是大名鼎鼎的陶庐。有人说不是，是张静江公馆，送给蒋介石的新婚贺礼。都是专家之言，都言之有据，老实说我也搞糊涂了。事实上，今天见到的蒋介石温泉别墅，气派非凡韵味十足，都不是旧日原物，原建筑早在抗战时毁坏。

怀念中的汤山最适合叙述民国盛世，最能见证一段繁华神奇。仿佛命中注定，南京这城市能享受的照例是过眼烟云。渔阳鼙鼓动地来，日军铁骑入侵，国破家亡。瞬间于是永恒，盛世不再，欣欣向荣的汤山风情，立刻戛然而止。夕阳下，当年的抗日碉堡仍然错落，钢筋水泥堡垒太坚固，成了抹不去的前朝遗物。

2

从地图上看，南京与上海杭州三足鼎立，形成一个三角形。实际距离是杭州略近，只不过坐火车去杭州，要绕路经过上海，于是大家印象中，都觉得上海更近一些。

20世纪30年代，竺可桢先生被任命为浙江大学校长，他的家在南京颐和路一带，对分居两地很有些犹豫。好在有小汽车，来去也还算方便，走宁杭国道，到杭州只要六个小时，两头奔波吃点苦，也没什么大不了。他是学科学的，做事认真，路上的时间正好用来思考问题。又喜欢随手做笔记，记得有段文字特别有意思，他记录途中所见，发现这一路市区除外，二百多公里行程，共遇见自行车七辆，驴车三辆，货车六辆，由此可见当时的国道，真是空空荡荡。

那时候的宁杭国道标准很高，从南京家中出发，半个小时就能到达汤山，实在太方便。二十一公里路程，出中山门，开足马力，不一会儿便到了。要知道这汤山在老百姓的心目中，总是有些特殊地位，因为党国要员们的别墅都在这附近。山不在高水不在深，有人杰则地灵，有大官便名声远扬，因此是地方就有掌故，随处都可以八卦。

大人物别墅中，最喜欢黄栗墅草房。名人别墅照例要起个像样的名，名如其人，闻其名犹如见其人。譬如蒋介石的汤山别墅，因为是“行宫”，“圣驾下榻”之处，都不知道应该怎么形容，怎么说都冒昧，非要竖招牌，只能写上“蒋介石温泉别墅”字样，毫无个性色彩。稍雅些的是戴季陶的“望云书屋”，一听这名字，就知道是个能读书，或者说准备读书的地方。不过话说回来，别墅称之为“书屋”，雅是雅了，仍然有几分矫情，有一点摆谱。

我猜想于右任先生的“黄栗墅草房”，不是随口就来，一定是再三琢磨。能有个浑成的好名字不容易，首先要现成，汤山附近得有个黄栗墅的地名。现如今走高速公路，每当经过黄栗墅服务区，便有下去休息的冲动，虽然那“草房”早无影无踪。也许最初还考虑过“草堂”，有点向杜甫致敬的意思，也可能设想过“草屋”，最后定名为“房”，声音响亮。当然最关键还是与书法有关，大家都知道于右任是当代“草”圣。

汤山的温泉又名“圣汤”，洗了可以超尘拔俗。抗战胜利后，当时的省主席王懋功花了48根金条，在这附近买了一栋别墅，改名为“劲园”，同时又在后面置了墓地，准备终老长眠，没想到很快国共大战，解放军百万雄狮已浩浩荡荡过了大江。

3

话说天宝年间，刘长卿同学赴京城赶考，住进一家小温泉旅馆。正赶上玄宗冬狩，带着杨贵妃去华清池，那个浩浩荡荡的阵势，刚走出家门的刘长卿目瞪口呆。汤熏仗里千旗暖，雪照山边万井寒，此情此景落诗人眼里，照例得来几句。

唐朝好诗人太多，琳琅满目俯拾即是。往往会弄混，王二成张三，李白错为杜甫。刘长卿名气不小，生卒年月至今也不清楚。我能记住他的诗，因为最后两句有些励志：且喜礼闱秦镜在，还将妍丑付春官。那意思是说，考试如明镜一样公平，你是骡子是马，漂亮或者丑陋，能否进清华北大，够不够一本线，最后由分数说了算。

看来唐朝的考生也差劲，和今天相比，潇洒不到哪里。学而优则仕。上大学时，老师讲堂上解释《长恨歌》，念到“温泉水滑洗凝脂”，突然语无伦次，一个劲咂嘴，半天说不出话。然后引经据典大谈凝脂，偏偏我生性迟钝，肆无忌惮开始走神。凝脂的形容一点没让人联想到美丽，恰恰相反，只有一种黏乎乎的感觉。

我想起了自己第一次在南京的汤山洗温泉，那是“文革”中，正上初二，全班下乡劳动。地点离汤山镇不远，也不知道是谁发动，男生女生稀里糊涂都去了。那岁数的男孩正处于发育阶段，赤裸相对，便会有些嬉笑的不雅话题。与众不同总是要被讥笑，先笑有，后来再笑无。

往事如烟，温泉成为大众的休闲享受，只是近年的雅事。汤山离南京不远，就在郊区，都知道那里有很好的温泉，因为交通不便，真正能去的机会并不多。在过去年代，冬天沐浴是一件大事，能洗个热水澡就很不错，还要想念温泉，这太奢侈了。

一直觉得唐玄宗挺不错，如果没有安史之乱，他的文才武略，并不逊于乾隆。遥想大唐盛世，皇上赐浴乃最高奖赏，无论男女，能跟圣上一起泡个温泉，死也值了。蒙恩每浴华清池，扈猎不蹂渭北田，很显然，玄宗十分愿意与民同乐，他知道洗温泉很爽，时不时会开恩让大家一起爽。

时过境迁，中国人的生活突然好起来。上海一位朋友电话里说，你们南京人真舒服，双休日可以去汤山泡温泉，过一下帝王生活。我无话可说，聊了一会儿，很吃惊地发现这位上海人与时俱进，早已是汤山温泉的熟客，远比我这老南京知道得多。

据说到双休日，汤山温泉池里都是说吴侬软语的上海人。作家陈村曾戏言，南京乃上海郊区。这话看来没错，南京是郊区，南京的郊区自然不可能再例外。

春游良可叹

1

三十年前的初春，读大学三年级，课程谈不上紧张，无聊得厉害。一连下了好多天雨，又冷又湿，终于拨开乌云见太阳。我们决定逃课，出去郊游，寻找阳山碑材。

在这之前，拜访过南唐二陵。那年头，南京郊区很多景点尚未开发，没高速公路，甚至没柏油马路，地图上也查不到，书里只是淡淡写了几句，你冒冒失失去找，真不一定能找到。那年头的荒芜，今天很难想象，没一点保护，没任何开发，南唐二陵像两个废弃的小煤窑。两扇斑驳的木门紧锁，想进去看看，有人告诉我们该去哪找钥匙。然后就进去了，没电，也没带电筒，点个小火把，胡乱地看了几眼。

阳山碑材离公路不远，中学时下乡劳动，在附近村子住过，耳闻不曾目睹。快到目的地，不要问阳山碑材，当地人弄不清楚，要问坟头。你一问坟头，立刻有人会告诉怎么走，坟头是地名，据说当年开采碑材，死了很多人，都埋在这，因此坟头名气更大。

找到了坟头，很快可以见到阳山碑材。村民会说你看见那山坡吗，走过去就是，我们觉得非常了不起的人类文化遗产，当地人眼里，也就是几块光秃秃的大石头。穿过山间小路，拨开挡路的树枝，一直往前走，废弃野外的阳山碑材，突然出现在你的面前。接下来，不需要再用文字来描述，面对一个世界级的奇观，心情将豁然开朗，思绪会十分活跃。

无论南唐二陵，还是阳山碑材，当年的印象都非常美好，非常深刻。它们形象地解读了南京，是古城的最好标本，南唐小朝廷的孱弱，大明永乐王朝的强盛，有这两个景点作证，足够说明问题。六朝以来，南京始终在孱弱和强盛之间徘徊，无情最是台城柳，依旧烟笼十里堤，因为有了它们，想怎么解释南京的历史都行，可以说强悍，也可以说怯懦。

最值得回味的是未开发前的那种原生态，这是春游可遇而不可求的境界，荒凉也是一种美，给人产生的震撼，远非用围墙圈起来所能相比。这两个地方后来都不止一次去过，可惜已被开发，被保护，有幸成为了公园。有时候，一个景点的开发和保护，会变成一次更大的破坏，我并不是抗议收费，而是感叹太多的人工，太多的这个那个，失去了让游客浮想联翩的历史沧桑。

一年四季在于春，春游犹如品新茶，要抓紧时间，要趁着年轻。非常怀念三十年前的那些春天，那些能有所发现的郊游，至今仍让我激动不已。毫无疑问，春游要带点春天气息，要稍稍花点力气，要别出心裁，有发现，才有喜悦。

2

有个爱玩的朋友，有一天很严肃地问我，为什么身边的人都不去宝华山，为什么很多人没去过。我一下子傻了，不知道如何回答，爱玩总有爱玩的道理，不爱玩自然有不爱玩的说法，我们为这事争了半天，唇枪舌剑，也没争出个名堂。

朋友说到了宝华山的种种好处，譬如乾隆皇帝七下江南，竟然六上宝华山，这皇帝又不傻，不是好地方，他老人家也不会去。离南京只有几十公里，离仙林新区更近，再往前滚一点就到，这年头自驾游很热，有车的都快比没车的多了，为什么不能一窝蜂都去玩玩。有了车，人的活动半径明显增大，你总不能一直待在市区，双休日跑远了太累，一头扎进宝华山森林公园，这是多美的一件事。

朋友的观点让我无言以对，好地方没人去，好风景没人看，本来也是常事。好花不常开，美女嫁丑男，女孩子读了博士就嫁人困难，这些都是没办法的事，没有遗憾就不能够称作人生。提到南京的风景，一般人都认为玄武湖中山陵，好像这地方天生是供游玩，其实历史上并不是这样。明朝的时候，你要是跑到这两处去兜风，弄不好便会掉了脑袋。历史上的南京人更愿意往南边去，春天来了，出中华门去踏青，这是正道。

《儒林外史》中就有太多记载，南京人以风雅闻名，从来就不怕玩物丧志，读书人爱赏风景，贩夫走卒也喜欢游玩，除了跑到中华门外，春牛首，秋栖霞，是个日子都有讲究，是个风景点便不肯放过。南京人爱玩向来有传统，借扫墓拜访坟亲家，看海棠，赏菊，到处放风筝，当然我说的都是过去，那年头出门并不方便，要想跑远一些，就得要坐轿子坐马车或者骑毛驴。南京人好像很少骑马出去玩，什么原因我也说不准，也许只有当兵的才骑马，要不就是当大官的，我见过清朝官员骑着马在明孝陵前拍的照片，骑在马上太威风了，一看就不像个玩的样子。

说过去的南京人爱玩，当然也很可能只是我个人的观点。不过有一点可以肯定，今天的南京人与前辈相比，显然已经不怎么爱玩。当然，我说的爱玩是指出去看风景，是纯粹的游山玩水，不是打麻将，不是泡茶馆，也不是去KTV，更不是那种法律不许可的娱乐。人各有志，爱不爱玩本是人生自由，绝不可一味强求。大千世界，人人爱玩有些麻烦，都不爱玩也麻烦。并不是什么人都爱玩，也不是什么人都爱看风景，就举眼前的例子，就说说我楼下的紫藤，到开花季节，那一大片灿烂，那一阵阵清香，还是有人没看见没闻到，以至于有邻居会问，紫藤开过花了吗，它真的香吗。

这也许就是人们不愿意去宝华山的缘故，不说别人，先说自己，我也是前几年才第一次。下了一场大雪，去汤山泡温泉，有人告诉我们应该先去宝华山看看，开车说到就到。于是就去了，山路上还有积雪，太太是新手，心里不免紧张。很快进山到了隆昌寺，过去一直以为它叫宝华寺，看了门匾才知道错。隆昌寺是座非常有特点的小庙，南朝四百八十寺，江南有好看的寺庙并不稀罕，但是隆昌寺绝对值得推荐，大小适中，古意盎然，而且一定人少。印象最深的是一个大天井，那是我在寺庙中见过的最大天井，四周被建筑所包围，屋顶上的雪正在慢慢融化，噼里啪啦往下滴水，很整齐的一串串一排排，就像挂着珍珠的帘子。

当时就想，就感慨，南京附近居然还有这么好的地方没来过。自忖也是个贪玩的人，要说造访，周围的好地方也算去过不少，南唐二陵，阳山碑材，古龙泉寺，都是在尚未开发时就去拜谒。我总喜欢向别人卖弄，当年去南唐二陵，是到生产队长家去拿钥匙，然后自己点着火把进去。那个荒凉，那个意境悠远，说给别人听都不相信。

还是回到开始的话题，为什么不去宝华山，说白了是因为现在不爱玩了，想玩的心思不够。今天大家常会出门旅游，有钱的动不动还出国，这并不能完全证明就是爱玩。旅游有时候只是花钱，是时髦，是单位的福利。有人打电话给我，说你写过不少关于南京的文章，屡屡谈及周边风景，请随口推荐一个能去玩玩的地方。我不由得想到了宝华山，春天如此美好，阳光这般灿烂，如果已去过，就当我没说，如果没有，不妨去休闲踏青。

3

在一篇文章里，无意中谈到了南京西南郊的南山湖风景区，一个熟悉此地行情的朋友看了，打电话过来，说你这文章写得太潦草，风景区的妙处和度假村的乐趣，都没有详细说到。然后就掰着手指举例，首先没提可以品尝农民新炒的春茶，眼下市场上都是假冒的明前茶，你去南山喝茶，现炒现喝，明前雨前，谁也蒙不了。第二没提度假村的农家菜，别以为都是磨了刀准备宰城里人的，这里的菜不敢说太便宜，有味道有特点却显而易见。第三，有一万多只白鹭在这筑窝，湖附近飞来飞去，黄昏时候倦鸟归巢，那是何等风光。

还有第四，第五，滔滔不绝，我不愿意跟人抬杠，等他把话说完，告诉他在这个城市的郊区，好玩的地方太多。南山湖可以算一个，只要你愿意出去游走，东南西北随意行，都会有惊奇发现。春牛首，秋栖霞，不过是说着顺嘴，其实应该去哪里，从来不用硬性规定，春天来了，秋风起了，去什么地方都好。不仅是南京的郊区好，任何城市的郊区都好。

一个多月前，我去云南的滕冲，看了当地著名的火山群国家公园，根据介绍，是世界级的，其中一个最重要景点，便是柱状节理。一时不明白这是什么玩意，到地方才知道那个大名鼎鼎，就是南京六合的石林。从南京去云南太遥远，去六合太容易，可惜问居住在身边的南京老乡，真去过六合看石林风景的，并不多，知道它价值的人，更不多。

南朝四百八十寺，多少楼台烟雨中。风景要通过寻找，才能发现种种有趣。其实在江南，只要是个庙，都可以去看看。我一直想不明白，为什么大家喜欢去看庙，后来看多了，多少有点明白，原来这庙的功能，不止是烧香拜佛，还能为游人提供一个落脚点。看庙还是为了看风景，这大约也是庙喜欢建在风景绝佳之处的原因。

二十多年前，还在读研究生，如今动不动就获奖的电影导演徐耿心血来潮，突然拉我去一个名不见经传的兜率寺，也不过是去随便看看，没想到环境之美，竟让我们立刻决定在破庙住下来。十年前去龙泉寺，去年游宝华寺，都给我留下类似的惊喜。机会就是这样，失去就失去了，失去就不可再得，有些好地方，好就好在尚未开发，有许多地方并不远，就在你所居住的城市周边，却跟养深闺一样。

在《儒林外史》中，南京的菜佣酒保，个个都有文化。一天的活忙下来，便跑到中华门城堡上去看落日。那时候能欣赏到的，当然还是古时候的风景。夕阳无限好，只是近黄昏。现在不同了，城市的边界扩大了，站中华门城堡顶端，与登上金陵饭店一样，能看到的都是闹市。

还是到郊外去看风景吧，别光是在嘴上说，只有走出去，用心灵去看，才能真正感受。平心而论，城市周围有很多好地方，郊外美景向来是城市不可分割的一部分，如果我们忽视了，不去寻找，不去游走，不去亲近它，我们或许会失去许多轻易就可以得到的东西。

4

记忆中的八卦洲，最初还有些少年气息，那是刚读初一，秋收秋种季节，在老师的率领下，我们稀里糊涂地去了。现在回想起来一片糊涂，只记得挤在渡船上，有人惊呼“快看，快看”。我什么也没看到，根据眼快的同学讲，他们看到了江猪。我甚至记不清在哪上船，转眼快四十年，这么多年的往事，早已陈谷子烂芝麻，不该忘也忘了。

此前我在江阴农村待过两年，有捉螃蟹的经验，当天就在水沟边捉了两个大螃蟹。那时候的八卦洲有许多野生螃蟹，当地农民见怪不怪，同学们十分惊奇。我们拎着螃蟹到处招摇，可惜当时男女生不说话，也没机会拿到女生那去显摆。

接下来两次隔江遥望，仍然与螃蟹有关系。几年后中学毕业，我进工厂当小工人，有人要去北京，为了给祖父带些螃蟹，我与朋友在江对面的燕子矶守候，等候早班渡船，买农民拎手上要卖的螃蟹，很快搜罗了一面粉口袋，然后匆匆扫一眼对岸的八卦洲，满载而归。这以后又过若干年，是20世纪80年代初上大学，有一次集体活动夜游长江，船上灯火通明，八卦洲看过去一片黑，我一下子想起了当年，秋收，秋种，水沟边自由自在的螃蟹，码头上翘首企盼等渡船过来。正好那次游船上小卖部有烧熟的螃蟹供应，一位从未见识过的湖南同学，不相信这张牙舞爪的玩意能吃，于是我们一同起哄，让他无论如何试试，说在南京混了几年大学，连螃蟹都没吃过岂不罪过。

印象中的八卦洲，与江南水乡没太大区别，成片的水稻田，一条条沟渠。印象当然靠不住，毕竟浮光掠影，很显然，我的记忆也没什么货真价实，不过看了几本书，接触过一些资料，多少知道点历史。我知道这里曾是满人旗民的天下，知道这里的所谓土著，祖上大多数是安徽无为人。八卦洲紧挨着南京，或者干脆说，它就是这城市的一部分，真正熟悉它的市民并不多。

这些年有机会又去过几次八卦洲，残缺的记忆变得更加不靠谱。眼见为实，首先吃惊它的巨大，原以为只是江中间一个小岛，没想到面积竟然与南京城区差不多。其次没想到有那么多的树，成片的柳树，成片的白杨林，一眼望不到边。记忆中江南水乡的田园风光不复存在，非常大的变化正在身边悄悄发生，我们却很可能一点都没察觉。

今天的八卦洲，已成为保护市民不受污染的重要屏障，计划中这里将是一个江中森林公园，将成为南京这个城市用来净化呼吸的肺。众所周知，八卦洲的那边是江北化工区，有着太多国家级的重点化学工业，它们是历史留给南京的一笔财富，同时也是一个很重很恶心的负担。为了化解这负担，必须有一个绿色的八卦洲来埋单。

水利天下

1

看到小上海这几个字，总会有种说不出的亲切，童年的家不远处有个小馆子就叫“小上海”，一说起它，我的口水会忍不住淌下来，舌头上的味蕾便开始兴奋。一部叫做《舌尖上的中国》电视纪录片正在热播，我却更怀念舌尖上的小上海，怀念那个不是太广阔的大堂，怀念那些油乎乎写着阿拉伯数字的小木夹子，怀念漂着皮肚的小煮面。童年记忆总是很顽固，在我印象中，上海可以千变万化，首先和必须要与吃有关系。

这个印象当然不准确，随着岁数增长年纪变大，跑的地方多了，东南西北国内国外，可以称之为小上海的地方不少，共同点都不是美食，基本上与吃无关，美味佳肴只是次要又次要，甚至微不足道。概括起来说，所谓小上海，无一例外是它曾经的繁华，是已经逝去的旧日风情。小上海总是带有一种怀旧韵味，带有一点民国范儿。

最新见过的“昔日小上海”，在安徽铜陵大通，与那些有相同称谓的地方不同，此处居然保留了一条完全成为废墟的大街。毫无疑问，这是我在国内见到的最惊心动魄的一条大街。现如今，名目繁多的古街太多，青砖小瓦马头墙，回廊挂落花格窗，到处都是假古董。以江南水乡小镇为例，过去一百年饱受各种破坏，一次次战乱，一场场运动，旧的去了，新便不伦不类冒出来。萧条时破败，经济好转之际一味出新，打着开放改革旗号，其实还是破坏。

铜陵大通古镇已有上千年的历史，曾是安徽的四大商埠。回想当年，徽商的气势如虹，走到哪里都是银子在作响。清末民初，这个古镇居然有十万人之众。然而很显然，让我感到激动，忍不住要为它大声疾呼，并不是曾经有过的繁华过眼富贵如梦。

中国有着类似沧桑的古镇很多，能够保留这么一条没有人烟的大街，可以说绝无仅有。不知道是什么原因，这条没有人烟的大街幸存了下来，有的楼坍了，柱子都是歪的，门厅杂草丛生，与昔日的繁华形成最好对比，因为破败，显然格外的刺眼，因为刺眼，又变得非常的有力。这是一页过去历史最好的说明书，是岁月风干了的活标本。

当地父母官率领我们走在早已没人居住的大街上，既有展示过去荣耀的意思，同时也希望我们这些游客为恢复繁华出谋划策。作为一个对历史有着强烈兴趣的读书人，我郑重其事说出了自己的想法，希望政府手下留情，将这条大街原汁原味保留，坚定不移地维护现状。

有些话前面已说了，最后不妨再强调一句，有时候，保护废墟就是保护历史。我没见过比这更精彩的废墟，这是最好的文物，这是最好的宝贝，任何新东西都不可以，也不可能替代它。

2

十多年前，无锡一个会议上，旅游局长热情表态，要把太湖景区打造成上海的后花园。当时我和上海的作家朋友坐嘉宾席上，听见这番话，顿时感到别扭。无锡属于江苏，为什么不说是省城南京的后花园。

口号就是目的，所谓后花园，是用糖果哄人家来花钱。与一位历史学家谈起此事，我抱怨无锡人精明，谁有钱拍谁马屁，谁阔气抱谁大腿。历史学家不以为然，觉得这个提法并不一定占便宜。他笑着说，上海人确实花银子了，可是垃圾都丢在后花园。

事实证明了他的判断，太湖被严重污染，景区的这城那城，一度有很好的效益，现在都不怎么样了，颓败不可避免，前景显然堪忧。我曾坐过小飞机，从空中俯看下面的欧洲城，当时感觉很怪，仿佛真出了一回国。

以短视的眼光看，对太湖景区的打造，可以说是成功范例，毕竟盆满钵满，赚了大钱，但是步其后尘，模仿者有着太多的惨痛失败。基于这样很不低碳的现实，听到城市后花园的口号，我总是忍不住要喊几声狼来了，不合时宜地提醒一下。好山好水搁在那儿，你不去管它，永远还是一个好字。一个错误的决策，很可能把原有的一切都糟蹋。

今年春天，安徽舒城的万佛湖雅集苏皖两省作家，游山玩水好吃好喝，主人不仅好客，而且虚心求教，希望能贡献好主意，为景区的开发出谋划策。据说这里早就定位，将成为省城合肥的后花园，高速公路已立项在建，用不了多久，景区便会车水马龙，变得很热闹。

美好前景让大家兴奋和激动，秀才人情不止一张纸，动笔写点小文章，还可以七嘴八舌妙语生花。有人立刻建议拍部好看的电视剧，有人想到了人文挖掘和编故事，还有人提议在当地的传统美食上下工夫。我在一旁插不上嘴，心底那几句话，不知道该不该讲。不说不痛快，说了又怕扫兴，拂了主人的盛情好意。

清晨醒来，旭日初升波光粼粼，不禁动了去湖边独自散步的念头。清明时节，乍暖又寒，这花开罢那花来，万佛湖的风光目不暇接。不由地有点心痛，这么好的山，这么好的水，一旦全面开发，真不知道会变成什么样子。安徽有着太多的好山好水，万佛湖就是一颗很璀璨的明珠，可惜在当下，被选为城市的后花园，很难说幸运与否。

我的观点是开发不如保护，一动不如一静。酒香不怕巷子深，这句话遭受了普遍质疑，事实上美景的风光无限，有时候不是巷子深不深，而是愿意不愿意去发现去欣赏。对于那些迟钝的心灵，你就是拉到了后花园，风景大餐端到面前，也仍然会无动于衷。

3

又到吃河豚季节，一说季节，朋友忍不住笑，现如今还有啥季节，蔬菜反季，水果反季，人也反季，天气乍冷忽热，迫不及待打开空调。至于吃河豚，到处都有四季皆可，有闲情便行，有银子就成。想当年“文化大革命”，最流行人定胜天，说穿了是口气大嘴上痛快，现在不流行这话了，反倒真有些敢跟老天爷叫板的意思。

搁历史上，吃河豚是地道的民间享受，康熙和乾隆一次次下江南，什么样的传奇都有，唯独没听说过吃这玩意。皇帝他老人家自然不敢吃，就算想，有这个心思,大臣们也不敢准备。拼死吃河豚,注定了一种平民老百姓的境界,民不畏死,奈何以死惧之。想当年苏东坡吃河豚,有人问滋味如何,他很平静地回答:“值那一死。”意思是太鲜美了,人生苦短,遇上河豚这么好吃的食物,就算死也值。

苏东坡有个一起遭贬的哥们儿叫李公择,同样失意文人,苏为美味不惜轻生,这位李先生便有些扭捏,面对美味不说怕死,随手找了个堂皇的理由。他义正词严地予以拒绝,认定河豚是一种邪毒,非忠臣孝子所宜食,把吃不吃上升到骇人高度。后学根据两位先贤的河豚观做出结论,所谓“由东坡之言,则可谓知味,由公择之言,则可谓知义”。

生活在长江下游的老百姓对季节最为敏感,这一带四季分明,不同日子,有不同的美食。家父生前,一心想学知味的苏东坡,十分向往河豚,无奈那年头还不能人工养殖,作为一个反过党的右派,一名被贬的职业编剧,一名经常要下乡体验生活的写作者,久有食河豚之心,却很难如愿以偿。二月水暖,河豚欲上,他发现总是赶不上吃河豚的日子,总是很不凑巧错过了大好季节,心有余而力不逮,与一帮民间的饕餮切磋美食,为了没有品尝过河豚,难免抬不起头的感觉。

一直觉得河豚能被我们津津乐道,源于它的有毒。这也是家父的深切体会,直到改革开放,他才有幸大快朵颐,第一次吃河豚,为此专门写过文章,被好几本谈美食的集子收录。过去年代的河豚是禁食之物,不允许市场流通,因为不允许,因为一个禁字,仿佛禁书一样,勾得文人心里痒痒的。无毒不丈夫,人生乐趣有时就是小小的出格,冒险不危险,给嘴馋一点理直气壮的借口。

二月水暖河豚肥,这是古诗名句,可是扬中的“河豚节”却安排在五月。兴冲冲赶去参加,行家说的种种剧毒,河豚肝河豚眼,逐一生涮品尝,在过去自杀了几回,现在屁事没有。世事难料人生无常,这年头有毒的没毒,不该有毒竟然有毒,谈笑风生之际,感慨之心顿生。

4

自从知道七都是个地名,我一直在琢磨和想象,推测它会在哪里。最后终于弄明白了,往大里说,七都在江苏的苏州。往小里说,它属于苏州管辖的吴江,是吴江境内的一个小镇。

说起苏南农村的小镇,真还不能小看,文化人都知道费孝通先生的《江村经济》,20世纪80年代中期,西方学术著作风行,我在出版社当小编辑,编过一本

《当代学术著作必览》，请南京大学的教授编选当代学人必须要知道的国内外学术名著，自然是以国外为主，中国人的著作比例很小，《江村经济》恰恰是其中的一本。

《江村经济》有很高的学术地位，它所提到的江村就在七都。老实说，文化人可以不知道七都，不应该不知道“江村”。人杰地灵，大家不妨设想一下，如果不是一个好地方，不是地气殊异江山炳灵，八十年前的费孝通不可能写出那样一本传世的好书。当然还要一个重要原因，它详细记载了当时中国农村的经济体系和地理环境，借助《江村经济》，我们可以比较有把握地了解到七都的历史，了解当时的江南。这是一段借助科学方法的实地考察，在过去一百年，类似著作可以说绝无仅有。

七都人很骄傲太自信，他们似乎不太相信别人不知道自己的地名。如此美好地方，竟然会不知道，真是孤陋寡闻。其实七都就在太湖东岸，与苏州的东山西山隔湖互望，与无锡的鼋头渚遥遥相对。太湖美，美在太湖水，七都有绵延二十三公里的湖岸线，对于一个富庶的江南小镇来说，二十三公里足够漫长，已有太多的水上文章可以做。

太湖沿岸拥有的一切资源，这里应有尽有，传统农耕文化，养蚕缫丝，曾经风风火火的乡镇企业，要什么有什么，想要风景有风景，想要GDP有GDP。在不久将来，两家豪华的五星级酒店就要开张，光凭这个牛，还有什么可说的。

七都是黄浦江的源头，说它掌控了大上海的命门并不夸张。整个太湖水域，水质最好的地方就在这里。上海人喜欢阳澄湖的大闸蟹，“秋风响，蟹脚痒”，忍不住一窝蜂地往昆山的巴城赶。七都人很生气，也很不屑，精明的上海人真是枉担了虚名，他们为什么不到七都来呢。

不妨想一想性价比吧，想一想水质的原生态。交通问题曾经很严重，想当年，大名鼎鼎的江南古镇，周庄、同里、角直，都是因为造访不便，才有机会保存和发展。三十年河东三十年河西，七都与它们相比，更闭塞更不方便，现在劣势成为优势，属于自己的机会真来了，对于驴友，对于休闲观光客，七都小镇太近，大家只不过不知道它在哪里。

5

我伯父是个科普作家，人生态度讲科学。譬如对于三峡，就不许小辈胡说八道，因为这非常专业，究竟好，还是不好，绝非外行拍拍脑门便能明白。他给我的教诲是多读书，少发表意见，认认真真做学问。学问学问，先学会问，不要人云亦云，要用自己脑袋去思考。

譬如为什么强秦能统一中国，为什么它会强。一般人都相信武功，是穷兵黩武，很少想到都江堰的功劳。想当年，属于秦地的成都平原年年粮食丰收，为征战提供了最好的后勤保证。可以这么说，没有李冰父子修建的都江堰，蜀地水患不解决，秦不可能消灭六国。

又譬如东晋南渡前，长江流域远比黄河流域落后，中原陷落，北方人逃到南方，不得不面对一片片沼泽。锦绣江南其实是南渡的北方人开发，中原老百姓更擅长治水，他们带来先进的农耕技术，挖沟排水开荒垦田，使得江南经济迅速上升。汉朝时，江南是最落后的区域，九州大地中排名倒数第一，上有天堂下有苏杭都是后来。因为治水，变水患为水利，江南很快变得最富庶。

江苏不算大，地道的水乡泽国，五大湖中占据两个，有太湖和洪泽湖。洪泽湖是人患造成，宋朝为了抗金，扒开黄河，结果夺淮改道，彻底改变"走千走万，不如淮河两岸"生态。天造孽犹可挽救，人造孽不可收拾，富庶的江淮平原遭遇灭顶之灾，在这之前，江南与江北的经济虽有差异，基本上还同步，黄河改道入淮，苏北立刻一落千丈。

黄河在江苏境内横行了700多年，1855年才再次改道山东入海。考察江苏经济史，其实就是一部不断治水的历史，就是不断地变水患为水利。事实上，康熙和乾隆一次次下江南，并不像民间想象的那样，为了摆阔，为了改变满汉关系，为了游龙戏凤，说白了，就是为了治水。

老百姓心目中的好皇帝首推大禹，大禹如何治水，有各种不靠谱的传说，却说明了一个重要性，要想当好统治者，逢洪筑坝遇水建堤的"湮"也好，凿山引流因势利导的"疏"也好，不把水的问题妥善解决，绝对不行。因此，从某种意义上来说，江苏的南水北调，就是都江堰，就是最大的水利。

人类离开不了水，水能载舟，亦能覆舟。水利是最好的经济基础，过去几十年，江苏南部飞速城市化，农业急遽减产，鱼米之乡名存实亡。好在已有先进的水利工程，江南粮食减产，可以通过江北增产，获得有效补充。物尽其用，水利天下，旱时调江水北上，涝了南下排入长江，还能顺带发电。江苏境内充沛的水资源，科学利用方面，无疑排在全国的前列。

联想三重奏

想发财

想发财是个大而无当的念头。这念头常让人明白，自己其实很不崇高。收了一大堆兑奖的明信片，报纸上登了中奖号码，明知自己手气不好，忍不住还要厚着脸皮，一张张去核对。大奖不指望，中奖也不想，小奖是二分之一的概率，总以为会有几张，结果竟然一张也没有。一张没有也真不容易，兑奖前曾想，如此厚厚的一叠，既然二分之一的中奖率，单数或双数必有一得，料它也逃不出如来佛的手心。

从不指望在路上捡个钱包，小时候接受教育，是拾金不昧，马路边捡到一分钱，也要交给警察叔叔。跌个跟头捡个钱包，对于我这样的，不叫发财，只是倒霉，因为跌跟头皮肉吃苦，捡了钱包却没用。起码名不正言不顺，是非法得到他人财物，弄不好要吃官司。我胆小，鬓角上已开始往外蹿白头发，年轻的警察得喊我叔叔，捡了钱包，还是一定遵纪守法上交。

多年来，一直为房子苦恼。研究生毕业，仿佛掐了头的苍蝇，去新单位，条件就一项，谁给房子，便去谁那里打工。好在那时候的研究生还有些行情，如此不要脸面的要价，居然不算唐突，不像今天研究生毕业，找工作，好比条件不好的大龄青年找对象，光着急也没用。不过，有房子栖身是一件事，有没有好房子，又是一件事。我住的地方，一年有五个月不见太阳，自然是在最需要阳光的冬天，先也不觉得，后来意识到不妥，身上各种毛病就来了。南方潮湿，阳光是个非常重要的玩意，于是就想，自己既然不能凭官衔分一套房子，只能靠发财买点阳光。可惜永远是心向往之，志大财疏，想炒股票，想炒国库券，买彩票，所有发财的念头，都是一闪而过，懒得往深里想。买阳光靠一个"想"字，离谱离得也太远了。

我常常被迫回答对作家下海的看法。对这个问题，我没有任何看法，记者紧盯不放，就难免言不由衷瞎说一气。至今也弄不清自己怎么说的，反正每次情之所至，信口开河，说的也不相同，说了跟没说一样。我从来没有想象过自己能够下海，按照我的傻念头，下海就是当老板，是当经商的官儿。下海是领导才能的又一种发挥。世界上可以简单分成两种人，管人的，被人管的，也就是说，分当官的和不当官的。当老板和打工，都是为人民服务，我就坚信自己永远属于后一种人。

帝王将相，宁有种乎，这是古人的一种说教，是成功者的广告词。我倾向于认命，一个人首先得认识自己的命运，认识自己，才能把握自己。该干什么就干什么，调门低一些好。不知道自己是谁，忘了自己的身份，这是许多悲剧上演的根本原因。千万不要和自己过不去。识时务者为俊杰，人可以胡乱想，不想是蠢材，绝对不能胡乱做，乱做是呆子。天下除了圣人，谁都幻想发财，但是，如果都能发财，还成什么世界。身后有余忘缩手，眼前无路想回头。世界上许多人，都想发财，自己和别人想法差不多，说明不曾落伍，这很好。世界上许多人没发财，自己又和大家一样，尚未掉队，仍然很好。

想清高

想清高是一帖经济实惠的良药。当不了官，发不了财，退求其次，就只剩下清高。清高是人们要脸面的一种简单方式，来得容易，去得快。清高不要任何本钱，去买西瓜，小贩要价大洋一元，你喝一声五角，各不相让，这时候，小贩若清高，可以不卖给你，你喜欢要脸面，可以赌气不吃西瓜。谁都可以轻而易举地清高一回。

老话说无欲则刚，所谓刚，也就是清高的意思。世上的事，坏就坏在有欲望。有了欲望，因此蠢蠢欲动，不肯太平。我们说某某贪污受贿，某某中了美人计，都是欲望这玩意害的。男人的阳痿也是如此，真没了欲望，也就没有阳痿。欲望是可以燎原的星星之火，是推动人类历史发展的动力，有积极的一面，更有消极的一面。欲望总是和清高赌气。清高是一个充足了气的皮球，欲望的小针不停地在气球上扎着小孔。

我屡屡喜欢做出清高的样子。有时候感觉十分良好,胆子陡然就大了,自以为比写《桃花源记》的陶渊明还陶渊明,比《红楼梦》里的妙玉还妙玉。人常常忘乎所以,好在我太太火眼金睛,早看透了猴子的小把戏,动辄当头一盆冷水,弄得你十分狼狈,于是乖乖地想明白自己是谁,知道自己究竟有多大能耐。清高不要本钱,说白了,只是理论上的理论,只是荒诞的假设。事实上,没本钱清屁的高,真没本钱,什么话都别说,什么蒜都别装。我总是用受过的羞辱来警醒自己。有一次,为一个亲戚调动工作,去见某一位领导,很小的一个领导,我笑容可掬地送了一本自己签了名的小说,领导看也不看,往旁边一扔,仍然板着脸说话。我大窘,立刻觉得自己矮了一大截,俯首低耳地听着,憋了一肚子火,回了家才敢生气。

清高清高,首先能清,才谈得上高。水清则无鱼,人清如何,想不明白。不能清,就别想高。不能清就老老实实,本本分分,别丢人现眼,结果想高反而低了。物极必反,想得高,摔得重,世上只有敢不求人的人,才可以享受清高。要不然,也只能是想,想一想而已。人是一切社会关系的总和。人所以成为人,就是因为要和人打交道,打交道还想不求人,你以为自己是谁?

话又得赶快说回来,就和想当官发财一样,能不能一回事,想不想,又是一回事。人活得已经够窝囊,要是连清高都不敢想,也太没出息。没有人因为胡思乱想,就吃了官司。清高毕竟没有被别人申请专利,起码目前为止,还是公共财产。反正想清高不会妨碍任何人,仿佛市场上的保健药品,未必有效,至少无害。凡事都别太计较,不以成败论英雄,真清高不行,不妨假清高,不能一直清高,不妨偶尔为之。人总不能太绝望,太虚无,看穿了清高的把戏,便索性不要脸。有点浪漫主义不是坏事,都说不要自欺欺人,其实就是自己骗了自己,又怎么样。人不可能因噎废食,知道还会摔跟头,就躺在地上永远不起来。我总觉得一个想清高的人,总比不想要好。现在做人,想要脸,未必要得了脸,不想要脸,那可就真没脸了。

想生气

我从小就是个乖孩子,乖,就是听话,好话坏话,什么话都听,都听得进去。说来很惭愧,四十不惑,回首往事,胆子之小,竟然没和别人打过架,甚至也没有几回敢真正地跟谁红脸。可数的几次吵架，也就是自家人斗嘴，嗓门是大的，大，也不过是为了壮胆，有理不在声高。女儿就知道我的弱点，对她嗓门越大，越不当回事。

很羡慕周围那些容易生气的人，直来直去，痛痛快快。想当初，我在出版社当小编辑，编一本社科类工具书，一百多万字，厚厚的两大册，一切从零开始，参与策划，组织人撰稿，改错别字，统一格式，前前后后忙了两年，年终计算成果，一分钱的奖金也没有。同样一位编辑，只是把一本薄薄的台湾三流小说，繁体字改成简体字出版，工作量是我的几十分之一，得到的奖励，竟然是我的许多倍。

我知道自己不是当编辑的料，况且为了奖金的事，斤斤计较，多少有些小人之嫌。凡事一挨着钱的边，就俗不可耐。窝囊就窝囊在心里面会不高兴，自己要和自己算小账。更尴尬的，是你不痛快了，别人还趁火打劫，表扬你不在乎，表扬你肯默默无闻地奉献。人倒霉，往往就在于吃了亏，还要让人调侃练嘴皮。有的人，永远占便宜，便宜占多了，就成了天经地义，占了便宜还要卖乖。吃亏的人永远吃亏，吃亏吃惯了，不吃亏，有人心里就不舒服，就奇怪。终于改行当了作家，接二连三地发表小说，渐渐混了些俗名。连续得了些奖，出了一叠书，便又忘了自己是谁。小人的禀性立刻显现了出来，私下里忍不住猥琐地做比较，大家都写东西，在同一个创作组里混，别人可以当中青年专家，可以当跨世纪人才，可以是突出贡献，是政协或者别的什么委员，是人大或者别的什么代表，有这个津贴，那个奖赏，多则身兼数职，少也能轮上一二，偏偏我沦为异物，什么都不沾边。有时候想想也生气，掰手指头算算，树上这么多桃子，一人分两个都足够，为什么非要少我这一份。

吃亏的人，必须无话可说。如果说了，说明不潇洒，说明没器量，小鸡肚肠。我不怕领导批评，就怕领导无缘无故表扬。领导说你这人通情达理，遇事不在乎，好说话，能够体谅领导的苦心。说你拿了那么多稿费，还在乎什么津贴奖赏。说当委员当代表要开会，你又不喜欢发言。作家靠作品说话，你不需要那些头衔装饰自己。领导一表扬，我又忘乎所以，姿态顿时高起来，顺竿子往上爬，说自己确是不太在乎。话音刚落，领导就立刻批评提醒，说不可能不在乎。人总还是人，不可能都是雷锋。都喜欢说自己不在乎，可结果还是有些在乎。领导几句话，针针见血，我好比当众掉了裤子，无地自容，恨不能挖个地洞钻进去。想认错又怕领导说我虚伪,不认错这话就没办法继续。

回到家,借题发挥,对女儿的嗓门大起来。妻子说我有毛病,女儿说我变态。我说心里不痛快,想生生气,得到的一致回答,是有能耐到外面生气,用不到在家里出洋相。